如草在野

刘江滨——著

刘江滨 郝建国 主编

RU CAO
ZAI YE
LIU JIANGBIN

花山文艺出版社

河北·石家庄

图书在版编目（CIP）数据

如草在野 / 刘江滨著. -- 石家庄 : 花山文艺出版
社，2025.3
　　（拇指丛书 / 刘江滨，郝建国主编）
　　ISBN 978-7-5511-7141-0

　　Ⅰ．①如… Ⅱ．①刘… Ⅲ．①散文集－中国－当代
Ⅳ．①I267

中国国家版本馆CIP数据核字(2024)第028626号

丛 书 名：拇指丛书
主　　编：刘江滨　郝建国
书　　名：**如草在野**
　　　　　RU CAO ZAI YE
著　　者：刘江滨
策　　划：丁　伟
统　　筹：闫韶瑜
责任编辑：郝卫国　王　霞
责任校对：李　伟
装帧设计：书心瞬意
美术编辑：陈　淼
出版发行：花山文艺出版社（邮政编码：050061）
　　　　　（河北省石家庄市友谊北大街330号）
销售热线：0311-88643299/96/17
印　　刷：河北新华第一印刷有限责任公司
经　　销：新华书店
开　　本：880 毫米×1230 毫米　1/32
印　　张：9.5
字　　数：200千字
版　　次：2025年3月第1版
　　　　　2025年3月第1次印刷
书　　号：ISBN 978-7-5511-7141-0
定　　价：58.00元

目 录
CONTENTS

◎ 第三辑　围炉夜话

第一辑

疏影横斜

桃之夭夭

世有百花，我最喜桃花。

春暖花开的季节，怡人的春风轻轻吹拂，田野上，山坳里，一树树桃花正开得绚烂。粉的、红的、白的，朵朵、簇簇，鲜艳、妩媚、铺张、恣肆，枚枚张开，在嫩绿的枝头招摇。不时有几只多情的蜜蜂和美丽的蝴蝶在花间盘旋、飞舞。站在桃林中，桃树下，空气中弥漫着桃花的馨香，土地的清新，暖暖的太阳的味道，让人心醉神迷。

在所有的植物中，我以为桃是属性最多重、象征意义最丰富、文化内涵最饱满的一种。桃木，纹理细腻，气味清香，被人称作可辟邪的神木；桃花，艳丽妖娆，香气袭人，常有美人之喻，如"人面桃花"；桃子，香甜可口，营养丰富，常食有延年益寿之效，故给老人贺寿要送"寿桃"……若从木质、花品、果实等单一品性来和同类相较，它或许不是最好的。譬如，论花品，它可能比不上有花中之王之称的牡丹，牡丹雍容华贵，国色天香，在人们心目当中差不多就是"国花"了。然而，如果综合打分总体评定，我把桃推为第一名，桃是全能冠军。

千门万户曈曈日　总把新桃换旧符

《太平御览》引《典术》云："桃者，五木之精也，故压伏邪气者也。"

古代有传说云，射日的后羿有个徒弟叫逢蒙，这厮过河拆桥，恩将仇报，一天趁后羿不注意，用桃木棒猛击其后脑勺致死。这在《淮南子》里有记载，说后羿"死于桃梧"。后羿死后做了统领百鬼的官，被封为宗布神，经常在一棵桃树下，牵着一只老虎，每个鬼都送他检验，他一闻，如果是恶鬼，就让老虎吃掉。所以，桃木就成了鬼远远一望就心惊胆战的镇物。你想啊，百鬼的总司令都能被桃木砸死，小鬼头就更不用废话了。后世因此把桃木当成降鬼驱邪的吉祥神木。

汉代，人们刻桃木印挂于门户，称为桃印。宋代，人们刻桃符（两块写着神荼、郁垒二位门神名字的桃木板）挂在门两侧，意在压邪。每逢春节，人们都用新桃符换掉旧桃符，于是就有了王安石"千门万户曈曈日，总把新桃换旧符"的名句。久而久之桃符演变成了春联。

桃木可以做成桃印、桃符这样祈祥镇邪的器物，也可以做成除妖降魔的武器。《左传·昭公四年》中就有古时用桃木做弓的记载："古者日在北陆而藏冰……其藏之也，黑牡、秬黍，以享司寒。其出之也，桃弧、棘矢，以除其灾。"意思是说，古人储藏冰块，藏的时候，要用黑色的雄性动物和黑黍子祭祀寒神，取的时候，要用桃木做的弓和荆棘做的箭举行仪式，除灾求安。由此看来，桃木质地很柔韧，能做成弯弯的弓。当然，用桃木做成的剑就更有名了，桃木剑在中国古代小说中经常出场亮相，大多成为道家方士的贴身法器，和他们常手持的拂尘一样有名。《封神演义》中描述云中子帮纣王在宫中降妖用的就是桃木剑。这柄剑承天地之正气，纳日月之精华，用千年的桃木做成，撅不断，踹不折，烧不着，坚硬无比，法力无边。云中子将其高悬于宫中，将修炼千年的九尾狐妲己吓得魂不附体，如果不是女娲从中插了一杠子，几乎就要现出原形了。其实，再坚实的桃木也比不上钢刀铁剑，作为一种武器，它更主要的是文化原型赋予的精神符码，更具象征意义，所以称之为法器比较精准。《三国演义》中描述诸葛亮借东风一段，写他宽袍大袖，散发跣足，登上高台作法，没写他手里拿着什么。诸葛亮是个亦道亦儒的人物，这个时候他十足是个牛鼻子老道，"身披道衣"，登上高台装神弄鬼。既然是作法，总不能两手空空，诸葛亮平时不管五冬六夏一直手持一柄羽扇，但羽扇这道具其实是在显示气定神闲、风神潇洒，不能做法器用。所以，后来的评书就给借东风的孔明老道手里塞了一把桃木剑，倒是合情合理。

神话《夸父逐日》也将桃树神化。"夸父与日逐走，入日；渴，欲得饮，饮于河、渭；河、渭不足，北饮大泽。未至，道渴而死。弃其杖，化为邓林。"（《山海经》）邓林，即桃林。夸父这个追赶太阳、喝干两河的非凡巨人，死后为何他的手杖变成一片桃林？而不是松林、柏林或其他什么林？很显然，这些树林只能提供树荫，以供休憩。而桃林却不仅如此，更重要的，桃林可以结出果实，让后继的逐日者解渴，补充继续前行的动力和能量。夸父是渴死的，唯其如此，桃林更显出对生命的重大意义。桃，也就成为生命之果、神仙之果，成为延续生命的神秘符码。桃，于是成了仙桃、寿桃，成为最吉祥美好的果品。《西游记》描述天宫的王母娘娘过寿诞，在瑶池召集各路神仙大开蟠桃会。说那蟠桃，有三千年一熟的，吃了成仙得道，有六千年一熟的，吃了长生不老，有九千年一熟的，吃了与天地齐寿、日月同庚。民间最流行的寿星图就是一个鹤发童颜超大脑门的老爷子，叫南极仙翁，主宰人间的寿算，一手拄杖，一手擎桃，那桃子硕大，肉厚色艳，让人垂涎欲滴，食指大动。

《晏子春秋》记载了一个有名的阴谋故事"二桃杀三士"。宰相晏子想帮国王齐景公除掉三个傲慢无礼、目中无人的猛将，故意三人赏赐两个桃，挑起纷争，造成三员猛士当场自杀身亡。一般来讲，国王赏赐臣子，多是金帛玉器一类的贵重物品，赏赐桃子吃，这不是哄小孩儿玩嘛，当然不是，而是体现了国王的特殊恩宠，可见桃绝非一般意义上的普通果品。

去年今日此门中　人面桃花相映红

"去年今日此门中，人面桃花相映红。人面不知何处去，桃花依旧笑春风。"唐人崔护的这首《题城南庄》，是以桃花喻美人的最著名的诗作，脍炙人口，妇孺皆能吟诵。这首诗不仅写出了"人面桃花"的经典比喻，其实还隐藏了一个感人的爱情故事。

唐代孟棨在《本事诗·情感》里记载了这位河北老乡崔护的一段经历。崔护考进士落第，落落寡合，心情郁闷，清明节这天独自一人出城踏青。走到一个村庄，见有一处宅院掩映在桃树之中，十分幽静，忽感口渴，便上前敲门讨水。片时，出来一个美丽的少女，听明来意，遂端出茶水给他喝。崔诗人一边喝水一边打量，只见站在门外桃树下的少女，美丽的脸庞与妩媚的桃花相互映衬，愈发动人，"妖姿媚态，绰有余妍"，叫崔诗人一见倾心，顿生爱慕。而与此同时，那姑娘也对崔诗人"目注者久之"，四目相对，情愫暗生。喝完水，那少女"送至门，如不胜情而入"，"崔亦眷盼而归"。过了一年，崔护想必是脑海中忘不掉那迷人的"人面桃花"，又在桃花灿烂的清明日故地重游。只见门户紧锁，那个桃花一样美丽的面孔不见了，而不解风情的桃花却依旧在春风里绽放着朵朵笑脸。崔护心中滋生出几分淡淡的怅惘，在门板上提笔写下这首诗，快快而归。

后世的文人对这首诗以及崔护的经历保持高度的赞赏和同情。柳永《满朝欢》云："人面桃花，未知何处，但掩朱扉悄悄。"邓雅声《无题》："崔郎能否能相见，怕读桃花人面诗。"晏幾道《御街行》："落花犹在，香屏空掩，人面知何处？"袁去华《瑞鹤仙》："纵收香藏镜，他年重到，人面桃花在否？"

然而，故事并没有到此为止，《本事诗》有"本事"按照生活应有的逻辑写下去。原来少女那天恰巧跟老父亲出门去了，与崔护失之交臂。等回家后看见了门板上的题诗，一年来原本情丝缕缕，此时更稠更浓，心中的遗憾和思念又无人诉说，竟至一病不起，奄奄一息。就在此时，心有所念的崔护又一次来到这个小院，对着垂死的少女深情呼唤，我来了，我来了！那少女香魂悠悠回转，一下子病就好了。最终，有情人成就了一桩美好姻缘。

梅艳芳有一首歌叫《女人花》，因为花是美的，女人是美的，两个美的事物因缘际会常常被世人联系在一起。屈原的"香草美人"已深入人心，李白更是直言"美女如花"。擅长写美人的大诗人白居易，留下了"芙蓉如面柳如眉""梨花一枝春带雨"的名句。另有曹植"含辞未吐，气若幽兰"（兰花），李清照"人比黄花瘦"（菊花），韦庄"暗想玉容何所似，一枝春雪冻梅花"（梅花），唐寅"一片春心付海棠"（海棠），现代诗人戴望舒"丁香一样的姑娘"（丁香），等等，这样的以花喻人的例子实在不胜枚举，几乎所有的化都有美人之喻。"云想衣裳花想容"，不同的容貌就会有不同的花相匹配。梨花带雨、艳若桃李、出水芙蓉、国色天香……一部美女史，几乎就是一部花史。但在这些林林总总的以花喻人的形容中，崔护的"人面桃花"是最著名的，影响也最大。缘何？窃以为有几个原因：第一，"人面桃花"滥觞于《诗经》中描写桃花的名句"桃之夭夭，灼灼其华"，并将其发扬光大；第二，桃花盛开的春天，是万物萌动、生命勃发的季节，与少女的青春之美相吻合，不像菊花、梅花开在秋冬，万物肃杀，傲霜斗雪，若喻人的精神品格是相衬的，但若喻人之美则有残花败柳之嫌了；第三，杜甫云"感时花溅泪，恨别鸟惊心"，崔护此诗是根据亲身经历即兴所作，句由心生，真实真切，非无病呻吟、强赋新词；第四，这首诗隐含着一个感人的爱情故事，据说这位"人面桃花"的女子叫绛娘，聪明贤惠，嫁给崔护后一心做丈夫的贤内助，在她的照顾、陪伴下，后来崔护不仅进士及第，还一路仕途顺遂，官至岭南节度使。这个故事无疑增加了诗传播的附加值；第五，从哲理层面上，此诗表达了"桃花依旧，物是人非"的人生感悟和生命体验，从而超越时空和历代读者产生共鸣。

由此可以说，桃花是最能代表女人的花，于是便衍生出令天下男人想入非非的一个词："桃花运"。当然，桃花运是多义的，人们交好运可谓之，男人风流可谓之，但最主要的是指男人被女人喜爱。当一个神秘兮兮的八卦先生给你测测八字，观观面相，低声说，老兄，你命犯桃花啊！你千万不要窃喜，也可能是在告诉你，你的大麻烦来啦！"桃色"新闻对走桃花运的人来说，可能意味着鸡飞狗跳，鸡犬不宁，一地鸡毛，鸡飞蛋打……老杜有句"癫狂柳絮随风去，轻薄桃花逐水流"（《绝句漫兴》）此之谓也。

寻得桃源好避秦　桃红又见一年春

给桃花赢得至高文化意义的，不是吉祥的桃木，也非美丽的桃花，而是由桃花营造的一处仙境——世外桃源。东晋大文人陶渊明作《桃花源诗》和《桃花源记》，主旨相同，合为双璧，影响尤以后者为巨，原文不长，抄录如下：

晋太元中，武陵人捕鱼为业。缘溪行，忘路之远近。忽逢桃花林，夹岸数百步，中无杂树，芳草鲜美，落英缤纷。渔人甚异之。复前行，欲穷其林。

林尽水源，便得一山。山有小口，仿佛若有光。便舍船，从口入。初极狭，才通人。复行数十步，豁然开朗。土地平旷，屋舍俨然，有良田、美池、桑竹之属。阡陌交通，鸡犬相闻。其中往来种作，男女衣着，悉如外人。黄发垂髫，并怡然自乐。

见渔人，乃大惊，问所从来。具答之。便要还家，设酒杀鸡作食。村中闻有此人，咸来问讯。自云先世避秦时乱，率妻子邑人来此绝境，不复出焉，遂与外人间隔。

问今是何世，乃不知有汉，无论魏晋。此人一一为具言所闻，皆叹惋。余人各复延至其家，皆出酒食。停数日，辞去。此中人语云："不足为外人道也。"

既出，得其船，便扶向路，处处志之。及郡下，诣太守，说如此。太守即遣人随其往，寻向所志，遂迷，不复得路。

南阳刘子骥，高尚士也。闻之，欣然规往，未果，寻病终。后遂无问津者。

"梅兰竹菊"被称作花中四君子，对应傲、幽、坚、淡四种品质。有人说，陶渊明爱菊花，称他为"菊花诗人"，大抵是因为他有"采菊东篱下，悠然见南山"的名句。这也没错。作为"田园诗"的杰出代表，菊花的确与陶渊明孤芳自赏、淡泊雅洁的君子品格完美叠合，甚至可以作为田园诗派的"徽花"。但陶渊明最爱的花应该是桃花，因为他把他心目中最理想的人间社会称为"桃花源"，而不是"菊花源"。"忽逢桃花林，夹岸数百步，中无杂树，芳草鲜美，落英缤纷。"多么令人神往的一幅景象！桃花生在树上，可有桃花林，郁郁苍苍，生气勃勃，蔚为大观，很有气势，与这样一处温暖美好的人间仙界相偕相得。而菊花是秋菊，让人感觉有些凉意，有些萧瑟之气，且是低矮灌木，用在这里显然不合时宜。可以说，对陶渊明而言，菊花关乎其个体品格，桃花则关乎其社会理想，境界显然高了一层。

我们称陶渊明是一位伟大的诗人，"吾不能为五斗米折腰，拳拳事乡里小人邪！"是他傲岸的骨气；"羁鸟恋旧林，池鱼思故渊"是他追求自由、向往自然的风神；"晨兴理荒秽，带月荷锄归"则于本真平实中彰显了他的伟大。鲁迅先生说，陶潜正因为并非浑身静穆，所以伟大。最体现陶渊明伟大的就是他创造了一个人类精神的栖居地——桃花源。在这个虚构幻想的世界中，没有战乱，没有倾轧，没有痛苦，没有悲伤，只有淳朴，只有和谐，只有安宁，只有快乐。后人把这种人人向往的理想之所称为"世外桃源"。在西方，有一个可与之比拟的所在叫"乌托邦"，为英国空想社会主义创始人托马斯·莫尔所创造。虽历代有人批评其为消极避世，却不能不承认，其为凡俗尘世中被各种苦难纠结折磨的人们提供了一处精神家园，成为疗治心灵创伤的一剂良药。

陶渊明因此成为后代文人的精神导师，影响深远。以桃源为题吟诗作文者不知凡几，或寄托浩茫的心事，或抒发心灵的共鸣，或探究桃源的本事。如唐代山水田园诗派代表诗人王维就写过《桃源行》长诗，是诗歌版的《桃花源记》，末尾几句是这样写的："当时只记入山深，青溪几度到云林。春来遍是桃花水，不辨仙源何处寻。"当时王维十九岁，他后来成为山水田园诗派诗人跟陶渊明有直接的渊源。另外，韩愈作《桃源图》，王安石作《桃源行》，苏轼作《和桃源诗序》，梅尧臣作《桃花源诗》，等等，均受到陶渊明《桃花源记》的影响。深受南宋战乱之苦的诗人谢枋得，对《桃花源记》中所描绘的世外桃源更是心驰神往，他的《庆全庵桃花》如此写道："寻得桃源好避秦，桃红又见一年春。花飞莫遣随流水，怕有渔郎来问津。"处境与心境明白无遗。

　　桃之夭夭，灼灼其华。

　　之子于归，宜其室家。

　　桃之夭夭，有蕡其实。

　　之子于归，宜其家室。

　　桃之夭夭，其叶蓁蓁。

　　之子于归，宜其家人。

——《诗经·周南·桃夭》

　　这首诗可谓桃诗的鼻祖。桃花灿烂，桃子硕大，桃叶繁茂，在这美好的春天里，一名女子就要出嫁了，桃的花、果、叶都在祝愿姑娘幸福美满，吉祥如意。在这里，桃花是"兴"，也是"比"，开创了以桃花喻美人甚至以花喻美人的先例，清代学人姚际恒在其《诗经通论》中说："桃花色最艳，故以取喻女子；开千古词赋咏美人之祖。"

　　桃花是女人花，桃树是文化树。一棵植物包含如此丰富繁复的信息和能量，窃以为在植物界罕有其匹，令人惊叹！本文以李白诗《桃花》做收梢："问余何意栖碧山，笑而不答心自闲。桃花流水窅然去，别有天地非人间。"

槐 苍 苍

　　自然界的树木中，槐树常被人冠之以"大"：大槐树。想想看，好像没有听过"大柳树""大榆树""大杨树"之类的叫法吧？即便格外受人尊崇的松柏也无此待遇。民谚云："千年柏万年松，不如槐树空一空。"松柏是有名的长寿树种，槐树却不遑多让，"空一空"，即歇一歇，缓一缓，看似要枯萎了，却喘口气，老树又抽新枝，生命力极为强韧。故在大地之上，那些散落民间苍劲翁郁的老树以槐树居多。

　　中国原生的槐树称之为国槐，冠之以"国"，这份荣耀不是一般的大。

　　槐树，不仅仅是一棵树。

　　　　拉大锯，扯大锯，

　　　　姥娘门前有棵大槐树（方言读作"絮"）。

　　　　你抬根，我抬梢，

　　　　压着谁呀谁弯腰谁弯腰。

拉大锯，扯大锯，

姥娘门前唱大戏。

接闺女，请女婿，

小外甥呀也要去也要去。

这是冀南一带的一首童谣。从会说话起，大人就会一遍遍在耳边念诵，以至其成为最早的开蒙作品之一。有时候两个小孩儿相对而坐，双手相牵，边扯来扯去做拉锯状，边朗朗口诵。其中的意思虽不甚了了，但"大槐树"的意象深深烙刻在脑海深处。

槐树和柳树、榆树、杨树、枣树、杏树、桃树等是家乡最常见的树种。作为故乡代称的"桑梓"倒比较少见。记得小时候村里只有一户人家院里有棵桑树，半个树冠都伸到街里，桑葚红了的时候，孩子们都跑过去爬高够着吃。而槐树则村前屋后、田野巷陌到处可见。如果以人做喻的话，枣树、杏树和桃树是抱子的母亲，柳树是风姿绰约的少女，杨树是挺拔直溜的少年，榆树是壮硕结实的汉子，那么，槐树呢，树冠巨大，枝稠叶密，荫佑庇护，犹如一个可以遮风挡雨、托付依靠的家长。

老家的槐树有两种，一种是国槐，是中国本土所产，亦称之为笨槐；另一种是洋槐，也叫刺槐，原产于北美洲，19世纪后期引进中国，并广泛种植，遍及北方乡野。国槐和洋槐相貌大体仿佛，略有区别，国槐的花多是淡黄色，洋槐多是白色，叶子一个有尖一个是圆，豆荚一个像珠子一个像扁豆。洋槐虽然源自域外，但经年累月根植于华夏这片兼收并蓄的土壤，已完全中国化了，就像玉米、西瓜、棉花、辣椒等植物一样，我们从来就觉得它们是土生土长的。因此，不管是笨槐还是洋槐在我们眼里都是大槐树。

家乡的槐树以洋槐居多。到了春末夏初，白色的槐花开了满树，一嘟噜，一串串，晶莹如玉，洁白如雪，空中弥漫着甜丝丝的香气，有蜜蜂嗡嗡嘤嘤来回穿梭，酿出来的蜜叫槐花蜜。槐花还是一种食材，洗干净了，和上白面或棒子面，在锅里蒸熟了，放上盐和蒜泥一调，叫作"苦累"，也算是一道不错的美味。槐花还可以直接生吃，嚼在嘴里味道淡淡的甜甜的，满口生津。

20 世纪 80 年代，我在石家庄上大学，学校的南邻叫槐底村，从名字可以看出与槐树的渊源。这里的槐树主要是国槐，花期较洋槐要晚一些，是在七八月的盛夏。槐树是这座城市的市树，约占行道树的四成。几条街道都以"槐"字命名：槐北路、槐中路、槐岭路、槐安路。大学毕业分到邢台十几年后又调来石家庄工作，刚来的两年我租住在槐底村，单位也背靠着槐北路。整个夏天，我几乎都穿行在槐树林中。槐树树冠硕大，枝柯交错，叶子稠密，仿佛绿云矍铄，遮天蔽日。所以，行走在街道上，犹如一道天然的遮阳伞，一派清爽。槐花绽放的那段时日，道路上散落着淡黄色的花瓣，好像下了一场花雪，煞是好看，整座城市都弥散着一丝淡淡的香气。

距槐底村往西八公里远的振头村，有座宋代始建的关帝庙，关帝庙的后院有棵千年古槐。这个振头是石家庄的城市原点，当年石太铁路建火车站，因石家庄是个蕞尔小村，不如附近的振头名头响，故而名为振头站。有意思的是，槐底村可谓石家庄槐树的"班底"，大本营，却古槐无存，振头村却为"市树"珍藏了活着的文物实证。

一天趁着晴天丽日，我去振头拜谒了这棵千年槐祖。由于新冠疫情，关帝庙没有开放，大门紧闭，无法入内。还好，这棵槐树就耸立在院墙的西北角，从墙外端详无碍。树跟人一样，老了就有了老态，黑褐色的树皮粗糙干裂，粗大的身躯被箍上铁箍，数根铁柱子支撑着枝干，其中有一枝已枯死。但从树冠部分望去却依然蓬勃葱郁，枝繁叶茂，毫无衰微颓靡之相。槐树拥有强大的自生能力，只要活着，虽身躯苍老，却能不断漾出新枝嫩叶，自我代谢，自我革新，故能长久保持葱茏的生命气象。据有关专家勘察确定，这棵槐树栽种于唐末宋初，距今千余年。这样的千年古槐国内并不少见。甘肃崇信县有一棵古槐距今三千二百多年，被称为"华夏古槐王"，推算栽种时间应为商末周初。想想这是多么遥远的事情，岁月不居，春秋代序，人世不知更迭了多少代，一个个化为尘、化为土，而槐树还好好活着，而且还要继续活下去。树比人长久，如同一位看得见的神祇默默注视着人间的沧桑变迁，成为时间的证见，不管经历多少风摧、雷殛、水淹、兵燹都屹立不倒，这太神奇了，怎能不令人顶礼膜拜。

为何石家庄独钟槐树？当地人说因为祖上来自山西洪洞大槐树，迁移时带来槐树种子，遍地栽植，看见了槐树就如同看见了故乡。其实，不只是石家庄，在华北诸多地方包括我的家乡都流传着一句话："问我祖先来何处？山西洪洞大槐树。"这个地方令人神往，成为中华大地上许多人的一个共同家园，让人心心念念。

正是槐花盛开的季节，我和妻子专程奔赴洪洞县，开启"寻根"之旅。

从石家庄乘坐高铁到洪洞县，只需三个多小时，坐在软座上跷着二郎腿轻轻松松就到了。如果回溯一下时光，当年那些背井离乡的先民或徒步或推着独轮车，扶老携幼，栉风沐雨，忍饥挨饿，还要忍受着思乡的痛苦，真的是举步维艰。

在"洪洞大槐树寻根祭祖园"，槐树可谓让人胀了眼眶，绿了眼球。遗憾的是，那棵传说为移民之所的大槐树早没了，变为建在原址上的一间屋子里的一个牌位，接受着香火的供奉，周边有两棵较老的槐树被标示为二代三代。广济寺门前东侧，耸立着一棵巨大的用水泥做成的假树，"树"上缠绕着繁密的藤萝，绿意盎然，高高的树杈上还有一个"老鸹窝"。猛地一看，以为这棵古槐还活着。

树前空地演出的情景剧，再现了明初移民的悲惨故事。明初战乱和灾荒，造成中原人口急剧减少，土地荒芜，需要从人口稠密的山西移民。据说当时官府在大槐树上贴出告示，不想迁移的到大槐树下集合，想迁移的在家等候。不愿离开故土的民众拖家带口纷纷赶往大槐树下，三天之内聚集了十几万人。谁料想，这是官府的一个骗局，官府之人将大槐树下的这些人依次捆绑，逼迫迁往外地。有的一家人分散四处。于是，妻离子散，抛家舍业，哭声震天。大家一步三回头，渐渐远去，视野所及只有大槐树和树上的老鸹窝。人们在被押赴途中，欲去茅房方便，只好向士兵请示解开手上缚着的绳索，于是产生了一个词语"解手"，至今仍在使用。

"老鸹窝"又作"老鹳窝"，因老鸹（乌鸦）被民间视为不祥之鸟，故说成老鹳。鹳是水边之鸟，洪洞境内有多条河包括汾河流经，倒也说得过去。但散布在广大中原地区的移民，多见老鸹，少见老鹳，故仍多称"老鸹窝"。

实际上，大槐树移民只是一个传说。这个发生在明初洪武、永乐年间的事情，明清两季均无正史记载。直到民国六年（1917年）《洪洞县志》才出现有关记述，在其卷七《舆地志·古迹》中新增了"大槐树"条目："大槐树，在城北广济寺左。按《文献通考》，明洪武、永乐间屡移山西民于北平、山东、河南等处。树下为集会之所。传闻广济寺设局驻员，发给凭照川资，因历年久远，槐树无存，寺亦毁于兵燹。"如此重大的国家移民行动，在正史以及地方志里却少有记载，的确令人费解。即使是上述《洪洞县志》中的这一段记载，也有令人疑惑处，《文献通考》是宋元之际的学者马端临编撰的著作，怎么能记载明代的事情？另外，文中也有"传闻"字样，

"传闻"不就是传说吗？那么这个传说源于何时何处？据学者分析，晚明已有蛛丝马迹，到了清代中叶已广泛流行。它最早出现在族谱之中，愈传愈盛，以至于"但不见诸史，惟详于谱牒"。正如学者赵世瑜所说："传说进入族谱，便成为可信的史料，族谱所说再被采择进入正史或者学术性著作，历史就这样被亦真亦幻地建构起来了。"（《说不尽的大槐树》）

为使这个传说更加可信，又加了一个生物学上的印证，大槐树移民小脚趾甲是两瓣的。我幼时就看过自己的小脚趾甲，果然是两瓣。想想估计有成千上万个人捧着脚丫子做过同一动作，呵呵，多么有趣！

园里影壁墙上红底黄字书写着一个大大的"根"字，格外吸引游客灼热的目光。这个字或许反映出移民传说的潜在文化心理。中国古代是以血缘关系为纽带的宗法社会，崇尚祖先，寻根的意义在于唤起族群认同、地域认同，进而是家国认同。同种同族同一个家，这是一种天然的关系联结，"老乡见老乡，两眼泪汪汪"。就如同这个情景剧演出，我和妻子看得泪眼婆娑，周围的观众也纷纷唏嘘不已，不是演得多么精彩，而是唤起了大家内心深处浓浓的故乡情愫。

大槐树移民，即便是传说，也已成为一段抹不去的历史记忆和族群记忆，深深镌刻在灵魂深处，一代一代地赓续下去。

槐树，成为故乡的象征和符号。

我曾经对槐字中有个"鬼"有点儿不解，木中之鬼？难道暗喻不祥？专门寄生在国槐上的虫子尺蠖，俗名就叫"吊死鬼"。《说文解字》释"槐"曰："木也，从木，鬼声。"元人吴澄注云："槐之言怀也。"再想想带"鬼"的字也不都是坏的意思，比如"魁"，北斗星第一星之谓，还有魁伟、魁梧、夺魁、魁首等，都是好词，我也就释然了。

槐树实为吉祥树，要不怎么与"国""大"相匹配？

建安时期，曹丕、曹植和王粲曾分别作《槐赋》，称槐树为"美树""良木""奇树"，不吝赞词。历代文人对槐树多有吟咏，有人统计，在中国古典文学作品出现的乔木类观赏植物中，槐排名列前茅。

宋代大文豪苏东坡对槐树青眼有加，不仅作有多首槐诗，还在知定州期间亲手在文庙种下两棵槐树，至今仍郁郁葱葱，被称作"东坡双槐"；石家庄封龙山一棵古槐旁边留有他的碑刻"槐龙交翠"。苏东坡更为脍炙人口的名篇是《三槐堂铭》，系应朋友王巩之约为他家的三槐堂写的铭文。王巩，字定国，诗人、画家，其祖父王旦曾做过宋真宗朝的宰相。苏东坡的名句"此心安处是吾乡"便与王巩有关。受苏东坡"乌台诗案"牵连，王巩被朝廷贬至宾州（今广西宾阳），家奴歌姬纷纷散去，只有柔奴一人愿陪伴王巩远赴蛮荒之地。后来，苏东坡问柔奴："岭南应是不好？"柔奴从容答道："此心安处，便是吾乡。"东坡极为赞赏，于是填词《定风波》，便有了这样的句子："万里归来年愈少，微笑，笑时犹带岭梅香。试问岭南应不好，却道，此心安处是吾乡。"《宋史·王旦传》记载：

"祐手植三槐于庭，曰：'吾之后世，必有为三公者，此其所以志也。'"王巩的曾祖王祐曾在庭院里种下三棵槐树，坚信自己的后人肯定有位列三公的，槐树可以作证。没想到他的预言很快就得以实现，他的儿子即王巩的爷爷王旦做了宰相。世人称之"三槐王氏"，并有了"三槐堂"这个堂号。《三槐堂铭》有云："魏公之业，与槐俱萌；封植之勤，必世乃成。既相真宗，四方砥平。归视其家，槐阴满庭。……郁郁三槐，惟德之符。"这里将槐树的繁茂葱郁和王家的功德、繁盛紧密联系在一起。

"三槐"喻"三公"，其来有自。《周礼》云："面三槐，三公位焉。"王安石释云："槐华（花）黄，中怀其美，故三公位之。"按照周朝的礼仪，大臣上朝时，需先在宫外列队等候。宫廷外种有二十一棵树，其中左右各有九棵枣树，中有三棵槐树，大臣官员按照职位品级分列于枣树和槐树之下。三棵槐树下的位置是太师、太傅、太保，从此人们便以"三槐"代称三公。

在中国古代文化中，草木植物常常不是单纯的自然物，而是被人植入了不同的情感、心情的文化承载体，譬如梅兰竹菊被称作"四君子"。所以，槐树有"三公"之喻，自然受到人们的尊崇和垂青。《晏子春秋·谏下第二》载："景公有所爱槐，令吏谨守之，植木县之，下令曰：'犯槐者刑，伤槐者死。'有不闻令，醉而犯之者，公闻之曰：'是先犯我令。'使吏拘之，且加罪焉。"这个齐景公简直视槐为国家神器不可冒渎侵犯了，如此爱槐可谓无以复加了。

科举乃古代士子的进身之阶，是登上"槐鼎"之位的敲门砖。故科举也与槐树相勾连，考试的年头叫作槐秋，举子赴考叫作踏槐，考试的月份叫槐黄。唐代李淖《秦中岁时记》谓："进士下第，当年七月复献新文，求拔解，故曰：'槐花黄，举子忙。'"唐代的科举制是考试与举荐相结合，考生考前将自己所作诗文呈给达官显贵过目，以博青眼，求得推荐，叫作行卷。当年科考落第之后，考生大都滞留京城，借住在庙院闲宅等僻静之所，精心写出新文章，七月后或请人出题私试，或献给有关官员名流。这个时节正值槐花盛开的季节，苏东坡有《残句槐花黄》云："槐花黄，举子忙。促织鸣，懒妇惊。"黄庭坚《次韵徐文将至国门见寄二首》其一云："槐催举子著花黄，来食邯郸道上粱。"范成大《送刘唐卿户曹擢第西归六首》（其三）云："槐黄灯火困豪英，此去书窗得此生。"

宋代孔平仲的笔记小说《谈苑》讲了一个宰相吕蒙正颇为传奇的故事：吕蒙正那年参加科考，曾借住建隆观，后赴洛阳应试，锁门而去。历冬至春方回，打开房门一看，床前居然槐枝丛生，高二三尺，吕蒙正恰好可以环抱住那些鼓蓬蓬、绿莹莹的嫩叶。当年，吕蒙正登科，并成为状元，十年后拜相。还有更玄乎的，五代笔记小说《玉堂闲话》中说唐代孙家有一老宅，住了几辈人了，有一天堂前的一个柱子忽然长出了槐枝，并且越长越茂，整个柱子都变成了槐树，以至于把屋子都顶坏了。这样的奇事吸引了许多人参观，把街道堵得水泄不通，大家都以为这是应了"三公"的征兆。果然，后来孙家的孙偓不仅高中状元郎，还当了宰相。

石家庄的槐安路原叫槐南路，与槐北、槐中对应，不知为何改为槐安。这倒让人想起了"槐安国"，想起了"南柯一梦"。它们源自唐代李公佐的传奇小说《南柯太守传》，讲述了侠士淳于棼的故事：淳于棼住宅南面有"大古槐一株，枝干修密，清阴数亩"，淳于棼天天和朋友们在大槐树下喝酒。有一天他喝醉了，身体不适，被两位朋友扶回家，在廊檐下躺下休息，朋友喂马洗脚，准备待他好些再离开。他在迷迷糊糊中被人请到槐安国，做了驸马，当了二十年的南柯郡太守，生了五男二女，享尽荣华富贵，又尝尽人间冷暖。最后在梦中惊醒，见童仆在打扫院子，朋友还在洗脚，夕阳斜照在西墙上，杯中剩酒还放在窗台上。他向朋友讲了梦中经历，又到大槐树下找到了蚂蚁洞口，他就是从这里进入梦中的槐安国的。这个故事和唐代沈既济所著的另一个传奇《枕中记》之"黄粱一梦"如出一辙。

"南柯一梦"常被形容为空欢喜一场，实际上梦中的故事并非只有欢喜，也有父子离散、妻子亡故、战败遭黜等悲切。梦中世界与现实人间并无甚区别，是百味人生的一个缩影，说明人生不过就是一场梦罢了。耐人寻味的是，虚拟的槐安国却是蚂蚁的世界，这岂不是说人和蚂蚁原本没有什么两样？元代诗人元好问据此留下"枯槐聚蚁无多地，秋水鸣蛙自一天"的诗句，当代学者钱锺书从中取"槐聚"二字作为其号，且作诗

《睡梦》:"睡乡分境隔山川,枕坏槐安各一天。那得五丁开路手,为余凿梦两通连。"当是蕴含了他的一种人生认识。

李公佐想象出来的"槐安国",不禁让人想到陶渊明的"世外桃源"。同样是虚拟,前者是一个梦幻的世界,后者是一个理想的社会,二者相较,高下分明,前者显然远未达到后者的精神境界。不过,大槐树庇荫下的国度有一个"安"字,也充分寄寓了作者的美好愿景。不管何时何代,国泰民安,安居乐业,从来都是黎民百姓永久的梦想。

又值盛暑,走在街头,只见槐树叶绿花黄,纵横连绵,郁苍苍,势莽莽,有参天之巨,横亘之阔,亭亭如盖,荫庇一方。这是一棵散发着植物气味和文化气息的树,自古及今乃至未来,"托灵根于丰壤,被日月之光华"(曹丕),巍巍然挺立于天地间。

人间有梧桐

　　那日，随朋友去西郊山坳里一处旧村落游玩，老远就看见一棵大树苍郁挺拔，颇为吸睛。走到近前，只见栅栏木门上挂有一个牌子，写着"梧桐庭院"，征得主人同意便走进去细细观赏。这棵树高约十米，树干粗大，约两人合抱才成，树皮纵裂呈灰褐色，碧绿的叶子密密匝匝，形成一柄浓荫巨伞，部分树冠伸到墙外，树顶有数只鸟雀叽叽喳喳飞来飞去，搭有巢穴也未可知。我不禁有些好奇，还没见过这么高大粗壮的梧桐树，问主人树龄，回答说有七十年了。

　　我用手机软件扫描，显示这棵树叫毛泡桐。这让我讶然，因为这棵树与我印象中的泡桐迥异。小时候在县城父亲的单位居住，胡同里有一棵泡桐，有砂锅口般粗，好像没几年就长这样了。有一天，我在胡同玩耍，对着树干练飞刀，小刀甩出去，插入树身，待我往出拔时，却见刀口处往外渗出了汁液，像人的眼泪咕噜咕噜滴落。那时小孩子不会多想，只觉得好玩，人挨了疼会哭，树咋也会哭啊。后来读李渔的《闲情偶寄》，知他小时候也干过用簪子在梧桐树上刻诗的事。这与木质疏松有关。如今想来，"泡桐"之"泡"即松软之意，自然含有水分。然而，眼前这棵泡桐，以手拍之，坚硬如铁，莫非树老皮就硬实了？

更让我讶然的是，泡桐居然与梧桐压根儿不是一回事，二者没有任何"血缘关系"，完全是两类树种！泡桐是玄参科，梧桐是梧桐科。这颠覆了我头脑中泡桐属于梧桐之一种的惯有认知。可能是两树外观有较高的相似度吧，又都有桐字，故容易弄混。但从生物学上细察，区别还是明显的，比如，梧桐夏天开花，黄绿色小花，不太显眼。泡桐是春天开花，"季春之月……桐始华"（《礼记·月令》），呈白色或淡紫色，一树繁花，分外绚丽。梧桐叶子状如手掌，而泡桐叶子像心脏。梧桐树皮为青色，称为青桐，泡桐则称为白桐，《辞海》亦如是称之。北魏贾思勰《齐民要术》谓："桐叶花而不实者曰白桐。实而皮青者曰梧桐。案：今人以其皮青，号曰'青桐'也。"但实际上，泡桐也是结果实的。

我打了一个电话给农大毕业的朋友，请教梧桐和泡桐的有关问题，他也有点儿蒙，说查查吧。其实，也不怪我们今人把二桐混为一谈，许多古人也分不清呢。最为典型的是，宋代科学家陈翥撰有专著《桐谱》，在他看来，"故《诗》《书》或称桐，或云梧，或曰梧桐，其实一也"。陈翥年至不惑，在西山之南数亩之地植桐八十株，"及数年，桐茂森然"。从他的实践经验和描述来看，他所植的"桐"是泡桐无疑。但他在《桐谱》里误将泡桐当梧桐，二者不分，引用的诸多文献亦说明了这一点。故有学者怀疑，陈翥是否压根儿就没见过梧桐，故有郢书燕说、张冠李戴之误。至今学界公认《桐谱》是研究泡桐的科学专著。

一日傍晚，我沿街道遛弯儿，信步走到一个院落门口，见有一棵青皮的树葱郁茂然，心有所动，用手机软件没有查出来，遂问坐在一旁纳凉的老汉："这是什么树啊？"老汉回答不打锛儿："梧桐！"又呵呵一笑，"人不都说嘛，'栽有梧桐树，引得凤凰来'。好树！"是啊，这无疑是关于梧桐树最有名的一句话，尽人皆知。此语源自《诗经》："凤凰鸣矣，于彼高冈。梧桐生矣，于彼朝阳。萋萋萋萋，雍雍喈喈。"凤凰是传说中高贵圣洁的神鸟，非梧桐不栖，非竹实不食，非醴泉不饮，可见梧桐乃绝佳良木，是有灵性的神树，与凤凰的不凡品性相得益彰，相伴相配。由此，梧桐在文人士子心目中被植入了高洁傲岸的意象基因。和竹、松一样，由于身躯高大、挺直，常被称为"孤桐"，成为贤人君子的化身，被赋予独特的意蕴。唐代白居易诗云："一株青玉立，千叶绿云委。亭亭五丈余，高意犹未已。……四面无附枝，中心有通理。寄言立身者，孤直当如此。"(《云居寺孤桐》)"青玉"，显然是指青桐、梧桐，其中的寓意不言自明。宋代王安石也写有《孤桐》，诗里有言"天质自森森，孤高几百寻。凌霄不屈己，得地本虚心"。王安石绰号"拗相公"，为人正直，耿介倔强，为变法，提出"天变不足畏，祖宗不足法，人言不足恤"，不达目的誓不罢休，在人言汹汹中孤独地战斗，"孤桐"正是他自身境况的写照。

《红楼梦》第八十九回，写贾宝玉去潇湘馆看林黛玉，见壁上挂着一张琴，就问怎么这么短。黛玉笑道："这张琴不是短，因我小时学抚的时候别的琴都够不着，因此特地做起来的。虽不是焦尾枯桐，这鹤山凤尾还配得齐整，龙池雁足高下还相宜。"这里"焦尾枯桐"是一个典故，出自《后汉书·蔡邕传》。说蔡邕在吴地隐居，遇人以干枯的桐木烧火煮饭，燃烧爆裂之声不同凡响，心中一震，急忙从火中抽出这段桐木，请人做成了琴，果然声音清越悦耳，妙不可言。因琴尾尚有焦痕，世称"焦尾琴"。从这个故事可知，桐木是制琴的良材。但问题又来了，这"桐"是梧桐还是泡桐呢？《齐民要术》云："白桐……成树之后，任为乐器。青桐则不中用。于山石之间生者，乐器则鸣。"这里说得明白，白桐宜作乐器，青桐则不中用。李贺《追和柳恽》诗云"酒杯箬叶露，玉轸蜀桐虚"，清人王琦对"蜀桐"的解释是："古称益州白桐宜为琴瑟，所谓蜀桐也。"唐代诗人白居易也是位音乐家，弹得一手好琴，诗《答〈桐花〉》写道："山木多翕郁，兹桐独亭亭。叶重碧云片，花簇紫霞英。"从花朵颜色到诗里提到开花的季节在清明，这个"桐"自然是泡桐。"截为天子琴"云云，对应起来也即泡桐木了。但是，同为唐代的诗人戴叔伦《梧桐》云："天资韶雅性，不愧知音识。"这又说的是梧桐木了。我查阅了许多资料，各种说法皆有，想必是梧桐、泡桐都属轻柔软木，皆可做琴，古人将二者混淆也是有可能的。

孔子说，读《诗经》可"多识于鸟兽草木之名"，长长知识，增加认知，自然亦为读书的目的之一，但诗意的澎湃更能令心灵湖水卷起波澜。据统计，中国古代文学作品中乔木观赏类植物被涉及的次数，在二十七种植物中梧桐（或许含泡桐）排在柳、竹、松之后，列第四位。由此可见历代文人对梧桐的钟爱。除了借梧桐抒发清雅高洁的情感外，诗人们还时常将梧桐与秋和愁联系在一起。古语有云："梧桐一叶落，天下皆知秋。"是说梧桐有灵性，对自然变化有极强的感应能力，在立秋日第一时间会坠落一片叶子，告知世人秋天来了。我想，这与桐叶较大也有关系吧，比那些细碎的树叶飘落更显得郑重其事，更有仪式感，更惹人注目。秋天的细雨落在桐叶上，簌簌作响，打湿了凝重的愁绪，点点滴滴都在心头。温庭筠词云："梧桐树，三更雨。不道离情正苦。一叶叶，一声声，空阶滴到明。"（《更漏子》）李清照词云："梧桐更兼细雨，到黄昏，点点滴滴。这次第，怎一个愁字了得。"（《声声慢》）白居易诗云："春风桃李花开夜，秋雨梧桐叶落时。"（《长恨歌》）……在文人笔下，梧桐还被赋予爱情的旖旎之情，因凤凰雄为凤，雌为凰，故有人称梧桐雄为梧，雌为桐，组成复合意象。《孔雀东南飞》写刘兰芝、董仲卿死后的坟茔前，"东西植松柏，左右种梧桐。枝枝相覆盖，叶叶相交通"，忠贞缱绻之情感人至深。

在我小区的院子里，街道旁，处处可见一种"梧桐"，名曰法国梧桐，树身高大，树冠成荫，皮青叶碧。其实，这种树叫悬铃木，与梧桐的血缘更远，是外来树种。20世纪初，法国人在上海租界种植，树皮和树叶以及整个模样皆与梧桐相仿佛，因而被国人称作法国梧桐。想想也挺有趣，原本梧桐与泡桐就极易弄混，如今又添了一个悬铃木，真是热闹了。不过，从心理上我更愿意模糊它们的称谓，统称其为梧桐也无妨，乐见它们在大地上翁郁蕃秀，如此一来，栖居其间的人们岂不是都有了凤凰的高贵？

芦 苇 秀

有水的地方就有芦苇。池塘、河岸、湖边，不用刻意寻找，它会不经意地出现在你的视野中。一丛丛，一片片，天然一派野趣。

我最早见到芦苇是在村西的池塘。我们当地将池塘唤作大坑，那时坑里常年有水，夏天水多些，冬天水浅些。南北岸皆有一眼甜水井，也从不干涸。我们这个平原小村，无山峦之高峻，无河流之汤汤，平淡无奇，了无风景。然而，大坑里的芦苇丛却长得葳蕤茂盛，给单调乏味的村野平添了一份怡人的景致。

春暖时分，"蒌蒿满地芦芽短"，芦芽从湿润的泥土里拱出来，状似竹笋，只是更加尖细。及长，远远望去，仿佛地上插满了箭矢。倏忽数日间，芦苇蓦地满坑葱绿，蓬蓬勃勃，犹如长成的少女，舒展高挑曼妙的身姿。芦苇与竹子有几分相像，都属禾本科，高大，有节，茎中空，但竹子硬挺，芦苇柔脆。叶子长而尖，茎秆细而高，芦花在顶端飘散，一阵风吹来，芦苇集体随风起舞，摇曳多姿，令人赏心悦目。"蒹葭苍苍，白露为霜"，待到秋末，芦苇丛一片金黄，芦花白茫茫，好像下了一场小雪。正如唐代诗人雍裕之所写："夹岸复连沙，枝枝摇浪花。月明浑似雪，无处认渔家。"（《芦花》）

村西这大坑，呈椭圆形，东深西浅，东半部是水面，西半部是芦苇丛。芦苇丛有一半在水里，一半在陆地。每到暑天，大坑就麇集了村里不少男人尤其是男孩儿。炎炎烈日下，水面微烫，水下却沁凉，跳入水中泡一泡，暑气全消，打打扑腾，更是畅美。这情景，令有些路过的、挑水的或在大坑边洗衣的女人，汗渍衣衫，不免眼馋。不过不要紧，芦苇派上了用场。及晚，或星斗满天，或皓月当空，可听见西侧浅水的苇丛中传来哗啦哗啦的撩水声、喁喁私语声，只闻语响，不见人影，芦苇充当了护花的卫兵。

到了枯水季节，大坑的水完全退到东侧，芦苇丛只是呼吸着水汽的潮润，地面如同庄稼地。苇丛有繁密处，也有稀疏处，我有时会跑到里边去玩，享受隐没其中外面绝对看不见的乐趣。没想到，这一玩竟然鸿运当头，偶遇意外的惊喜。那天，我又钻进苇丛，却见一只母鸡摇摇摆摆往出走，我好奇心顿起，顺着母鸡出来的方向，往深处一走，天啊，一堆柔软发黄的苇叶上竟然卧有四五个鸡蛋，白灿灿晃眼！原来母鸡丢蛋丢到这里来了！在农村，母鸡下蛋不下到自家鸡窝，却下到别处，叫"丢蛋"。这样的事常有，因丢蛋产生邻里纠纷也常见。主家女人疑心母鸡将蛋丢到谁家，而不见还回，便会在院里甚至站到房顶指桑骂槐。也别怪人们吝啬小气，为一枚鸡蛋撕破脸皮，要知道，在生活困难时期，养鸡有"鸡屁股银行"之称，家里收入全靠几只母鸡哩。如此一说，你便知我是多么高兴，恍惚间似乎闻到了蒸鸡蛋的清甜和炒鸡蛋的香味，有多久没吃过鸡蛋了？都不记得了。这芦苇丛与农舍并没有挨着，不知这只母鸡为何跑这么远丢蛋，恐怕主人家都不会想到。尝到这次甜头，我就不时去苇丛踅摸，但可惜再也没有遇上这种好事，以至于在苇丛玩都意兴阑珊了。

小时候我一度痴迷吹笛子，一支竹笛，口吹指按，很是神气。笛子有一孔叫膜孔，贴的膜就是苇膜。选几根品相好的芦苇，用刀削断茎秆，取出一个拇指大小的薄膜，在膜孔周边涂上胶水，粘上即可。这个膜是必需的，声音的清亮婉转由其震动而发出，没膜也能吹响，却聒噪刺耳。然而，苇膜取之极难，稍不留神就破了，而且合适的苇秆也不好寻觅。久之就失去耐心，我便常撕一片白纸甚至报纸代替苇膜，倒也马马虎虎。记得常吹的歌曲是《东方红》《北风那个吹》《洪湖水浪打浪》，痴迷之深，以至于握住有把儿的东西，手指就不由自主地起伏翻飞，好似在按笛孔。后来读书看到一则轶事：唐玄宗一次上朝，神情恍惚，手指不住地在肚子上按来按去，散朝后，高力士问皇上是否龙体欠安，唐玄宗说，昨夜梦见吹奏玉笛，嘹亮清越，所以我一直在回味寻找呢。读此，不禁会心一笑。只是不知道，皇帝老儿的玉笛用的也是苇膜吗？

芦苇天然生长，年年绿了黄，黄了绿。掰一把苇叶可包粽子，轻柔的芦花可作枕芯，绑一束芦花（穗）可作扫帚，苇秆编成箔，当帘子、苫屋顶用。家里铺的炕席和凉席，差不多都是苇子编成的，躺在上面一股清新的苇子气息依稀尚闻。说起编席，不禁想起孙犁小说《荷花淀》中的一段描写："月亮升起来，院子里凉爽得很，干净得很，白天破好的苇眉子潮润润的，正好编席。女人坐在小院当中，手指上缠绞着柔滑修长的苇眉子。苇眉子又薄又细，在她怀里跳跃着。……这女人编着席。不久在她的身子下面，就编成了一大片。她像坐在一片洁白的雪地上，也像坐在一片洁白的云彩上。"在孙犁笔下，女人夜晚编苇席的劳作被赋予了优美的诗意。

2003 年夏天，白洋淀孙犁纪念馆举行落成典礼，我躬逢其盛，第一次见识了芦苇荡的浩渺与广袤。相比我们村那小片苇丛，这里才是芦苇的世界。乘一叶轻舟在芦苇丛中穿梭，水道沟沟汊汊，七纵八横，浓密繁茂的芦苇仿佛暖暖的绿云，又像一道道绿色的屏障。高挺尖细的芦苇与圆润阔大的荷叶相映成趣，朵朵艳红的荷花绽放其间，亮人眼目。一群水鸟在空中飞翔，在水面掠过，啾啾鸣叫，给这偌大的芦苇荡增添了勃勃生机。遥想当年，雁翎队在芦苇荡伏击日寇，战士们头顶荷叶，嘴衔苇秆，神出鬼没，打得鬼子晕头转向。这在孙犁小说和徐光耀《小兵张嘎》等作品中都有鲜活的描述。京剧《沙家浜》中那个新四军隐藏战斗的芦苇荡，也铭刻了一个时代的红色记忆。芦苇荡和平原上的青纱帐一样，书写了人民战争不朽的传奇。

芦苇是生在水边的寻常植物，却被文人赋予了精神的意蕴。《诗经》有云："谁谓河广，一苇杭之。"谁说黄河宽阔啊，凭一根芦苇就可渡过去。这当然是夸张之词，极言游子思归的急迫。有学者胶柱鼓瑟，说"一苇"不是指一根，而是一束，如同桴筏，真是大煞风景。此外还有禅宗始祖达摩"一苇渡江"的故事。达摩被人追至江边，无船可渡，遂信手折一根芦苇，立在上面飘然而过。这才是令人惊叹的神奇。古代二十四孝故事中有一个是"芦衣顺母"，一件轻飘飘的芦花冬衣，无法承受人性之重。法国思想家帕斯卡有一句名言"人是一根会思想的芦苇"，他说："人只不过是一根芦苇，是自然界最脆弱的东西；但他是一根会思想的芦苇。"我想，帕斯卡之所以拿芦苇说事，想必是他经常在河畔徘徊，目睹芦苇由春及秋，从葱郁到枯萎，想到人亦不过如此，但他找到了二者的不同之处，人的尊严与高贵在于有思想，思想可以使人永生。

我喜欢芦苇，或许因为它和我的名字有一种天然的缘分？每到一处公园或河边湖畔，看到芦苇即顿生快意，总是要驻足欣赏一番。芦苇和草一样多为野生，一块湿地即可滋生蔓延，生命力勃郁强韧，无须像那些名花佳木一样要人精心侍弄。然而，即便它不被注目，无人理会，仍自由自在地存乎天地间，有风即作飘摇之态，无风则呈玉立之姿，默默地展露出别样的风致，别样的美。

树 的 事

我的老家宅院里有一棵老枣树，树龄多少年了？小的时候我问过父亲，父亲说他小的时候院里头就有，估计总得有上百年了吧。而今，父亲已不在人世了，这棵老枣树依然蓬勃翁郁，每年秋季都结出香甜的红枣。

老枣树长在窗前，树身不高，也不很粗，中间裂开一个深深的树洞，树干六十度倾斜着，像一个佝偻着身躯的老人。我小时候它就这样，过了五十年，它还是这样，似乎岁月在它身上停止了流动。在我的记忆中，我家的鸡到了晚上，往往不回鸡窝睡觉，而是习惯飞到枣树上栖息。我也喜欢登着树洞爬上枣树玩耍。童年的喜好竟然与动物相同，实在有趣。这让我想起人类的童年时期，我们的远祖最早也是筑巢而居，把家安在树上的。唐尧时代有位隐士名"巢父"，即如此。

树老了，就成了"神"，许多百姓给老树蒙上红布，供之香火，叩头膜拜。《中山狼传》载，东郭先生救了狼，狼却要吃他，东郭先生和狼商议要找"三老"评评理。"三老"即老牛、老翁和老树。在人们看来，老了就有通神的意思，孔子说仁者寿、智者寿，道家认为活得久远是因为修炼得道而来。高寿视为人瑞，夭折或中道崩殂则视为不祥。人如此，树亦如此。

去过山西的晋祠，那里有春秋时期留下的柏树，距今快三千年了，树身皲裂得七沟八壑，形状怪异，部分还补着水泥，树根也隆起地面，像老人的手青筋暴露，但树冠如伞，葱茏沃若，新叶碧绿，如新鲜的娇娘。这是我见到的树龄最长久的古树了，也是我见到的最长久的生命体。春秋，是老子、孔子生活的年代，从生命本身来说，老子、孔子早已化作尘埃烟云，被无常打扫得干干净净，不留一点儿痕迹了，而与他们同龄的树，却"青山依旧在，几度夕阳红"，历经无数次雷击、大风、洪淹、地震、兵燹等无妄之灾，仍好好活着。

万物的寿命都有长有短，树也一样，树种不同，生命的长度也迥异。凡是易成活、长得快的树都短命。有一种树叫泡桐，几年工夫发面似的巨大粗壮，树身多汁，小时候淘气，拿小刀戳一下，汁液就流出来，像人的眼泪。这种"速成"的泡桐寿命很短，没几年就枯死了，而且质地粗疏、脆弱，不堪大用。但城市拿它做行道树倒也合适，树大叶阔，今天栽种，翌年就可享受绿荫了。寿命最长的树种应该是松树、柏树了，"岁寒，然后知松柏之后凋也。"人们祝福寿星常说"寿比南山不老松"。它们多栽种在陵园墓地、祠堂寺庙、皇家园林，象征万古长青、永垂不朽。黄帝陵、避暑山庄、武侯祠、清东陵西陵等故地、旧地所在多有，古意森然，平添了一份岁月感、历史感和肃穆的气息。松柏不仅常被人们赋予精神的象征意义，生活中也堪称栋梁之材，质地密实坚韧，不折不弯，盖房子、做家具、做寿材都是上好的木料。

最文艺的树应该是柳树了。柔媚、浪漫、伤感，多喻离别。柳树特别容易成活，插个枝不久就冒芽了。树的形状不够高大雄壮，有一种垂柳更是枝条柔软细长，婀娜婆娑，随风飘拂，颇像柔顺乖巧的女子，河边、田畴、井旁、房前屋后到处可见。从《诗经》"昔我往矣，杨柳依依，今我来思，雨雪霏霏"开始，柳树跟诗结下了不解之缘，关于柳树的名句车载斗量。诸如"此夜曲中闻折柳，何人不起故园情"（李白），"杨柳岸，晓风残月"（柳永），"月上柳梢头，人约黄昏后"（欧阳修），"春风杨柳万千条，六亿神州尽舜尧"（毛泽东）。这里"杨柳"就是柳树，跟杨树没丁点儿关系，譬如"杨柳细腰"是说女人婀娜的腰肢，像摇摆的柳树，如果像杨树那样直挺挺，岂不大煞风景？

作为我们生活的北方平原，最常见的树是杨树、槐树、榆树、柳树、枣树、桑树、椿树，还有桃、李、杏、梨等果树。农村长大的孩子，童年记忆的底色就是爬树攀高、抓知了、偷果子、找鸟蛋。用树杈做弹弓，用树棍做皮牛，用树枝做伪装帽。在食不果腹的饥馑年代，槐花、榆钱儿、树皮、树叶等都是救命的食材。树木是人类的密友，甚至是生命的孵化器，人类是从丛林中走出来的。没有树，我们所生存的地球就是荒漠。那年去澳大利亚，第一次走进热带原始森林，那真是树的世界呀，密密匝匝，遮天蔽日，盘根错节，枝柯交错，仿佛走进了洪荒远古。有树的地方，就有人烟，有树的地方，就有文明。唐之前，中华文明以北方为中心，后来就移到南方了。为什么？据说跟树有关。唐之前，北方气候温暖，雨量丰沛，森林繁茂，不仅有母亲河黄河，河边林地还有大象出没，要不河南为什么叫"豫"呢？字里有"象"，黄河边上还出土过大象的化石。北方翠竹成林，所以才能就地取材，以竹简作纸，书写青史，竹子绝对不会千里迢迢从南方运来。后来，王朝更迭，大兴土木，战乱频仍，森林被毁，气候变得寒冷，北方不再适宜竹子生长，大象更是南迁。文明也如候鸟找寻温暖。比如宋代，大文人欧阳修、王安石、苏东坡、陆游等多是南方人。

庾信作《枯树赋》："昔年种柳，依依汉南。今看摇落，凄怆江潭。树犹如此，人何以堪。"由树及人，生发对生命从葳蕤到肃杀的慨叹，表达出一种无奈、伤感、苍茫的情绪。人的生命意识常和自然界的树木联系在一起，人活一世，草木一秋，十年树木，百年树人，无边落木萧萧下，不见长江滚滚来……从一树鹅黄到碧叶青青，从落英缤纷到枝丫萧条，一如人的生命轨迹。生生死死，枯荣寂灭，周而复始，无穷无尽。茅盾见白杨而想起挺拔的哨兵，鲁迅把寒夜的枣树喻作孤独的战士，庄子欣赏不成材的樗安享自在，孔子在杏林筑坛授业，佛陀在菩提树下觉悟，李聃（老子）之李本就是一棵树啊。

小的时候，老师在课堂上教我们画画，让大家画一个家。大多学生的画面是这样的：一座房子，旁边有一棵树，树的下面是人，树的上方是圆圆的太阳，房子前面有一只鸡或一只狗。这就是我们的家，家园里怎么能没有树呢？

如 草 在 野

　　农村长大的孩子跟草最有缘，他们几乎是一起疯长的。田间地头，院落街道，甚至房顶，到处都是草的芳踪，有草的地方就有小孩子的身影。在农村，树需要植，庄稼需要播，蔬菜需要种，这些绿色植物需要精心侍弄，浇水、施肥、管理、看护，唯独草，被称作野草、杂草，人们欲除之而后快，因此，孩子们的一大任务就是割草。

　　割草最怵头的是在炎热的夏天钻进玉米地里，密不透风，闷热难耐，身上的汗水如小溪流个不止，玉米叶子刮到裸露的肌肤上，划出道道红印，被汗水蜇得又痒又疼。这个时候玉米地里的草，没法用锄头锄，只能用手薅，薅不动的就用镰刀割。而最惬意的是在苜蓿地里割草，尤其是傍晚时分，小风儿溜溜吹着，苜蓿地里平展展的，干起活儿来很清爽。阳光给簇簇狗尾草穗子镀上了一层亮色，在微风中有些嗖瑟地摇曳。记得有一次，割得累了，我躺在苜蓿上，像躺在绿色的毯子上，听着草丛里虫子的鸣唱，望着白云悠悠的天空，享受着清风蓝天。

割完草，用笭筐背回家，晾晒在场院里。青草的气息一直萦绕在空气中，甜丝丝的，很好闻。如果家里养着猪和兔子，就拿一些喂它们，多数情况下，是晒干之后，交给生产队牲口棚，算作工分。我们邻村有一个县里的马场，有时候我们把草打成捆用排子车拉过去，卖给马场，赚些家用。草是牲畜的粮食，称作草料。鲁迅说，牛吃的是草，挤出的是奶，是也。

草的种类繁多，可不像庄稼只有麦子、玉米、高粱、谷子等几类，草像天上的星星，不知凡几。小的时候，为了记住草的名字，也是为了消遣，我经常把草的名字跟村里的人名连在一起，编成顺口溜，诸如，燕子黄，找修己；灰灰苕，找军涛；蒲公英，找建东；马齿苋，找福建……当然，许多草的名字我是记不住的。中国第一部诗歌总集《诗经》出现了大量植物（包括草）名称，孔子说，读《诗经》的功能之一便是"多识于鸟兽草木之名"，这是对大自然最原始的亲近。据统计，《诗经》共305篇，其中153篇写到植物，草字头的字满目皆是。如"蓁""菲""苤""荇""荼""蓼""苓""莪""茹""蒿""薇""蕨""苤苢"……草色青青，绿意幽幽。古人生活的世界就是大自然的一部分，对种种草木抬眼即望，伸手可触，物我难分，浑然一体，不像现代人筑城而居，与自然暌违疏离了。屈原的作品中也充盈着草木的世界，尤其是开创了"香草美人"的文化传统，遗泽后世。"朝饮木兰之坠露兮，夕餐秋菊之落英。""兰芷变而不芳兮，荃蕙化而为茅；何昔日之芳草兮，今直为此萧艾也。"（《离骚》）屈原将草分为香草和恶草，与人的品行德操熔于一炉，设譬做喻，联想引申，读《楚辞》每每能从字里行间嗅到青草的气息。

草是最低矮的植物，匍匐在大地的胸膛之上。相较于蔬菜、庄稼、树木，草是最无用的东西，牛吃马嚼，任人践踏，与竹头木屑同类，因此地位卑微，遭人轻视。鲁迅在其《野草》中说，野草"当生存时，还是将遭践踏，将遭删刈，直至于死亡而朽腐"。所以，生活在最底层的人被称作草民、草根，上山的土匪被称作草寇。旧时代的平民百姓在上层统治者眼里就如同草芥蝼蚁，草菅人命是常有的事。

然而，卑贱者又何尝没有高贵的一面。草也是大自然之子，也是地球上的生命体，所有的生命一样应该得到尊重。怀有一颗大自然之心的诗人爱称其为"香草""芳草""幽草"，在他们笔下，这是一片美丽的风景。"天意怜幽草，人间重晚晴"（李商隐），"晴川历历汉阳树，芳草萋萋鹦鹉洲"（崔颢），"枝上柳绵吹又少，天涯何处无芳草"（苏轼），"天街小雨润如酥，草色遥看近却无"（韩愈）……英国博物学家理查德·梅比著有《杂草的故事》，对杂草予以辩护，他写道："有时候，一种植物成为杂草，继而成为纵横多国的凶猛杂草，是因为人类把其他野生植物全部铲除，使这种植物失去了可以互相制约、保持平衡的物种。另有一些可怕的杂草则纯粹是人类的短视所致。如果我们想要作为一个物种生存下去，处理让我们'不知如何是好'的杂草，我们别无选择。但我们也无法忽视它们的美、它们的丰茂，更无法忽视一个事实——它们正是我们生存所必需的大部分植物的原型。被人类忽视的最重要的一点是，许多杂草也许正努力维护着这个星球上饱受创伤的地方，不让它们分崩离析。"在这本书里，他将杂草比作我们的亲戚。其实，虽然杂草有时是多余的甚至有害的，人类常常将其芟夷拔除，我们不能不承认这一点，但是，草却是人类生存必要的构成，如果没有草的存在，大地失去了植被，必会造成水土流失，土地沙化，山体垮塌，那么地球最终岂不和月球一样荒凉？

民间多有"仙草"的传说，比如《白蛇传》中，白素贞盗仙草（灵芝）救了夫君许仙。"神农尝百草"所形成的中草药，是中国对世界医学作出的巨大贡献，现在普遍使用的中草药有五千种左右。人参、灵芝、枸杞、当归、黄芪、茯苓、白芷……这些草药的名字人们耳熟能详，如数家珍。明代医学家李时珍著《本草纲目》成为中草药的经典、人类的福祉。草成为仙草灵丹，挽救了无数人的生命，谁还敢小视睥睨？

如果说散落在世界角角落落的草，像散兵游勇，那么来到草原，就像来到草的根据地、大本营，"天苍苍，野茫茫，风吹草低见牛羊"，这是草的世界，草的海洋，莽莽苍苍，横无际涯，绿色的波涛汹涌起伏，草们恣意撒欢儿，自由自在，任风抚慰，任阳光亲吻，盏盏各色各样的小花仿佛星星点灯，叫人心醉神迷。

"离离原上草，一岁一枯荣。野火烧不尽，春风吹又生。"在草的身上，我们看到了生命的坚韧、顽强，打不垮，毁不掉，挫不败，这是人类需要向草致敬的最宝贵的品格。

地　气

　　小时候的一个初春，父亲骑自行车驮着我赶路。我坐在大梁上，以往每每行不多久就打瞌睡，东倒西歪，有几次差点儿从车上掉下来，父亲常常是一手扶把，一手还得扶着我。这一回，瞌睡虫却没再招惹我，因为我被一个神奇的现象吸引住了，我看见道路远方好像有水在流动，在阳光下闪闪烁烁，似真似幻，你走它也走，总在前方飘忽，但一路走过地面都干干的，一点儿也没湿。我把这个发现告诉了父亲，父亲告诉我，这是春天回暖，地气上升，有风一吹，似乎在地面流动。

　　这是我第一次听到"地气"这个词。从此，我知道大自然除了天气还有地气。天气在空中，地气在土里。之后不久，我在田地里再次与它相遇。辽阔的田野一马平川，没有庄稼遮挡，麦苗刚开始返青，只见远处若有水流，贴地约一米高，横亘一线，呈潋滟之态，如钱塘潮隐隐有席卷之势，但你永远走不近它，只能远眺，不能近观。

　　《礼记·月令》说孟春之月，"天气下降，地气上腾，大地和同，草木萌动"。地气有上腾，自然也有沉降，有外张也有内敛，在我看来，地气是大地的呼吸，一呼一吸，乃生命存焉。如同天空之雨、雪、云一样，相对应的，伏之于地表的露、霜、雾是不是地气的赋形呈现呢？

《本草纲目》云："露者，阴气之液也，夜气着物而润泽于道傍也。"天为阳，地为阴，阴气，即地气。露水所着之物即植物的枝叶，它凝结为水珠，晶莹透明，玲珑可喜。记得小时候去地里割草，看到圆滚滚的露珠伏在草叶上，便用手指引导一颗向另一颗靠拢，露珠颤悠悠滑动，去拥抱它的同伴，结果体积增大成了胖子，草叶承受不住，滚落地上。遇着枝叶繁茂的灌木矮树，索性握茎一摇，唰一下，仿若下了一场小雨，以此为乐。有时候也会喝着玩，将叶子小心翼翼掐下来，裹成凹状，顺势将露珠倒进嘴里。如果叶子有甜味，那露水自然就是甜的，故有"甘露"之说。老聃云："天地相合，以降甘露。"古人视降甘露为祥瑞。而诗人更是习惯用"珠""玉""清"等美好的字眼来形容露水，如"露似真珠月似弓""金风玉露一相逢"等。但是，露为阴气所凝，和雾一样，太阳一出就很快消失遁形，所以又常以之喻时光短暂，如民间所谓的"露水姻缘"等，皆是此意。对于割草的孩子来说，露水固然可玩可饮，但也有让人腻歪的地方，因傍晚时分上露，每回从地里回家稍晚，裤脚和鞋定然是湿答答的，鞋是布鞋，需要次日晒一天方干。诗人陶渊明记他在地里干活儿，"带月荷锄归"，这么晚了，故"道狭草木长，夕露沾我衣"。没有切实的体验是写不出这样句子的。

在二十四节气中，"露"占了两个：白露，寒露。农历八月，"阴气渐重，露凝而白也"，到了九月，"露气寒冷，将凝结也"。再冷一点儿，露水就由液态变成固态的结晶体了，也即霜。

《说文》释云："霜，露所凝也。……士气津液从地而生，薄以寒气则结为霜。"晚秋清晨起来，推门一看，大地蒙上了一层稀疏斑驳的白色物体，树上、墙头、房顶，乃至地上的草、瓦块等支棱凸出的地方都披挂上了。在外面走一圈回来，帽子、衣服甚至眉毛、眼睫毛都会挂上霜，如果留有胡子，可秒变白胡子老头儿。其实，这霜就是昨日的露，气温过了临界点，发生质变，以固态的形式全面呈现，好像埋伏着的兵士抖掉了伪装，纷纷跳出来现身。古人云："霜者，天之所以杀也。"较之雨、露、雪，霜是有杀气的，霜降与萧瑟零落的景象被形容为"肃杀"，是大地呼出的一口凌厉之气。绿植喜欢露的滋润亲近，却畏惧它的变脸为霜，如同那句话"霜打了的茄子——蔫了"，霜刃挥过，一派颓靡枯萎之状。有趣的是，由露到霜，与人由年轻到衰老的过程何其相似，头发乌黑到两鬓斑白，以"染霜"譬喻，足够形象。但霜也并非全然可憎，"霜叶红于二月花""胜似春光，寥廓江天万里霜"，霜的世界也有美丽的一面。

地面上的水蒸气遇冷凝结成小水滴，以密集的方式占领了全部空间，称之为雾，是大地在凛冽的时辰哈出的一口粗气。记忆中的大雾似乎都发生在农村，田野之上，雾气尤重。一团无形的、厚厚的纱帐从天而降，浓浓包围着你，且是流动的，就像舞台上的追光灯，随着你的走动而在身边辟出一片空隙，周遭的一切混沌迷茫，啥也瞧不见。在大雾天，小孩子捉迷藏自然是最好玩、最有趣的事情了，人一拱进雾中，旋即隐身，仿佛孙悟空施展了法术，只闻语声，不见人影。在这样的大雾中行走，就不用洗脸了，湿漉漉的全是水，衣服也潮乎乎的了。而雾气小的时候，像笼罩着一层轻纱，朦朦胧胧的，远处的景物依稀可辨。秦观之"雾失楼台，月迷津渡"，白居易之"花非花，雾非雾"都是使用"雾"意象写景抒情的佳句。

天气地气，乃阴阳之气，天地交合，化育万物。二者相互依存、相互转化，地气上腾至空中遂成天气，天气下降至地上遂成地气，故《黄帝内经》说"地气上为云，天气下为雨；雨出地气，云出天气"。雨露、霜雪和云雾，哪里能分得那么清楚？在茫茫的空间，是风连接了天和地，是为风气。天气地气二而一，"天地和同，草木萌动"，乃有这翁郁蕃秀的生命世界。

长期生活在城市里，天气寻常可见，而地气似乎有些疏离了。住的是楼房，走的是水泥路，每天双脚很难沾到土地。所以，我每隔一段时间就会到郊外去，沿着阡陌田垄走一走，踩着松软潮润的泥土，感到丝丝缕缕的地气从脚底板进入身体，竟是那样舒服妥帖，踏实安然。

地气是山野之气，是大自然的真气、灵气，也是人世间的风气、烟火气、五谷之气。人作为大地之子，到田野中去吧，到民间去吧，一如希腊神话中的安泰，只有坚实地扎根大地才会汲取无穷的力量。

给地球打伞

　　自打河边的柳树笼上似有若无的鹅黄的轻烟，天气便一天比一天暖和。洒进室内的阳光一寸一寸地向窗根靠近，人走在户外，随行的影子越来越短，好像要躲起来似的。夏天就这样来临了。

　　进入六月，北方的天空通常云彩稀疏，仿佛一面硕大无朋的蓝色镜子，日头无遮无拦火辣辣地炙烤着大地。伴随着布谷声声，麦子熟了，遍地金黄，蹲在地头似乎可以听到麦穗绽裂的声响，麦香在空气里弥散，甜丝丝的，沁人肺腑。在冀南农村，收麦时节被称为麦天，五黄六月，天气炎热，农事繁忙。白居易的《观刈麦》写道："足蒸暑土气，背灼炎天光。力尽不知热，但惜夏日长。"农民割麦子时脚踩热土，背灼烈日，十分辛苦。然而，太阳的暴晒正是麦子喜欢的。小时候看打场，晒得焦干的麦子铺在麦场上，碌碡反复碾轧，麦粒轻松地从麦穗里脱离。虽然热得难受，但农民最乐见的何尝不是这样的天气。他们最怕阴雨天——未及收进仓的麦子可能会发霉发芽。

年少时在生产队参加麦收，队长照顾我年幼，派了我一个轻省的活儿——发要子，即把草绳沿着麦垄放好，便于大人将割下来的麦子捆起来。我正兴兴头头干着，一个本家嫂子停下镰刀，直起腰对我说："哟呵，轮到三弟你发疟子啦！"哄然一声，麦田里响起一片笑声。"发要子"谐音"发疟子"，我小屁孩儿一个，哪里懂得她在开我的玩笑。这个爱开玩笑的嫂子如今已百岁，依然耳聪目明。记得那天日头格外毒，我用手背擦额头上的汗，仰头瞥了一眼，便如万道金针刺目。地里每个人的脸上都滚动着汗珠，胳膊上被麦芒扎得满是红点子，像是出了疹子。这时最盼望有风来，即便是热风，也是凉快的。队里派人挑来几桶井拔凉水，放了几粒糖精，喉咙冒烟的众人蜂拥而上，咕咚咕咚一气灌一碗，痛快极了。

夏至那一天，正午时分的北回归线上，太阳当顶，我们这里地处北纬 38 度，影子就像一截兔子尾巴。此时，禾苗打卷，树叶发蔫，旱地龟裂，狗吐出舌头呼呼喘气，人赤足走在路上，烫得跳脚。梅尧臣在《和蔡仲谋苦热》中云："大热曝万物，万物不可逃。燥者欲出火，液者欲流膏。飞鸟厌其羽，走兽厌其毛。人亦畏絺绤，况乃服冠袍。"太阳曝晒万物，柴能燃出火，汤可熬成膏，飞鸟走兽厌弃身上的羽和毛，觉得是累赘，人连清凉的葛衣都畏惧，何况还穿袍戴帽。不愧是大诗人，将苦热的感觉写绝了。王维作《苦热行》："赤日满天地，火云成山岳。草木尽焦卷，川泽皆竭涸。轻纨觉衣重，密树苦阴薄。莞簟不可近，绤绤再三濯。"这里也写到了"绤绤"，即葛衣，细布为绤，粗布为绤。《史记》曰："夏日葛衣，冬日鹿裘。"王维说，天太热了，葛衣都漉湿了，一天要洗好多回。在我们这里，最热时地表温度可达六七十摄氏度，将鸡蛋打破摊在井盖上，能有七八成熟。

在我看来，赤道犹如神话中的扶桑树，是太阳的老巢，光那个"赤"字就有热感。但有一年我去新加坡旅游，那里是北纬1度，却没有想象中的酷热，与我们的夏天无太大差别。倒是某次去南纬十几度的澳大利亚凯恩斯，让我有了前所未有的体验。甫下飞机，立时感到热浪扑面，仿佛进入一个大火炉，脸上的皮肤有灼痛感，汗水顺着脸颊、脊梁涔涔流下。太阳似乎就悬在头顶，晃得人眼疼。导游叮嘱说，再热也不可裸露肌肤，否则会灼伤。好在人的适应性很强，"没有过不去的火焰山"，身体很快就和高温达成了和解。

麦天的热是干热，到了伏天则是溽热，《礼记·月令》谓之"土润溽暑"，集中在小暑大暑节气。《月令七十二候集解》："暑，热也，就热之中分为大小，月初为小，月中为大，今则热气犹小也。"阳光强烈地照射，热量深深地储存于大地内部，地气升腾，水分子在空气中四处游荡，温度高、气压低，给人以闷热之感。这样的天气，人在屋里坐着不动，也会汗流不止，人们称之为"桑拿天"。我想起了夏天的玉米地，秸秆有一人多高，宽宽的叶子密密实实，遮住了日头，挡住了风。我钻进里边拔草，就像钻进蒸笼里，气都喘不匀，浑身是汗，像水洗一般。但天热并不能阻挡人们劳作。"锄禾日当午，汗滴禾下土。谁知盘中餐，粒粒皆辛苦。""君看百谷秋，亦自暑中结。田水沸如汤，背叶湿如泼。农夫方夏耘，安坐吾敢食？""赤日炎炎似火烧，野田禾稻半枯焦。农夫心内如汤煮，公子王孙把扇摇。"古人的这些诗句，写出了炎热天气中农人劳动的艰辛，悯农、敬农、惜农的情怀溢于言表。是啊，酷暑难耐之时，能安坐室内享受凉风习习，啖瓜饮冰，自然是件惬意的事情，但不要忘了，此时还有人在街道、在田野、在山冈、在边防挥汗如雨。

夏天万木葱茏，百卉竞艳。有一种毫不起眼却名字显赫的小花叫太阳花，属马齿苋科，一天中早晚不开，阴天闭合，只对着太阳微笑，光照越强花开得越妍，红白青黄，花色斑斓，因此人称太阳花。我想，那些在烈日下奔走忙碌的劳动者不就是一朵朵太阳花吗？此时，我蓦然间孩童一般异想天开，假如能在酷热之时给地球打上伞该有多好，人间暑气顿消，世人共享清凉。

大陆泽梦寻

引　子

对于大陆泽，以前我一无所知，初闻其名，也是近两年的事：大陆泽是古代北方第一大湖泊，大致南到任县，北到宁晋，比现在的白洋淀大多了。

2018 年大年初三，我和妻子回了平乡，由侄子陪同直奔位于广宗县境内的沙丘平台遗址。如果事先不知道大陆泽的事，那么，就无法明白，在这么一个平畴原野、了无风景可言的地方，怎么会有"沙丘苑台""沙丘宫"的存在，三大枭雄商纣王、赵武灵王、秦始皇都在这座宫殿发生过耸动历史的传奇故事。有水的地方，才有美的风景，"苑台"嘛，建在水势浩渺、浮光跃金的大陆泽才靠谱儿。

大陆泽虽然早已消失了，却调动了我无穷的想象，引发了强烈的兴趣。我检索、翻阅了有关大陆泽的各种资料，慢慢地，大陆泽开始在我心里复活。在此期间，竟也意外得知，宁晋县新成立了大陆泽文化研究会，任县一些志同道合的人士也在做着相似的工作。更让人兴奋的是，这几个县都举着大陆泽的大旗，在建设湿地、恢复生态、改善环境方面擘画着雄伟的蓝图。2018年从仲春到初夏，我先后三次赴隆尧、宁晋、任县三地实地探访考察，寻找大陆泽可能存在的遗痕，让历史、想象与现实无缝对接，以我的心感受历史的厚度，以我的脚感受土地的湿度，以我的眼感受现实的热度。

我曾经因生在旱地却名字里边充满了水而被人调侃，其实，我的村庄湾子就是处于当年项羽破釜沉舟的漳河湾。而今，我还可以说，我是大陆泽畔人，我与水有着天然的联系。

魂牵梦萦的大陆泽，你在哪里？

曾经的北方第一大湖

2018年暮春，我来到宁晋县东南地势最洼的地方，这里被当地称作"小南海"，据说海拔仅二十四米，被政府定为蓄泄洪区。

那天，偏偏下起了小雨，地上有积水，十分泥泞湿滑。来这里，是因为这里有座著名的奶奶庙，这奶奶不是别人，是明朝万历皇帝的母亲李太后。传说，李太后离开北京到大陆泽游玩观赏荷花，这里地处大陆泽北端，而且遍植荷花，景色非常优美。但不幸的是，李太后从船上跌落水中淹死了。万历十岁登基，全靠寡母一手抚育培养，故母子情深。万历闻此噩耗，大恸，下旨在当地敕建皇家级的庙宇永久纪念。我在大院里一个角落的地上看到几块残碑，上面雕有龙的图案。当然，石碑是旧物，大多已残破，但庙宇却是新近几年建造的。有趣的是，我先前在隆尧的尧山上也看到一座奶奶庙，这个奶奶不是别人，也是李太后。故事是一样的，李太后游大陆泽，溺死。宁晋和隆尧都在大陆泽区域，讲一个同样的故事也是很自然的事。这个传说还有另外一个颇有宫廷黑幕味道的版本，是说，万历皇帝痛恨母亲与自己的老师张居正有私，大抵与秦始皇痛恨母亲与吕不韦有私一样。于是，安排母亲去距京城不远的大陆泽游玩，事先让人暗设机关，待游船划到湖心，抽去活板，船舱进水，致船沉人溺，一场悲剧就这样发生了。从故事的逻辑来讲也是有可能的，不然的话，堂堂一朝太后，皇帝的亲娘，曾一时权倾朝野，居然发生了溺亡事件，安保人员有一百个脑袋都不够砍的。当然，这只是流传于当地的一段野史，并不见于正史记载。

实际上，李太后游玩的大陆泽已叫宁晋泊了。从宋朝起，大陆泽开始萎缩，到了明朝，呈哑铃形，中间断开，南部的水域继续叫大陆泽，北部水域因以宁晋为中心故改叫宁晋泊。

往前回溯，亿年前，华北平原是一片大海，太行山是大海的东岸。

这个不是拟想，是普通的地质科学常识。还有一个科学实证似乎可以做个补充说明，近年在宁晋勘探出一处大型地下盐矿，储藏量大约千亿吨。此次来到宁晋，县委宣传部的同志专门带我去了宁晋盐化工园区参观。只见厂房都已建设完毕，各种机器轰隆隆地工作着。总工程师介绍说，很快就可以吃到这里的盐了。据《元和郡县图志》卷十五记载："泽畔又有咸泉，煮而成盐。百姓资之。"大陆泽地区地下储存着盐矿，看来古人今人达成了共识。

宁晋地势低洼，河水冲积扇慢慢形成了华北平原，海水逐渐后撤，在宁晋的地下却留下了丰富的盐矿储备。在大陆泽消失之前，谁能想到这里还消失过海水呢？更想不到这平淡无奇的地表之下居然埋藏着神奇的宝物，真是人类的造化！

在华北平原形成的过程中，以黄河水为代表的河流泥沙冲积扇逐步东扩，同时也生成了诸多坑坑洼洼的沼泽湖泊。在远古时期，黄河到了下游是没有固定河道的，更没有后来人工的河堤，都是大水漫流的状态，正是这种漫流带来的泥沙像摊大饼一样使大平原得以形成。人类社会肇始之后，治理水患成了极其重要的任务，河流有了较为固定的河道。纵使如此，黄河仍仿佛一个桀骜不驯的猛兽，上百次的改道，使华北平原几乎每一个地方都曾是它的故乡。

黄河是华夏民族的母亲，也是大陆泽的母亲。没有黄河就没有大陆泽。

《吕氏春秋·有始览》记载："天有九野，地有九州，土有九山，山有九塞，泽有九薮，风有八等，水有六川。"又云："何谓九薮？吴之具区，楚之云梦，秦之阳华，晋之大陆，梁之圃田，宋之孟诸，齐之海隅，赵之钜鹿，燕之大昭。"这是见于记载的九大湖泊，其中我们今天最熟悉的是云梦泽，即洞庭湖一带，唐代诗人孟浩然诗云："气蒸云梦泽，波撼岳阳城。"《水经注疏》卷六又解释云：晋有大陆，今钜鹿县广阿泽是也。意思是大陆泽和巨鹿泽广阿泽是一回事。大陆泽在不同时期有不同的名字，大麓、泰陆、广阿泽、大陆陂、杨纡等。《尚书·禹贡》记载："导河，积石，至于龙门；南至于华阴，东至于厎柱，又东至于孟津，东过洛汭，至于大伾；北过降水，至于大陆；又北，播为九河，同为逆河，入于海。"这里的"河"就是黄河，在古代，只有黄河称为"河"，其他河流称为"水"。这段文字记载了黄河流经的地方，其中"北过降水，至于大陆"，降水，即漳河，大陆即大陆泽，说明黄河从漳河注入大陆泽，黄河是大陆泽最主要的水源。

《史记》《山海经》《水经注》《汉书》等书都对大陆泽有明确的记载。从"大陆泽"这个名字可以看出，它既有陆地可耕作的意思，又有湖泊浩渺的泽国水域之意。白寿彝总主编的《中国通史》卷三指出，先秦时代黄河中下游地区，河湖水面宽阔，沮洳薮泽遍野，"凡鸿水渊薮，自三仞以上，二亿三万三千五百五十有九"。学者蒙文通先生在 20 世纪 30 年代发表《古代河域气候有如今江域说》，指出："古黄河流域河湖密布，气候适宜，盛产竹子、水稻，正有似今江南地带。则古时北方气候之温和适宜，必远非今之荒凉干亢者比矣。"多种证据证明，古代大陆泽地区气候不仅类似今之江南，而且可能与亚热带、热带的气候相近。那时候，这里气候温暖，雨量丰沛，动物种类繁多，鸟鱼不可胜数，森林茂密，草木丰美。竹子肯定是有的，竹简作为最主要的书写工具，肯定是就地取材，不可能从南方运来。大象是有的，邢台就出土过象牙化石。麋鹿是有的，在华北地区有多个跟"鹿"有关的地名，如巨鹿、束鹿（今辛集）、获鹿（今鹿泉）、涿鹿等，足以说明鹿曾经在此地繁衍生息且十分活跃。《诗经》云"呦呦鹿鸣，食野之苹"可作为当时情景的写照。在出土的殷周遗址中发现这里曾经有老虎、犀牛、野猪、羚羊、巨驼等动物出没。《史记》载商纣王在今广宗平乡一带建造沙丘苑台，"益广沙丘苑台，多取野兽蜚鸟置其中"。商纣王选择在这里建造皇家园林，正是看中了这里地处大陆泽畔，湖光水色，禽兽翔集，林密草美。与今日之风景迥然不同，如今的田野只有刺猬、野兔子一类的野物了。

从先秦到汉书，关于大陆泽的文字记载比较多，地图上也都有大陆泽的标记。这一北方第一大湖的规模在一个相当长的时期内保持了一个相对稳定的状态。大致是南到任县，北到宁晋乃至深泽一带，约一百公里长、五十公里宽。深泽的名字与大陆泽有关。历史上在深州一带曾设有"陆泽县"，唐先天二年（713 年）置，为深州治，治所在今河北深州市西旧州村，北宋雍熙四年（987 年）废，存在了 274 年之久。公元 1128年，南宋东京留守杜充为抗金兵，扒开了黄河大堤，肆虐的洪水像脱缰的野马，滔天巨浪滚滚东去，导致黄河发生了人为的一次重大改道。作为大陆泽最主要的水源，黄河从此失联，与大陆泽再无瓜葛。仿佛涸泽之鱼、离秧之瓜、断奶之婴，大陆泽开始慢慢走向萎缩和没落。

到了 17 世纪明朝后期，大陆泽一统大湖的局面改变，分解成了两个相对独立的湖区。南部依然水深面广，保持了原来湖泽的面貌，故仍称作大陆泽，以任县为核心区域；北部却是平浅、散漫，湖河交错，因主要位于宁晋，故称作宁晋泊。到了 1824 年，大陆泽的形势发生逆转，南部急剧萎缩，而北部的宁晋泊却变成了一片汪洋，原因是雍正朝的十三爷怡亲王允祥受命整治直隶河道，将大陆泽的水疏通下泄到宁晋泊。表面看来，允祥治理了水患，一劳永逸，而今看来，这个王爷并不懂得水利和生态，只知道排水，不懂得蓄水，水固然可以为患，但更多的是可以造福。鱼儿离不开水，人能离开水吗？万物都离不开水啊！为了纪念怡亲王治水有功，任县当地的村庄改名为永福庄。真的是永福吗？ 1897 年，漳河南移，滹沱河北移，大陆泽仅有的水源中断，呈苟延残喘之状，宁晋泊也没有了湖形。至 1963 年大水过后，大陆泽彻底消失。从此，中国历史上存在了数千年的北方最大湖泊走向终结，不留一点儿痕迹。

1963 年，是我出生前一年。

黄河文明的肚腹

2018 年仲春，隆尧县的杜家庄村北，这里有一座大陆泽庙。

由于前几天刚下了一场透雨，将天空洗得十分干净，瓦蓝瓦蓝的，风却有点儿大，将麦苗吹得起起伏伏，像绿色的波浪。田野之上孤零零地建有一座大陆泽庙，这座庙距杜家庄村有五里之遥，神奇的是，这座庙距周围的五个村都是五里。所以，站在这里放眼四望，十分空旷，越发显得大陆泽庙遗世而独立，令人崇仰。如今的农村，村庄扩建外延，许多村子连为一体，仿佛连体婴儿，像大陆泽庙这样始终保持与村庄五里的距离，如众星拱月的建筑，着实罕见。

大陆泽庙建在一座高岗之上，红砖卧顶，十分简陋，就像一座普通的农家房子。据说是 20 世纪 70 年代末所建，有三间大小，前有廊厦，里边供奉着三皇（天皇、地皇、人皇）和十大名医，塑像也较为粗糙，系泥胎彩塑，色彩艳丽。大陆泽庙原有清代咸丰七年重修的石碑一通，上面写着："大陆泽之中，有大陆庙，在杜家庄北五里许，历年久远，不知其创建于何代也。"说明大陆泽庙早就存在。这块地方地势较高，据说以前是大陆泽的一个小岛。传说赵武灵王灭了中山国之后，来大陆泽游玩，在这个小岛上休息。小睡之时梦见一神女鼓瑟而歌，飘然而至。后来他把大陆泽梦神女的事讲给大臣们听。大臣吴广就把女儿献给了赵武灵王，模样才艺果如梦中神女，被封为惠后。此事司马迁在《史记》中也有描述。大陆泽庙专门有一老汉管理，县里同志专门派人从五里村接老人过来开的门。老人说，很早以前这里是大陆泽的腹地，四周全是水，明朝后期这里的水干了，那时还叫隆平县，人们由打鱼插秧改为种地。但人们并没有忘记大陆泽，我们是大陆泽的后人。几十年前我们几个村商量在这座高岗上重新修建了大陆泽庙，敬神拜祖，祈求保佑。每年七月初一在这里举行庙会，十里八乡的人都来赶会，可热闹了。你看，这地里的麦子长得多好，风调雨顺，一是托共产党的福，再是托老祖宗保佑啊。

来大陆泽庙之前，我先登临了尧山。

尧山因唐尧而得名，也叫唐山。在尧山西南不远处有"柏人城"，尧曾都于此。魏晋时期学者皇甫谧《帝王世纪》载："柏人城，尧所都也。"由此可知，大陆泽地区曾是尧的主要活动区域。尧曾登此山而观洪水。这"洪水"就是泛滥暴涨时候的大陆泽水，在尧山东部。大陆泽在邢台区域内主要包括六个县：任县（今任泽区）、南和（今南和区）、平乡、巨鹿、隆尧、宁晋。隆尧位于中段腹部。此次去隆尧考察，巧合的是，陪同的县委宣传部马副部长的家乡就叫泽畔村，而后来去宁晋考察，陪我一同前往的同事小孙，他是宁晋人，老家村名居然就叫"大陆"！大陆泽在这片地区留下的一鳞半爪的痕迹，竟然都被我巧遇了，这岂不是冥冥中的天意？

有人说，如果说黄河是母亲，那么大陆泽就是孕妇的肚腹，孕育诞生了华夏文明。这话虽然有些夸大其词，却很精彩，说大陆泽是华夏文明发祥地之一倒也符合事实。如前所述，大陆泽一带气候温暖，物产丰富，动植物品类繁多，湖河交错，风光秀丽，有地可耕，有鱼可捕，有禽可狩，有兽可猎，特别适合人类居住生活。从发掘的仰韶文化、龙山文化、殷商文化遗址足可证明，我们的祖先在大陆泽一带创造了辉煌历史。上古时期的"三皇五帝"中有三帝在大陆泽地区留下了足迹。《新唐书·宰相世系三》载："任姓出自黄帝少子禹阳，受封于任，因以为姓。"任，即任县一带。任通壬，水多且大之意，任县得名应与大陆泽有关。黄帝将小儿子封于此地，应该是看中这个地方不错。尧的时代是传说中的洪水时期，尧在四岳（四位德高望重的老者）的推荐下，派鲧治理水患，鲧采取修堤围堵的办法，历经九年结果失败，被舜流放羽山后死掉。舜后又派鲧的儿子大禹治水，采取疏的办法，大获成功。如今在威县一带仍然留存着"鲧堤"遗址，说明在洪水时期大陆泽的水面曾东达威县一带。鲧与其子大禹采用不同的办法治水，效果大相径庭，从此，"堵"与"疏"成为人类历史上深具辩证意味的术语，是人类经过实践留下的智慧的结晶，这个故事，彪炳史册，人人皆知。

尧禅位于舜的故事也发生在大陆泽地区。尧没有将大位传给凶恶顽劣的儿子丹朱，而是经过四岳举荐，看上了以孝名天下的舜。按照司马迁在《史记》中的说法，舜是冀州人，尧舜禹三代即位的地方都在冀州，所以《尚书·禹贡》把冀州列为九州之首。尧禅位于舜，没有轻率做出决定，而是先将两个女儿娥皇、女英嫁给舜，"尧乃以二女妻舜以观其内，使九男与处以观其外"（《史记·五帝本纪》）。而后进行长达三年的考察期，"纳于百揆，百揆时叙。宾于四门，四门穆穆。纳于大麓，烈风雷雨弗迷"（《尚书·尧典》）。结果证明，舜经受住了尧严格的考验，"舜入于大麓，烈风雷雨不迷，尧乃知舜之足以授天下。尧老，使舜摄行天子政，巡狩"（《史记》）。最后，尧筑禅让台，举行盛大仪式，隆重将权柄交予舜。这是人类古代历史上最文明、最民主的一次权力交接，没有传给子嗣，没有血腥争夺，没有私相授受，以天下为念，以苍生为念，可歌可泣，辉耀千古。

宁晋县有一个村叫尧台村，据《隆庆赵州志》载，尧台村即为尧举行禅让大典的地方。今天的尧台村已经没有什么遗存了，毕竟年代过于久远了，五千年，沧海都能变成桑田。我们一行将车停在一家门前，进入一座院落，据称此处就是尧台遗址。舜继位后，在这里建了一座尧王庙来纪念尧的巍巍功德，清朝道光二十六年（1846 年）重修庙宇时，立了一块碑，上书四个大字：尧台古庙。如今，所谓的遗址只残存了这一件文物，所幸保存完好，没有破损。据说，20 世纪 60 年代，尧台遗址上的许多碑石、廊柱等物件都被拉到地里用作农田水利设施了。近几年待大家有了文物意识，想找回这些文物时，已渺不可寻了。

尧台遗址的南侧是一个深坑，大约有两个篮球场那么大，坑里长着一些杂树乱草，上下落差五六米，依稀可以看出遗址是处在高台之上。当我们驱车离开时，我才忽然发现，车子下坡走了很久，再回首一望，其实，尧台很大很大，根本不是我们想象中像演戏搭的台子一样局促简陋。记得我第一次看到秦始皇陵的时候，异常震惊，完全颠覆了我平时在田野上见到的坟丘的印象，这哪里是坟啊，分明是一座山哪！由此可以看出远古天子帝王经天纬地的宏大气魄，他们的所作所为根本不是我们这些升斗小民能想象到的。尧禅让于舜，这是惊天动地的大事情，为隆重举行盛典，所搭建的台子定然高大宽阔，庄严雄伟，与尧星月入怀的伟大胸襟相吻合。

与大陆泽有密切关系的另一处文化遗存，是位于大陆泽畔的沙丘平台。这个沙丘平台遗址位于广宗县的大平台村南，当年巍峨辉煌、连绵十数里的宫殿如今只剩下两米高、五六米宽的土台。如果不是台前立着河北省文物保护单位的石碑，你无法相信它是沙丘宫的残留物。沙丘宫最早为商纣王所建，名叫沙丘苑台，是其玩乐狩猎的地方，如前所述，之所以选址于此处就是因为大陆泽的风光。商纣王这个亡国之君，在这里淫逸胡闹，留下了一句成语"酒池肉林"，成为荒淫误国的典型。赵武灵王接着在这里建造离宫别馆，名叫沙丘宫。之后在这里发生了宫廷政变，曾经以"胡服骑射"的大胆改革使赵国强大的一代枭雄，因在选择王嗣的问题上犯了糊涂，竟被活活饿死在沙丘宫。中国历史上第一个皇帝秦始皇，第五次巡游发病，死在了沙丘宫，袅袅英魂随着大陆泽的阵阵涛声远遁而逝。平乡县有一个村庄名叫"王固"，实际上是"皇故"的转音。王固村与广宗的大平台村都属于沙丘宫的范畴之内。或许是由于三代帝王在这里折戟沉沙，因此被认为是不祥之地，从此再无帝王级别的人物光顾，沙丘宫便逐渐倾圮荒废，成为野兔、狐狸出没的乐园。

关于吟咏大陆泽的诗词，最有名的当属《诗经》中的《泽陂》：

> 彼泽之陂，有蒲与荷。
>
> 有美一人，伤如之何？
>
> 寤寐无为，涕泗滂沱。
>
> 彼泽之陂，有蒲与蕳。
>
> 有美一人，硕大且卷。
>
> 寤寐无为，中心悁悁。
>
> 彼泽之陂，有蒲菡萏。
>
> 有美一人，硕大且俨。
>
> 寤寐无为，辗转伏枕。

据有关文献记载，公元前 487 年立夏日，孔子到大陆泽采风，宣扬仁爱，弘扬儒学，今广宗县件只乡尹村仍存有孔子弘儒台遗址。孔子还搜集到当地的民歌一首，就是这首《泽陂》，被孔子编入《诗经》的"国风"中。隋唐以后，大陆泽已失去了上古乃至先秦时期的规模和气势，已无法与南方的云梦泽等大湖相媲美，所以没有留下太有名的诗人的名篇佳章。但仍然吸引了不少文人墨客来此游玩，元代将领李京是河间人，写有一首《大陆澄波》是较有影响的作品：

汪洋千顷势何雄，九水同归一泽中。

波静天光分上下，浪翻地影失西东。

鱼龙吞吐争春雨，鸟雀擎飞向晚风。

明月蒹葭杨柳岸，渔舟人唱藕花丛。

至清一季，有名周铃者尝游大陆泽，留下这样一段文字："当夫宿雨初收，晨风乍起；日上三竿，烟开千里。晴波潋滟而回环，软涨澄亭而迤逦。有鼓枻之傍人，偕打桨之舟楫。开蟹舍之渔庄，集鸥村于鹭市。荡白石兮粼粼，挹清涟兮弥弥。蠲首团云，龙鳞蹙水，月舵鸣榔，风帆结绮。听欸乃兮何来，唱咿哑而不已。又不觉心旷神怡，泛中流而叹观止。"《大陆泽赋》由此可见，在清代，大陆泽碧波荡漾，舟楫繁忙，鸥鹭翔集，鱼肥水美，仍是一处湖光水色、美不胜收的胜地。

众里寻他千百度

2018年初夏时分，我来到了任县。

任县，邢台市东邻，我的老家平乡县西邻。我曾在邢台市任教，后到石家庄市工作，无数次路过任县，从来没有深入腹地，故印象寥寥，感觉东部平原的县都差不多。这次因考察大陆泽，来到广袤的田野上，却让我大感震惊！任县河流之多，数倍于平乡，纵横交错，如网密布。任之通"壬"，水大且多之意，果然名不虚传。境内有八条行洪河道与一条故河道，分别是滏阳河、沙洺河、南澧河、北澧河、留垒河、顺水河、牛尾河、白马河及李阳河。

任县这个曾经的大陆泽核心，自觉打起大陆泽的品牌，提出"生态立县"，把恢复生态、绿化环境、美丽家园作为发展战略，利用县域内河流众多的优势，建设大陆泽国家湿地公园。2016年作为试点单位，这一项目被国家林业局正式批准。大陆泽国家湿地公园规划范围，主要包括牛尾河、顺水河、澧河、沙洺河和留垒河河道以及邢州湖和点水湖两个人工库塘，总面积971.66公顷，其中湿地面积416.58公顷。湿地类型包括永久性河流、季节性或间歇性河流、洪泛平原湿地和库塘。蓝图已经绘就，军号已经吹响，部队已经出发，经过一年多来的努力，大陆泽国家湿地公园已初见雏形。

这天上午，烈日当头，因前几天刚下过一场雨，空气中透着濡湿，更显闷热。

吃过午饭，我们从县城出发去往大陆泽湿地进行实地考察。沿着澧河河堤驱车西行，只见河道非常宽阔，有五六十米宽，是一条大河的模样。当然，现在河床大部已成耕地，种着庄稼，一侧有一条细细的河沟还有水流淌。而不远处的沙洺河，二三十米的河道流水汤汤，微波荡漾，几乎到了河床的一半，而且水很清亮。最后，我们走到一个三条河流汇流处，即澧河、沙洺河与留垒河汇成一条新的澧河叫北澧河。其实北澧河是五河汇一，澧河在与沙洺河、留垒河汇流之前，在不远处刚完成了与牛尾河、顺水河的交汇。关于两河交汇，成语"泾渭分明"说的就是泾河与渭河交汇、却清浊分明的自然景象。我在重庆朝天门看到过长江与嘉陵江交汇的苍茫博大的盛景。但三河交汇的景象却从未见到过，这次澧河所见让我大开眼界。澧河、沙洺河、留垒河分别从东南、南方、西南三个不同的方向逶迤而来，在交汇点形成两个"鱼嘴"（分叉处像鱼嘴的形状），然后合三为一，往北而去。新的澧河河道较宽，有六七十米，河床也较深，我们站在岸边往下看，有十几米，有三两只小船在边上搁浅停放。当然，这里的河流规模和长江无法相比，加上水流屡细，故而没有宏伟阔大的气象。不过，想一想，过去许多年来，我们确实缺乏"科学发展"的深谋远虑，陷入了掠夺式开发、只顾眼前不管以后的窘境，几乎就是杀鸡取卵，竭泽而渔，从而造成"有水皆污，有河皆干"的局面。而今，经过这几年强有力的治理和涵养，裸露的河床有水了，尽管多数水流不大，尽管多数河水不够清澈，但是毕竟与以前相比有了极大的改善，假以时日，"一条大河波浪宽，风吹稻花香两岸"的美景一定会重现。

宁晋地势低洼，为九河下梢，虽然没有像任县这样明确提出建设大陆泽湿地，但因为特殊的地理位置，担负着更为艰巨的蓄滞洪的重任，所以县里请国家水利部水利水电规划设计总院帮助制定了一份详尽的《宁晋泊蓄滞洪区水生态分区建设与综合治理规划工作大纲》（初稿）。为了京津安全、河北安全，如果发了洪水，宁晋宁愿做出牺牲。但生态建设依然是规划的主旋律。另外，我查到了一份资料，2003年1月《中国水利》

刊登了南水北调工程发布的"海河流域水资源规划简介",其中第十三条"生态建设和环境保护"提到"结合南水北调修复宁晋泊、东淀等6处湿地",这就很明确了。南水北调和引黄入冀补淀工程都流经宁晋,这两个国家工程给宁晋湿地的恢复创造了条件。

2018年4月底,我在宁晋去小南海的路上,看到一条河水势很大,几乎满溢河床,而且河水清澈,波浪微卷,和两岸绿草如茵、杨柳青青的景象相映成趣,组成一幅美丽的乡野风光图。同行的同志告诉我,这条河是老漳河,河里流的水就是引黄入淀的水,经过这几年的严格治理,再无污水废水排放到河里,故而才能呈现出"河水清且涟猗"的怡人风景。我的老家平乡县与广宗县的界河就是老漳河,据说是漳水的故道,故称老漳河,距县城只有十几公里。上大学放暑假期间我曾骑着自行车专程去看老漳河,史载,项羽破釜沉舟的故事就发生在漳水。实际上,漳水古时数次改道,破釜沉舟的洋洋大河早已湮没,跟现在所谓的老漳河没有关系了。人类生而"逐水而居",对河流和水总是有一份天然的亲近感。老子云"上善若水""水善利万物而不争",孔子云"仁者乐山,智者乐水",等等,先贤大德多以水设譬做喻。我初见老漳河时还是20世纪80年代初,大规模的排放和污染还没开始,河流虽然细小,但很清澈,岸边有人垂钓,让人感觉很是美好。而今在宁晋看到从老家流过来的河水,感到分外亲切。三十多年过去,终于又看到了清澈的河水了。

由于过度开采地下水，华北地区成了中国乃至世界最大的"漏斗"。现在打一眼井需要深到五六百米以下。记得 70 年代我的村庄人工打井几十米即可，甚至 1973 年夏天连下了七天七夜大雨，在地里几锹下去水就漫出来了。而今才几十年啊。谁能想到，这片土地曾经是北方第一大湖？缺水带来的最大问题是干旱，沙漠不就是这样形成的吗？解决这个问题，一是补水，二是涵养。现在，引黄入冀补淀和南水北调两大水利工程给大陆泽地区打了一针强心剂，清清河水重新润泽了这片干渴的土地。更重要的是"绿水青山就是金山银山"的生态文明的思想，彻底改变了粗放野蛮发展的落后思维方式，人们走在一条正确的道路上。裸露的土地披上了绿装，树木在招摇，小草在歌唱，小河流水哗啦啦。

大陆泽，这一古老的泛着水汽的名字，正如惊蛰时节的万种生灵，在经过漫长的沉睡之后悄然苏醒。

收　　梢

当数位朋友听我说在写大陆泽时，莫不一脸茫然，大陆泽？什么是大陆泽？正如我两年前一样的神情。这也难怪，大陆泽毕竟不是现实的存在，早已消失在人们的视野，像是一个遥不可寻的旧梦。站在绿色的田畴原野之上，怎能想象出它曾经碧波万顷、帆立樯动、芦花摇曳的盛大景象？又怎会想象我们的祖先黄帝、尧、舜、禹在这里创造出彪炳千秋的华夏文明？

我们视野所及只是普普通通的黄土地。

然而，"大陆村""泽畔村""深泽""鸡泽"等这些地名的存在，给人留下无限想象的空间，形没了，魂还在。而且，在当地县委和政府的推动下，一些仁人志士把大陆泽这块被遗忘的历史招牌，重新找出来，抹去灰尘，再度擦亮。如果历史和现实不发生对接，只醉心于故纸堆里勾稽爬梳，那这种努力是没有多少意义的。生逢其时，苍天发出了迷人的微笑。国家把生态文明作为五大文明之一写进宪法，比历史上任何一个时候都更加注重人类的生存环境。大陆泽，作为华北地区曾经浩渺阔大的水域、湿地，适时地出现在我们的脑海里，无数次在梦里萦绕。无论从地理、生态、环境、文化等各个方面，大陆泽都会给我们太多的启示。或许，沧海桑田，陵谷变迁，重现大陆泽昔日的盛景已是不可能的事情，但是，建设湿地，修复生态，改善环境，让活在今天的人们与后世子孙宜居福居，却完全不是梦想，完全可以做到。所幸，我看到了大陆泽畔的子孙，正在用聪明和智慧实实在在地在这块古老的土地上描绘着最新最美的图画。

大陆泽美景，还会是梦吗？

第二辑

隔窗听雨

五色炫乾坤

小时候，对颜色最直接的感知是白与黑，白天，黑夜。后来，慢慢发现，土地是黄的，树叶是绿的，天空是蓝的，火是红的，葡萄是紫的，原来，我们生活的世界如此色彩斑斓。忽然有一天，看到雨后天空出现一道美丽的彩虹，赤、橙、黄、绿、青、蓝、紫，七彩全聚一块儿了，煞是好看。

其实，七彩的概念是西方的。1666 年，牛顿，对，就是那个被苹果砸了脑袋的牛顿，用多棱镜发现太阳光的照射搭起了一座七色的彩虹桥，光学里边竟隐藏着如此的大美。这个科学的发现震撼了世界。而在中国，却将颜色分为五色，青、白、赤、黑、黄，五色又与五行、五方紧密相连。《周礼·冬官考工记》曰："画缋之事，杂五色。东方谓之青，南方谓之赤，西方谓之白，北方谓之黑，天谓之玄，地谓之黄。"当然，这五色是基本色，被称为正色，其他被调和、皴染的色种称为间色，其细微的差别构成了世界万物的绚烂多彩。天地间的五颜六色，既有事物本身的自然呈现，也有人类的发现和创造，如染织、绘画等。"青出于蓝而胜于蓝"说明靛青是从蓝草中提取的；作画谓之丹青，丹和青是两种矿物颜料。从五色与五行、五方紧密绾结可以看出，在中国，颜色自古洎今就不单纯是色彩，几乎涵盖了政治、社会、文化、审美等多重意蕴。

五色中，中国人最喜欢的无疑是红色，以至于红色被西方人称为中国红，红色成为中国的象征符号和代表性颜色。甲骨文中最早出现"赤"字，是火的颜色。"红"字出现晚一些，见于金文（钟鼎文），从它的偏旁部首可以看出，跟丝织有关。《礼记》记载，夏朝人喜欢黑色，殷商人喜欢白色，周朝人喜欢红色。可见中国人喜欢红色有悠久的历史。而且，红色比较鲜亮醒目，格外受到尊崇。《礼记》里边有句话："礼楹，天子丹，诸侯黝垩，大夫苍，士黄之。"意思是，房子的廊柱天子用红色，诸侯用黑色，大夫用青色，一般的士只能用土黄色了。颜色有了贵贱之别，而红色备享尊贵。春秋时期齐桓公喜欢穿紫色的衣服，被孔子批评"恶紫夺朱"，认为紫是杂色，红才是正色。到了唐代，红取代赤，成为红色系列中的普遍叫法。有明一朝，皇帝姓朱，红色进一步受宠。皇家建筑红门、红墙、红柱子，清朝也沿袭如此。民间老百姓也以红色为喜庆、红火的吉祥色彩，过年门上要贴红对联，挂红灯笼；结婚称为"红事"，从着装到房间布置红彤彤一片，里里外外透着一股热烈、兴奋、欢快的氛围。

按说，中国人应该更喜欢黄色。赖以生存的土地是黄土地，华夏民族的发祥地是黄河流域，始祖被称作黄帝，黄色皱染了我们的皮肤。黄色是大地收获的颜色，还是金子的颜色。我想，古人非不喜也，是不能也。想想看，在古代除非你是赵匡胤，否则随便披一件黄袍试试？肯定咔嚓一下脑袋搬家。因为从汉代开始，黄色就成为皇家的宠儿了。汉代大儒董仲舒在《春秋繁露》中云："木居左，金居右，火居前，水居后，土居中央。"他把五方中的"土"称之中央，被四方拱卫，地位显赫。三国曹丕接受了他的这一观念，将黄色定为正色之首。到了隋朝，"开皇元年，隋主服黄，定黄为上服之尊，建为永制"（《读通鉴论》）。从此，黄色成为历代皇帝龙袍专用色。清朝将柘黄改为明黄，色彩更亮、更鲜、更炫。有意思的是，皇帝并不反对民间老百姓喜欢红色，红是火，黄是土，从五行上说，火生土哇！

青色，是我国一种特殊的颜色。《说文解字》谓："青，东方色也。"《释名》云："青，生也，像物生时色也。"从这些古代典籍的解释中可以明确，青色，是万物生长的颜色，是生命的颜色。青春，青年，寄寓了多么生机勃勃的希望。但具体而言，青色又较为模糊。"杨柳青青江水平，闻郎江上唱歌声"（刘禹锡），这里，青是绿色；"镜湖俯仰两青天，万顷玻璃一叶船"（陆游），这里，青是蓝色；"朝如青丝暮成雪"（李白），这里，青又成了黑色。从《荀子》"青，取之于蓝，而青于蓝"可知，青色是从蓼蓝中提取而又比蓝色更深的颜色。西方光谱学的三原色是红、黄、蓝，可以对应中国的红、黄、青，青主要是蓝色，属于五色中的正色，而绿色是黄与蓝的调和色，属于间色。最能代表青色的是享誉世界的青花瓷，如蓝宝石一般的色泽，圆润光滑，瑰奇高雅，其始于唐，熟于元，至明已名扬四海。以至于外国人称中国为"China"，与瓷器同名。

白色和黑色，没有列入西方的七彩之中。在牛顿的光学看来，白色是一切光谱的正混合，黑是负混合，二者都不是彩色。但是在中国的五色中，白和黑却赫然在列。不过，白色在我们的话语系统中多负面，丧事为白事，孝服为白色的衣服；没文化的人叫白丁，没功名的人叫白身……黑色也同黑暗联系起来，"风雨如晦，鸡鸣不已"；老百姓也曾被称作"黔首"。然而，在古文化尤其是道学的体系里，白与黑却胜过任何色彩。孔子云："素以为绚兮。"老子更直接："五色令人目盲。"庄子亦质疑："天之苍苍，其正色邪？"太极图是由白与黑两鱼构成，白鱼的眼睛是黑色，黑鱼的眼睛是白色，白中有黑，黑中有白，循环往复，运行无极。老子又云："知其白，守其黑"，"玄之又玄，众妙之门"。玄，即黑色，是天的颜色（天谓之玄），"人法地，地法天，天法道，道法自然"，天道即自然之道，遵从自然即为玄妙。由此可知，黑色在道学里边是多么重要的颜色，并由此对中国文人"笔墨"的传统产生重大影响。我们看西方油画，色彩是多么绚丽，中国画原本也叫丹青，自唐始，水墨画成为中国画的主流，且墨分五色（干、湿、浓、淡、焦），实在令人惊叹。道学崇尚简约、平淡、朴素，认为声色之娱会迷乱人的心智。故艳则俗，淡则雅。水墨传统固然体现了中国文人的精神和风骨，但不能不承认，其辜负了天地造化赋予的缤纷色彩，岂不是一种反自然？

　　好在水墨传统并没有涵盖整个中国文化，诸多优秀的文学作品还是一如姹紫嫣红的大观园，浓烈的色彩增添了艺术的大美。这样的例子俯拾皆是。如杜甫诗云："两个黄鹂鸣翠柳，一行白鹭上青天。窗含西岭千秋雪，门泊东吴万里船。"（《绝句》）一首短诗出现了黄、绿、白、蓝四种颜色。李白诗云："暮从碧山下，山月随人归。却顾所来径，苍苍横翠微。相携及田家，童稚开荆扉。绿竹入幽径，青萝拂行衣。欢言得所憩，美酒聊共挥。长歌吟松风，曲尽河星稀。我醉君复乐，陶然共忘机。"（《下终南山过斛斯山人宿置酒》）这首诗更绝，只写绿就细致到了五种！碧、苍、翠、绿、青，从色阶、亮度写出其间细微的差别，一幅浓淡相宜、深浅分明的绿色画卷在我们眼前打开，让人为之击节赞叹，李太白，真大诗人大手笔也！曹雪芹更是色彩大师，《红楼梦》书名中就带有颜色，怡红公子、绛云轩、浸茜纱、猩红汗巾、石榴裙、胭脂红……千红一窟（哭）、万艳同杯（悲）。《红楼梦》不仅充满着繁复浓烈的色彩画面感，而且对颜色的搭配也有精妙的高论，如第三十五回一段描写："莺儿道：'大红的须是黑络子才好看的，或是石青的才压得住颜色。'宝玉道：'松花色配什么？'莺儿道：'松花配桃红。'宝玉笑道：'这才娇艳。再要雅淡之中带些娇艳。'莺儿道：'葱绿柳黄是我最爱的。'"鲁迅的《故乡》有一段描写给我留下极为深刻的印象："这时候，我的脑里忽然闪出一幅神异的图画来：深蓝的天空中挂着一轮金黄的圆月，下面是海边的沙地，都种着一望无际的碧绿的西瓜，其间有一个十一二岁的少年，项带银圈，手捏一柄钢叉，向一匹猹尽力刺去，那猹却将身一扭，反从他的胯下逃走了。"蓝、黄、绿、白，四种颜色在夜晚依然浓烈，的确感觉是一幅着色"神异"的"图画"，所以给人以强烈的视觉冲击。

颜色，从字面上说就是脸色。中医望闻问切中的"望"就是看脸色，人的哪个部位患病都能从脸色上显现出来。五色与五行、五脏有着紧密的联系。中医经典著作《黄帝内经·灵枢·五色》云："青为肝，赤为心，白为肺，黄为脾，黑为肾。"看病如此，养生亦如是。养肝要多吃青菜、绿叶子菜，养心补血要多吃西红柿、红枣、胡萝卜等，养肺要多吃白百合、白萝卜、豆腐等，养脾胃要多吃小米、玉米、山药、黄豆等，养肾要多吃黑豆、海带、黑芝麻等。

司马相如《长门赋》云："五色炫以相曜兮，烂耀耀而成光。"意指五色炫耀，光彩夺目。史上有一个著名的"江郎才尽"的故事，说的是南朝文学家江淹，年轻时文采斐然，后来却文思枯竭，何故？据说他晚上做梦，有美男子索还了五色笔，"尔后作诗绝无美句，时人谓之才尽"（《南史·江淹传》）。这个故事很有些象征的意味，天地有五色，故亦赋文人以五色笔，用来描绘世间的五彩斑斓。这里，五色为才气的代名词，黯淡枯瘠即为才尽。马克思说"色彩的美感是一般美感中最大众化的形式"，色彩缤纷是我们生存的这个世界最自然的呈现形式，我们应该尊法自然，用上天赐予的五色笔写出绚烂文章，绘就美丽人生。

大地的滋味

李耳在《道德经》中云："五色令人目盲，五音令人耳聋，五味令人口爽。"这话多少有点儿令人沮丧。如果我们换一个角度看，大地之上，有青、黄、赤、白、黑五色入目，有宫、商、角、徵、羽五音贯耳，还有酸、甜、苦、辣、咸五味咂舌，色、声、味都在大自然之间蓬勃地存在着、呈现着，这是多么神奇瑰丽的景象！五色和五音愉悦了我们的视觉与听觉，而五味不仅满足了我们的味觉和自然的生命之需，更投射黏附了丰富繁密的人生况味。

这一切，都拜大地所赐。酸甜苦辣咸，大地上的自然物——草木、土地、禾稼、瓜果都浸润其中，各有各的滋味。

五味中，甜绝对是当仁不让的一号主角，最受人们喜爱追捧，如蝶恋花、蚁附膻一般奔之若骛。甜，会意字，从舌从甘，意思是舌头品出甜味。《说文》解："甜，美也。"这是一种让舌头畅美舒适的味道。甘字里边那一横，是说吃到嘴里的东西就那样含着舍不得咽下，这就是甜，就是美。

或许是我们生下来品啜的第一口乳汁是甜的，那是生命的芬芳，从此烙下深刻的味蕾记忆，寻找甜的滋味成为第一选择。大地和上苍也从不吝啬甜品的供应，如草盈野，如花满地。

每一个童年都有一个"甜蜜史"，跟糖、草秫、瓜果有关。糖需要花钱购买，而草秫、瓜果可在田野中寻找获取。有一种野草叫茅根，长在坡坡坎坎，它的根茎呈白色，一节一节的，挺长，从地下拔出来擦去尘土搁嘴里嚼一嚼，汁液不盛，甜味也淡淡的，聊胜于无，嚼着玩儿。瓜地、果园都有人看管，最诱人也最易吃到嘴的是"甜棒"，即玉米秸秆和高粱秆。浓密的庄稼棵形成天然的屏障，趁割草的时候，钻进去谁也瞧不见。此时挑着粗壮的秸秆用镰刀砍断，用牙擗去一条一条篾皮，一口一口咔嚓咔嚓大嚼起来，满口甜汁，美不可言。一会儿工夫，眼前一地废渣残末。那种高高的顶着穗子的红高粱，秸秆一般没有水分，适合编笆和做箔，可吃的甜棒叫糖高粱，比红高粱矮多了，比玉米还矮，但甜汁充盈，有"北方甘蔗"之称。糖高粱的外皮很硬，擗的时候常不小心就割破了手指、嘴唇或嘴角，在甜棒上面留下斑斑血点，然而这点儿小事丝毫阻止不了对甜美的渴求。

大地上的植物结出的瓜果几乎都是甜的，甜瓜、西瓜、黄瓜、苹果、桃子、梨子、香蕉、葡萄……只不过甜味浓淡不一、纯度不同而已，比如哈密瓜甜得发腻，而南瓜虽然也是甜的，但不可生吃，只有蒸（煮）熟了才行。自然赐予了大量的甜品，人们犹嫌不够，还根据甜菜和甘蔗制作了糖、饴，让蜜蜂帮忙获取了蜂蜜。人们醉心于甜味给舌头和口腔带来的美妙感受，并将这种滋味延伸到人生的方方面面。譬如，相貌要甜美，声音要甜润，爱情要甜蜜，睡觉做梦都要香甜，日子更是要比蜜甜。总之，甜就是幸福、欢快的滋味。

与甜相对的是苦。人人都喜欢甜，不喜欢苦，但不喜欢也还是有苦，大地上长着甜，也长着苦。

我的第一口苦水来自我村的一眼老井。有一天我在街上疯跑着玩儿，满头大汗，极渴，在一拐角处看到一个我叫婶子的妇人从井里提出一筲水，我趴到筲边便喝，妇人欲制止，已来不及了，我喝到嘴里一口水，随即噗地一下吐了出来，真苦啊，且涩，吐出来之后舌头还打皱。我龇牙咧嘴，拧着眉头。妇人哈哈大笑，说，你不知道这井水是苦的？连鸡狗都不喝的，洗洗衣裳还马马虎虎，还不容易晒干呢。

上小学时学校曾搞过一次"忆苦思甜"，煮了一大锅榆钱儿榆叶粥让我们喝。其实，榆叶、榆钱儿都是甜的，故能吃，而柳叶、柳枝是苦的，这是做柳笛时舌头与柳枝亲密接触得出的结论。大多树叶、草叶都是苦的，最苦的草叫黄连，有句歇后语叫"哑巴吃黄连——有苦说不出"。这黄连是中药，而几乎所有中草药都苦，应了那句"良药苦口"之说。那年我生病煎了中药汤，捏住鼻子灌了进去，赶紧用糖来甜口，还是压不住，真是苦不堪言。至今我若身体有恙也是只吃西药或中成药，虽然也是苦的，但至少药片（丸）外层有糖衣裹着。

不是所有的苦都不堪，譬如苦瓜，表面看品相不佳，一身疙瘩颇类癞蛤蟆，吃到嘴里苦中却有一股清新的味道，耐人回味。又譬如橄榄，其味苦涩，久之方回甘味。再如咖啡，那种又苦又香的味道特别容易让人沉迷上瘾。《诗经》有云："谁谓荼苦，其甘如荠。"这种甘苦相依、苦尽甘来的滋味蕴藏着人生的真谛。

有趣的是，甜虽为人喜，但人们对苦的体味却更深刻、更宽广，由此而生发的感喟也就更深重、更绵密，好像有一肚子苦水无处倾泻。痛苦、艰苦、吃苦、受苦、辛苦、疾苦、劳苦、愁苦、苦难、苦恼、苦闷……汇成一句悠长的嗟叹："苦哇！"端的是人生苦海无边，茫无际涯，"佛教四谛"之首即为苦谛。其实，苦与甜是相对的，不吃苦中苦，哪知甜上甜？人的一生是一个苦熬拼争的过程，也即受苦吃苦的过程，就像瓜蔓、树根是苦的，而甜的只是结出的果。过程是漫长的，结果是短暂的。所以，苦，虽不堪言，却最耐人品咂回味，最为人间值得。

对酸的最早体验是吃青杏。苏东坡诗云"花褪残红青杏小"，当小小青杏挂满枝头的时候，小孩子就忍不住下手了，咬到嘴里，咝咝哈哈那叫个酸，口水立马充溢口腔，一旁看的人都能流出哈喇子。更要命的是，酸倒了牙，整个腮帮子木木的，那牙不能沾任何食物，酸疼，得好久才能恢复。尽管如此，我们对酸味还是乐此不疲。有一度小伙伴们流行吃酸枣面，一人一个纸包，敞着口，露出深枣红色的粉面，边走边伸出舌头舔。"望梅止渴"的故事人人皆知，但我们北方人只知青梅酸，但没见过，想象中应该和青杏差不多吧。许多水果在未成熟时都是青色的，亦青涩，除了青杏，还有青枣、青葡萄、青苹果、李子等，熟了之后由青变红（黄、紫），由酸变甜。这是不是与人生很像？我们通常将那些行事莽撞冲动的人叫作愣头青。如果说苦是甜的对立面，那么，酸大概就是甜的少年时。那些拈酸吃醋的男人或醋海生波的女人多半是心智不够成熟的人，其实也蛮好玩有趣。

把辣归到五味中实在是一种误读，辣是一种作用于舌头的痛觉，而非味道。葱、姜、蒜、辣椒是常见的辣味蔬菜，其中最辣的是辣椒。《通俗文》云："辛甚曰辣。"冀南一带农村多植辣椒，并不逊于川湘。辣椒圆锥的形状像一把弯曲的利刃，由青转红，收后堆在场院，红彤彤的仿佛平地燃起大火。吃在嘴里舌头锐痛的感觉也是火烧火燎，既难受又好受。所以有个词语叫"火辣辣"。此外还有由辣的词性本意引申出的与人有关的譬喻，如做事老辣、文笔辛辣、手段毒辣、作风泼辣等。《红楼梦》中那个被贾母谑称"凤辣子"的王熙凤，从性情到手腕，从口齿到心肠，都最生动地诠释了"辣"的品性。

少小家贫，常吃腌制的萝卜、芥菜疙瘩、韭菜花、大蒜等咸菜，积习至今难改，馒头、粥加咸菜就是最好的饭食。北方人爱吃咸，口味重，一天不吃甜水果可以，不吃盐是断断不可的。"白毛女"躲在深山洞里长期没有盐吃，头发都白了；游击队被敌人封锁在山里，千方百计要搞到的是和药品同等重要的盐；古代社会，盐一直为国家垄断专卖。咸味不仅是调味，更是生理、生命的必需。

盐同样来自大地。旧时冀南农村有大片大片的盐碱地，土壤贫瘠，寸草不生，仿佛人脑袋上一块一块的秃疤癞。土地表层有一层松软的盐土，农人将之用铲子刮了，放到一个专门砌成的盐池用清水反复浸泡导引，流出的盐水经太阳晒或用大锅煮，白色的晶体盐就产生了。这个过程称为"淋小盐"，和拉大锯一起成为旧时冀南一带农民最主要的生计。这些为儿时的我在田野上目睹，而今这些早已尘封于泛黄的记忆中了。但是，盐依然是大地慷慨的馈赠。

大地上的植物皆自然拥有五味的属性，《黄帝内经》有过梳理。

五谷：粳米甘，麻酸，大豆咸，麦苦，黄黍辛。
五果：枣甘，李酸，栗咸，杏苦，桃辛。
五菜：葵甘，韭酸，藿咸，薤苦，葱辛。

那时还没有辣椒，辣椒是明末从美洲传入。在中国传统文化看来，五味与人的五脏（肝、心、脾、肺、肾）对应，最终还能和五行联系起来。天地有道，道法自然，相生相克，生生不息。五味是大地的滋味，也是人生的滋味，"五味杂陈""百感交集"之说好像略有消极颓唐之意，但在我看来其实是盈满，是丰厚，是自足，是上苍的赐予。人活一世，少了哪般滋味岂不是都觉乏味、都感寡淡？只是，甜了别沉溺，苦了别沉沦，酸了别倒牙，辣了别放任，咸了别过度，要以它味来填充，来调和，来平衡。苏东坡尝云"人间有味是清欢"，善于知味于口、深味于心，才会不负大地，不负人生。

五 音 盈 耳

　　小时候最害怕的声音是打雷，阴云密布，轰隆隆的雷声由远而近，一道闪电之后咔嚓一声巨响，窗棂微微震颤，耳朵嗡嗡作响，头皮发麻，心怦怦跳。每当这个时候赶紧捂住耳朵，缩在屋子一角。但接下来的声音却令人愉悦，大雨落在树叶、房顶，哗哗，唰唰。雨过天晴，鸟儿鸣，蝉儿叫，浅唱低吟，好生有趣。

　　上初中时我一度痴迷吹笛子，这是我一生唯一使用过的乐器。一支竹笛，横在唇边，口吹指按，发出的声响虽不敢说婉转悦耳，至少能听出是哪首歌曲，北风吹，浪打浪，手指翻飞，竟也十分陶醉。以至于很长时间，只要手握住带把儿的物件，都不由自主十指跳起舞来。

　　及长读了庄子的《齐物论》方知，他把自然界的雷声、雨声、鸟鸣等种种声响，谓之天籁；把人通过乐器发出的有节奏、有旋律的音乐之声，谓之人籁。道家崇尚自然，故庄子将天籁视作天地间最美妙的声音，而对人为的音乐则持摒弃态度。他有句话说得很绝:"擢乱六律,铄绝竽瑟,塞瞽旷之耳,而天下始人含其聪矣。"这种思想真是与老子李耳同气相求,同声相应。李耳是这样说的:"五色令人目盲,五音令人耳聋,五味令人口爽。"五音是指宫、商、角、徵、羽,也叫五声,是中国传统音乐的五个音阶,这里泛指音乐。而今我们将唱歌音调不准或跑调称为"五音不全"。

大自然的种种声音,如蝉鸣虫吟、泉水淙淙固然动听,但音乐却是人类伟大的创造,凝结着人的智慧和情感。儒圣孔子就与老庄恰恰相反,他格外看重音乐,乃至痴迷。一次他在齐国听到"尽善尽美"的韶乐,陶陶然沉浸其中,竟"三月不知肉味",不是三个月没吃过肉,而是吃到嘴里没滋没味,神魂全在音乐里。通常,我们对孔子的固有印象,圣人嘛,定是一副严肃刻板、端庄谨重的模样,其实不然,老夫子是一个多才多艺之人,更是一位音乐家,弹琴、鼓瑟、击磬、唱歌、作曲样样精通,也曾正儿八经拜著名琴师师襄子为师。而且他是唱着歌离世的,可谓旷世绝唱:"泰山其颓乎,梁木其坏乎,哲人其萎乎。"在孔子这里,音乐绝对不是一般性的娱乐,而是一件关乎文明与教化的大事,礼乐并重。他说:"移风易俗,莫善于乐;安上治民,莫善于礼。"他对周朝礼乐制度极为推崇,是坚定的维护者和实践者。孔子对《诗经》的整理编订,也主要是音乐方面,司马迁在《史记·孔子世家》说:"三百五篇,孔子皆弦歌之。"也就是说,《诗经》三百零五篇,每一首孔子都能弹琴歌唱。

音乐的本意是使人快乐，诚如大儒荀子所言："夫乐者，乐也，人情之所必不免也。"音乐的"乐"和快乐的"乐"是一个字。繁体字"樂"，由三部分组成，"丝"是丝弦，"木"是桐木，合之是一张琴，中间的"白"是唱。《说文》谓："乐，五声八音总名。"五声即五音：宫、商、角、徵、羽，八音指金、石、丝、竹、土、革、匏、木八类乐器，也就是说用八类乐器奏出五个音阶的高低变化即音乐。

宫、商、角、徵、羽，相当于现代简谱的 1、2、3、5、6。与现在流行的七个音阶比，少了 4 和 7，为传统音乐的基准音调。为何以"宫商角徵羽"为名？有人说是据天上的星宿而起，这个说法有一丝神秘神圣的色彩；也有人说是根据禽兽的鸣叫声音高低对应拟声起的。《管子·地员篇》谓："凡听徵，如负猪豕觉而骇。凡听羽，如鸣马在野。凡听宫，如牛鸣窈中。凡听商，如离群羊。凡听角，如雉登木以鸣，音疾以清。"这个解释太接地气、太有趣了——凡听"徵"音，犹如一只小猪被背走而大猪惊叫的声音，凄厉哀伤；凡听"羽"音，像是一匹马在原野鸣叫，嘹亮雄阔；凡听"宫"音，仿佛一头牛在地窖里哞哞吼叫，沉稳持重；凡听"商"音，好像离了群的孤羊，咩咩有声，温婉缠绵；凡听"角"音，就像一只野鸡跃到树上打鸣，疾速清亮。我喜欢这样的解说，音乐的起源就是仿声、拟声，与大自然息息相关。它不仅通过动物的叫声呈现了音阶的高低，而且还蕴含着情感心理的因素。

五音为正声，但为补音阶之不足，故又在其中加了变徵和变宫，也组成了七个音阶。如《史记·刺客列传》写荆轲在易水边与朋友们壮别的一幕："至易水之上，既祖，取道，高渐离击筑，荆轲和而歌，为变徵之声，士皆垂泪涕泣。又前而为歌曰：'风萧萧兮易水寒，壮士一去兮不复还！'复为羽声慷慨，士皆瞋目，发尽上指冠。于是荆轲就车而去，终已不顾。"这里先发变徵之声，后为羽声，从众人的表现来看，变徵应为悲凉哀伤的音调，符合离别的氛围，故大家都纷纷落泪哭泣；而羽声明确指为"慷慨"，当为高亢之音，故而众人群情激奋，怒发冲冠。《红楼梦》第八十七回"感秋声抚琴悲往事，坐禅寂走火入邪魔"，写黛玉抚琴、妙玉听琴，也写到变徵之声：

妙玉道："这又是一拍。何忧思之深也！"宝玉道："我虽不懂得，但听他音调，也觉得过悲了。"里头又调了一回弦。妙玉道："君弦太高了，与无射律只怕不配呢。"里边又吟道：

"人生斯世兮如轻尘，天上人间兮感凤因。感凤因兮不可惙，素心如何天上月。"

妙玉听了，呀然失色道："如何忽作变徵之声？音韵可裂金石矣。只是太过。"宝玉道："太过便怎么？"妙玉道："恐不能持久。"正议论时，听得君弦蹦的一声断了。妙玉站起来连忙就走。宝玉道："怎么样？"妙玉道："日后自知，你也不必多说。"竟自走了。

黛玉抚琴与高渐离击筑的变徵之声，流溢出的皆是悲伤哀婉的情绪，而黛玉音调调得过高，悲伤过度，故而弦断琴崩，暗合了人物早亡的悲剧命运。

音乐的旋律节奏，万千变化，是人心志情感的自然生发，也反过来对人产生影响。中国传统音乐奉行的审美原则是"中正平和""典雅纯正"。司马迁说："音正而行正。"赋予五音以强烈的道德色彩。而《礼记·乐记》更是将五音政治化了："声音之道，与政通矣。宫为君，商为臣，角为民，徵为事，羽为物。五者不乱，则无怗懘之音矣。"五音调和不乱，则政通人和，若出现互相侵犯的杂音，则有亡国的危险。

《韩非子·十过》记载了一段师旷为晋平公抚琴的故事。师旷是春秋时期有名的盲人音乐大师，《阳春》《白雪》即为其所作。一天，师旷弹奏了一曲《清徵》，引来十六只黑鹤延颈而鸣，舒翼而舞。晋平公大悦，说没有比这更美妙的曲子了吧？师旷说，《清角》更好听。晋平公说，能弹来听听吗？师旷说，不可，君上德薄，还不够格听，听了会招来厄运。晋平公说，我年龄大了，也就这个爱好，希望让我听完。师旷不得已，就弹奏起来。声音响起，只见有乌云从西北方向涌来，接着弹奏，平地刮起了大风，暴雨也随之而至，扯坏了帐幕，案几上的杯盘摔碎一地，廊上的瓦瓣里啪啦坠落，宾客四处奔散，晋平公也吓得趴在地上。由此，晋国大旱，赤地三年，晋平公也患病瘫痪了。这个故事用夸张的传奇笔调描述了师旷琴技的高超绝妙，同时也昭示了音乐的道德能量。音乐有正声，也有"郑声",孔子说:"郑声淫,佞人殆。"颓废柔媚的靡靡之音消解人的意志,是乱世之音、亡国之音。《史记·殷本纪》记载,那个大名鼎鼎的商纣王贪恋酒色,"使师涓作新淫声,北里之舞,靡靡之乐",最终身败国亡是必然的结局。

正如五色、五味与五脏都有潜在的对应关系,五音亦如此。《黄帝内经》谓:"天有五音,人有五脏。"脾应宫,肺应商,肝应角,心应徵,肾应羽。五音盈耳,曼妙动听,可使身心愉悦,五脏六腑都舒泰安宁,所以,元代名医朱震亨说:"乐者,亦为药也。"没错,"樂"(乐)字加上草字头即是"藥"(药)。至今仍有一种治疗手段叫音乐疗法。

宫商角徵羽,看到这五个字,即觉典雅纯正、古色古香,耳畔仿佛响起钟鼓之鸣、丝竹之声,余音袅袅,不绝如缕。尽管它们已成为古董,见之更多是在文献里,但五音有"中国音阶"之称,大家熟悉的江南民歌《茉莉花》和岳飞词《满江红》皆是五音名曲,依旧存续。高山流水、阳春白雪、余音绕梁、响遏行云、一唱三叹等这些关乎音乐的词汇已化作日常用语。国歌每每在重要仪式上奏唱,依然显示着传统礼乐文化的延续。而宏富浩博的音乐丰富着我们的生活、滋润着我们的心灵,绝对不可或缺。当年孔子聆听乐师挚从演奏,"师挚之始,《关雎》之乱",由衷感叹"洋洋乎盈耳哉",孔子赞美的"乐",是充满和谐意蕴、能够端正社会风气的雅乐。而如今,踔厉风发的新时代更需要谱写出黄钟大吕最强音。

沧海一声笑

哈哈哈哈，哈哈哈哈……邻居老太太一连串的大笑声，从窗户缝里挤进来不时鼓荡我的耳膜，一连数日，天天如此。那边厢放声大笑，这边厢心生疑惑，这老太太不是神经出了问题吧？我上网一查，方知这叫"大笑疗法"，原来这是老太太在治病呢。"笑一笑，十年少"，这句民谚为大家所熟知，敢情大笑还能治病？据说，这种疗法为 20 世纪中叶美国医生所创。英国哲学家罗素也说："笑是最便宜的灵丹妙药，是一种万能的药。"

笑和哭是相对应的词。我从百度上搜索了带"笑"字的古诗词，有 908 页，带"哭"字的只有 83 页，二者相较，竟有百倍之差。这应了那句俗语：笑比哭好。笑，总跟欢乐、愉悦、幸福、满足等紧密相连，而哭，是悲伤、忧愁、不幸、沉痛的写照。"巧笑倩兮，美目盼兮""回眸一笑百媚生"，这笑是美；"谈笑间，樯橹灰飞烟灭"，这笑是潇洒；"仰天大笑出门去，我辈岂是蓬蒿人"，这笑是狂傲；"我自横刀向天笑，去留肝胆两昆仑"，这笑是慷慨……

奥林匹斯山诸神的笑，吸引了凡间的向往；《蒙娜丽莎》那神秘的微笑让世人永久沉醉；世尊拈花，迦叶微笑，更是心有灵犀的禅意释放；生活中，也是一个笑脸可令坚冰消融，暖意顿生。

关于笑，在词语的世界里数量之多恐怕罕有其匹。法国人让·诺安在他的《笑的历史》一书中做了一个"笑的量度表"，像温度计一样，自下而上注明笑的刻度：冷笑、有礼貌的微笑、微笑、不出声的笑、笑、大笑、狂笑、笑得要死。通常来讲，笑是欢愉的表现，如，欢笑、开怀大笑、捧腹大笑、笑嘻嘻、笑眯眯等，但笑的里边还衍生出人类复杂的情感，如，苦笑（无奈），狞笑（凶狠），奸笑（阴鸷），媚笑（巴结），冷笑（蔑视），嘲笑（讽刺），讪笑（尴尬），皮笑肉不笑（虚伪），等等，这些笑显然与欢愉无关了，脱离了原有的轨道。

亚里士多德说人是唯一能笑的动物。笑的复杂性令西方为数不少的科学家、哲学家、艺术家穷究不已，从笑的起因、生理机制、心理精神到艺术审美予以一本正经地探讨。达尔文曾仔细观察新生儿的笑，曾用一片树叶搔出生只有四十五天的婴儿的脚心，发现婴儿会缩回脚掌，嘴里发出某种声音，脸部会出现类似微笑的表情。一名叫罗克尔的医生把笑称作"呼吸现象"："笑既是呼气也是减压。它产生的心理状态是痉挛式的，断断续续和富有爆炸性的。总之是一种呼吸现象。"他又说："希腊人使用一个绝妙的词儿称谓笑：gelao，这个词的本义是'照耀'。笑照亮了面容，使人目光炯炯，使眼角皱起，使红润的双唇舒展在雪白的牙齿上。笑声带来了光明和色彩：它神采奕奕，红光满面。它还会扩展到全身。当人们捧腹大笑、前仰后合的时候，浑身上下各个部位都充分动员起来，于是人便雀跃、舞蹈、嬉戏……"由此可知，笑是一种生理本能，它的本源就是愉悦。

但是，也并非一味的笑就好。英国人詹姆斯·萨利在他的《笑的研究》一书中说："有一点无须争论：笑的冲动应当受到一定的控制，既包括社会压力的外来控制，也包括自我约束的内心控制。笑的冲动一旦不受限制，便可能表现为种种丑恶的、毁灭性形式。"帕斯卡、爱迪生都斥责过那种粗鄙、浅薄的笑。在我们日常的社会活动中，许多的时候、场合，是不能笑的，应该敛起笑容，呈现出庄重、严肃的表情。比如纪念仪式、庄严大会等，这时候，任何形式的笑都是丑陋的、粗野的，甚至是毁灭性的，因为这破颜一笑，是对神圣事物的损害和践踏。一味的笑，就是傻笑，毫无意义，与那种来自于思想和心灵深处的快乐毫不相干了。"嬉皮笑脸"与"吊儿郎当"一个意思，这个笑是轻佻的。另外，"笑料""可笑""玩笑"也都说明有些笑是伴随鄙视的。如果评价某人某事是一块"笑料"，让人觉得"可笑"，那肯定是非常负面的评判，跟毫无价值之意庶几不差；而"笑"与"玩"绑在一起，就有些荒腔走板的意思了，"你开什么玩笑！"是斥责，"真是历史的玩笑"则罪莫大焉。钱锺书先生曾在《说笑》一文中批评了某些无聊、浅薄的笑，他说："假如一大批人，嘻开了嘴，放宽了嗓子，约齐了时刻，成群结党大笑，那只能算是下等游艺场里的滑稽大会串。"至于那些"卖笑"的行径更是等而下之，为人不齿。

笑是喜剧之母，由笑派生出诸多艺术品种，喜剧、小品、相声、马戏团小丑、笑话、滑稽戏等，都旨在逗人发笑，博人一粲。滑稽和幽默是笑的艺术中最主要的两种表达方式。"滑稽"一词源自中国，原指酒器，后指油滑圆融的样子，如《楚辞·卜居》："将突梯滑稽，如脂如韦。"《史记》中有《滑稽列传》，这里的"滑稽"是指能言善辩之人，但都跟"笑"沾边，淳于髡"仰天大笑"，优孟"常以谈笑讽谏"，优旃"善为笑言，然合于大道"，故后世将"滑稽"定义为言辞、行为惹人发笑。巧了，中国戏剧中的丑角，西方马戏中的小丑，一个是白鼻子，一个是红鼻子，扮相奇怪，行为夸张，都是滑稽的最好注脚。"幽默"一词来自于英语"humor"的音译，虽然中国古代屈原《九章》里有"孔静幽默"一语，但这个"幽默"是幽静无声之意，与后来的意思毫不搭界。林语堂先生将"幽默"引入现代中国，使之成为与传统的"滑稽"有别的语言表达方式。他说："在狭义上，幽默是与郁剔、讥讽、揶揄区别的，这三四种风调，都含有笑的成分。不过笑本有苦笑、狂笑、淡笑、傻笑各种的不同，又笑之立意态度，也各有不同。有的是酸辣，有的是和缓，有的是鄙薄，有的是同情，有的是片语解颐，有的是基于整个人生观，有思想的寄托。最上乘的幽默，自然是表示'心灵的光辉与智慧的丰富'。"(《论读书，论幽默》）英国女作家乔治·艾略特把谐趣、幻想和哲理视作构成现代幽默的三种成分。幽默与滑稽一样都是逗人发笑，但幽默显然更高级、更风趣、更有气质、更具智慧因素。如果说搔痒也可以让人发笑，那么幽默则是心灵的搔痒，在笑声中含有深长的耐人思索的意味。

《红楼梦》是一出"悲金悼玉"的大悲剧，"千红一窟（哭），万艳同杯（悲）"，最后的结局是"白茫茫大地真干净"。但这悲剧中却也有欢声笑语相伴，这笑成了哭的背板，越发叫人觉得这世界的荒谬乖违。书中有一段脍炙人口的写笑的场面："贾母这边说声'请'，刘姥姥便站起身来，高声说道：'老刘，老刘，食量大如牛，吃个老母猪，不抬头！'说完，却鼓着腮帮子，两眼直视，一声不语。众人先还发怔，后来一想，上上下下都一齐哈哈大笑起来。湘云撑不住，一口茶都喷出来。黛玉笑岔了气，伏着桌子只叫：'哎哟！'宝玉滚到贾母怀里，贾母笑的搂着叫'心肝'，王夫人笑的用手指着凤姐儿，却说不出话来。薛姨妈也撑不住，口里的茶喷了探春一裙子。探春的茶碗都合在迎春身上。惜春离了坐位，拉着她奶母，叫'揉揉肠子'。地下无一个不弯腰曲背，也有躲出去蹲着笑的，也有忍着笑上来替他姐妹换衣裳的。独有凤姐鸳鸯二人撑着，还只管让刘姥姥。"（第四十回）越是美的东西的毁灭才越是叫人痛惜，繁华过后成一梦，笑语喧哗皆成空，含笑的悲剧比一味流泪的悲剧更叫人痛到骨子里去。按照鲁迅的说法："悲剧将人生的有价值的东西毁灭给人看，喜剧将那无价值的撕破给人看。"悲剧是沉重的，喜剧是轻松的。唯沉重而见分量，一如巨石；轻松亦常失之轻薄，一如鸿毛。从世俗角度来讲，人们更喜欢喜剧，解颐消愁，哈哈一笑，过后不思量。但从审美角度来讲，悲剧更加崇高，对人的情感、思想、心灵有更强烈的冲击和震撼。泪水是灵魂的洗涤剂。

尘世人生，莫不祈愿生活中笑口常开、幸福快乐，但哭却是人来到世界上发出的第一声嘹亮的宣告，这决定了笑与哭是一对冤家终身相依相随。这就是现实的人生本相。所以，笑的时候别缺氧，哭的时候也别绝望。彻悟人生的弘一法师写有一首《清凉歌》，里边有这样的句子："清凉月，月到天心，光明殊皎洁。今唱清凉歌，心地光明一笑呵。"一轮明月朗照清凉世界，心底一片辉光，尘虑烦恼，一笑置之，不悲不喜，淡然处之，这样内心才会有恒久的满足。

镜　中　人

　　不管是居家还是旅行，无论男女，是丑是俊，晨起之后，大都会做一件事情：照镜子。剃须、洗脸、梳妆、打扮，一一在镜前完成。这大抵是每个人日常生活的一道流程。当然，女人尤其是美女或者帅哥与镜子缠绵的时间会久些。

　　我照镜子始于何时？已全然忘记，但对镜子最初的记忆却很清晰。大哥大嫂结婚的时候我才两岁，从记事起就记得他们屋里有一个梳妆台，上方墙壁挂着两面方镜，背面是张美人照，浓眉大眼，妩媚俏丽，后来才知道是电影明星谢芳。而今几十年过去，那两面镜子依然完好无损。现在想来，婚房中的镜子固然增添了一丝温馨时尚的气息，但对于年幼的我来说，印象之深刻倒源于镜子的背面。

　　我与镜子的热恋正是青春时节。上大学起，开始逐步进入从农村娃到城里人的"蝉蜕"，这过程哪里少得了镜子呢。但又不好意思当众揽镜自照，就买了一块掌心大小的圆镜偷偷塞在宿舍铺下，趁无人之时拿出来凝眸细瞧。我看镜子，镜子也看我。有一段时间脸上长满了粉刺，俗称青春美丽痘，当看到镜中人这副尊容，既忧伤又无奈，有时不免迁怒于小镜子，恨不得摔掉。但一日不照如隔三秋，每个少年爱上的第一个人其实是自己。隐秘的镜子心事重重。

世间为何要有镜子？因为人的眼睛再明亮睿智，也无法看到自己的脸，不知道自己长啥样。眼睛用来认识世界，镜子用来认识自己。人类的第一面镜子其实是水，临水映面，又将水盛到铜器里照人，称作鉴，后有了铜镜、玻璃镜。传说，镜子是黄帝的妃子嫫母发明的。嫫母是中国四大丑女之一，额如纺锤，鼻子扁塌，体形肥胖，面黑似漆。一天她挖石板，见一块石片在太阳下闪闪发光，持手里一瞧，吓了一跳，石片映照出了一副丑陋的容貌。她不甘心，怪石片不平，就磨，再照，丑依旧，遂悄悄将石片藏了起来。唐代郑谷《闲题》诗云："举世何人肯自知，须逢精鉴定妍媸。若教嫫母临明镜，也道不劳红粉施。"耐人寻味的是，镜子由丑人所创，原初就被赋予了隐喻的意义，所映照的就不只是容颜了，正如黄帝评说嫫母，只要内心纯正，貌丑又何妨？

朋友老齐是位收藏家，他家里有两面铜镜，皆圆形，没有手柄，背面有钮可穿绳悬挂。一面是鎏金青铜，一面是白铜，皆比盘子还要大，正面平展光滑，但乌突突的，照出来影影绰绰。金属时间长了氧化生锈，需要经常刮垢磨光。《金瓶梅》就写到潘金莲和孟玉楼在家门口磨镜子的情节，磨镜和磨刀一样都是那时的行当。这两面铜镜不知铸于何时，背面有篆字铭文，有"千秋万岁""天下"等字样，估计应在秦以前。铜镜在商周时期就已经有了。《战国策·齐策一》有一段著名的记载："邹忌修八尺有余，而形貌昳丽。朝服衣冠，窥镜，谓其妻曰：'我孰与城北徐公美？'"明末玻璃镜引入中国，之前古人用的大多是铜镜。这两面铜镜背面除了铭文，都有精美的图案，其中白铜镜子背面还是松鹤浮雕，极为珍贵。我双手持镜，感觉沉甸甸的颇有分量。可以想象，古代女子在镜前梳妆，这镜子稍大一些就只能放置桌上，或挂在墙上，不可能拿在手中，实在是太沉了。我想起了"破镜重圆"的典故：南朝末期，兵荒马乱，太子舍人徐德言与妻子"乃破一镜，人执其半"，以为信物。若干年后，二人果然因此重聚，人镜俱圆，相伴终老。我所疑惑的是，铜镜如此坚固，将其破为两半，若非削铁如泥的利器莫办，他们是咋弄的？

人们通过镜子自我观照，认识自己的真实面目。但这里边却有诸般复杂的情态与况味，并非一照了之那么简单，一面镜子也照出了纷繁的人生。《笑林广记·看镜》记述：夫持镜回家，妻拿起来自照，大惊，急忙唤来母亲："不好啦，老公又找了一个老婆带回来了！"母亲也照了照说："咦？连亲家母也领回来了！"虽是笑谈，其实我们真的认识镜中人吗？是否也常有颠顸和陌生之感？甚至有时在镜前自照，对它的纤毫毕现竟会感到无处躲避的难堪。唐代诗人刘禹锡对此有深刻的洞察，他写有《昏镜词》，诗前有段小序颇堪玩味。一个镜子工匠在店铺陈列了十面镜子，打开匣了一看，一面光洁明亮，其余九面皆朦胧模糊。有人不解，工匠笑着说，不是我不能把它们都做成明镜，商人哪有不想卖出去的道理，只是买者都是买与自己容貌相宜的镜子，那太清晰的就难以掩盖脸上的瑕疵，所以买模糊的倒十有八九。于是，"瑕疵自不见，妍态随意生。一日四五照，自言美倾城"。刘禹锡所记颇类寓言，堪为人生的真实写照。曹魏大将夏侯惇一次作战被流矢射伤左眼，而他是个特别在意仪表的人，喜欢照镜子，而每次看到那只伤眼，就火气冲天，将镜子掼到地上。我想如果他的镜子是刘禹锡所谓的"昏镜"，模模糊糊看不出伤眼，就不会生气。

镜子当为女子特别钟爱的物品，女为悦己者容，其实也为自悦容，哪个女人不想把自己装扮得漂漂亮亮的呢？即使征战沙场十余年的花木兰，一旦归家，脱掉战时袍，换上女衣裳，"当窗理云鬓，对镜帖花黄"。爱美之心人皆有之，镜中没有丑人。唐代崔国辅《丽人曲》诗云："红颜称绝代，欲并真无侣。独有镜中人，由来自相许。"绝代佳人，无人可匹，只有镜子里的那位还不错。哈，这美女超级自恋哪。这和才子李敖"要想佩服谁，我就照镜子"有异曲同工之妙。明代陈继儒也有一诗《赠杨姬》："少妇颜如花，妒心无乃竞。忽睹镜中人，扑碎妆台镜。"这美少妇是个妒妇，看到镜中人这么好看，妒心顿生，气得把梳妆台上的镜子扑碎了，这是自恋的另一种表现。林黛玉也喜欢镜子，她恐镜上蒙尘，故用锦袱搭着，加个罩。她"走至镜台揭起锦袱一照，只见腮上通红，自羡压倒桃花"。美呀美，但实际上她已是病态初萌。然而，流光容易把人抛，红颜终会老去，人寂寞，镜子亦寂寞，故王国维如此叹惋："最是人间留不住，朱颜辞镜花辞树。"

《红楼梦》又名曰《风月宝鉴》，宝鉴，宝镜也。书中镜子是一个含蕴深远的意象，多有描述，既真实又虚幻，既日常又奇崛。宝黛爱情是一场无望的悲剧，《枉凝眉》云二人"一个是水中月，一个是镜中花"，镜花水月，看似美丽，终是虚妄，故只能枉自嗟呀，空劳牵挂。甄宝玉是贾宝玉的镜像投射，如袭人所说："那是你梦迷了，你揉眼细瞧，是镜子里照的你影儿。"真真假假，亦真亦假。贾瑞相思王熙凤，被捉弄后病体恹恹，这时跛足道人带来一面镜子——"两面皆可照人，镜把上面鉴着'风月宝鉴'四字"，"这物出自太虚幻境空灵殿上，警幻仙子所制，专治邪思妄动之症，有济世保生之功"。镜子背面是一个骷髅，正面是凤姐勾魂的召唤。背面吓人却可保命，正面销魂却可丧命。这镜子的两面恰恰象征着人生的残酷与欢欲、真相与幻"相"。苏东坡说人生如梦，《红楼梦》可谓人生如镜。

关于镜子，李世民的认知别有洞天："以铜为鉴，可以正衣冠；以史为鉴，可以知兴替；以人为鉴，可以明得失。"世间万物皆可为镜，"我见青山多妩媚，料青山见我应如是"，相互映照，无处不在。时常引鉴，可正，可知，可明，镜中人不管妍媸定会元气淋漓、容光焕发。

青山玉瘗

　　青山玉瘗，这是河南省郏县三苏坟入口青石牌坊楣刻的四个大字。"瘗"，音忆，掩埋、埋葬之意，亦可理解为坟。三苏坟位于嵩山余脉莲花山下，"是处青山可埋骨"，青山二字倒也寻常，而"玉瘗"一词石破天惊，以玉饰坟，可谓奇绝！"青山玉瘗"，乃明代郏县学者、浙江右布政使王尚絅所题，绝妙好辞，仅此四字，令人仰视。更妙的是，"瘗"由病字旁与"夹""土"组成，郏县原本称"夹"，苏氏兄弟病逝后入葬郏县之土岂非天意乎？苏辙说过："地虽郏鄏，山曰峨眉，天实命之，岂人也哉！"

　　这块墓地本来只埋有苏轼、苏辙的尸骨，元代郏县县尹杨允又在此修置了苏洵的衣冠冢，合称"三苏坟"。

　　大文豪苏轼生于眉山，死于常州，通常为大家熟知，却为何长眠于此？不免令人好奇和疑惑。拨开历史的迷雾，一切都有了合乎逻辑、合乎命运的注解。

　　三苏坟在郏县县城西北方向，与县城相距大约27公里。

昨天整天还阴云密布，今天却忽然放晴，一缕阳光穿过云层洒向大地，满目葱茏明媚。

进入三苏园，抬眼北望，一条宽阔的甬路向前方伸延，邈远幽深，两侧柏树、冬青列阵，中间花坛鲜花盛开。视野尽头横亘一道山梁，隐约可见，仿佛一笔淡淡的水墨。

神道上排列着石马、石狗、石虎、石羊等石刻仪仗，历经数百年风吹雨蚀，依然保存完好。两边的柏树枝条上垂挂着许多红色布条，写有吉祥的字句，流溢着人们对三苏的崇仰。神道南端东侧有苏辙次子苏仲南（适）夫妇墓，1969年这里还是一片农田，农民浇地时冲开了墓道，考古人员由此发掘出了墓志铭，苏轼苏辙兄弟墓真伪疑云就此消散。

穿过"青山玉瘗"牌坊，欣赏了历代祭文诗词碑刻，在拜谒三苏坟之前让我们的脚步稍作停留，眯起眼睛让彼时彼刻的历史镜头在脑海中来一番情景再现。

北宋哲宗绍圣元年（1094年），苏轼再度被贬，从定州谪迁岭南。途中他特意绕道苏辙做官的汝州，一来兄弟相会，二来向弟弟借些盘缠，一大家子长途跋涉、车马食宿所费不赀。十年前，朝廷曾诏命苏轼由黄州调任汝州，但他并未上任。此番来汝，也算一偿前缘。苏辙陪着哥哥四处游览，去了训狐山龙兴寺，参观了吴道子的壁画；去了道教名山峱山；随后来到了郏县"小峨眉山"莲花山，兄弟俩登上钧天台北望，见山势"状若列眉"，不禁想起了四川老家的峨眉山，还有一说此山亦名峨眉，自然心里生出了亲近和熟稔的感觉。这为后来归葬于此埋下了伏笔。

实际上，苏家和这片土地相当有缘。当年苏洵对嵩岳的山川之美已心仪动念，曾在给朋友的诗中写道："经行天下爱嵩岳，遂欲买地居妻孥。"但因家贫，时运不济，"有意于嵩山之下、洛水之上买地筑室，以为休息之馆而未果"，留下遗憾。然而，苏辙一直没有忘记父亲的心愿，早在元祐三年（1088年）就在颍川"买田筑室"，晚年更是在此定居，号称"颍滨遗老"。

元符三年（1100年），徽宗即位，苏轼遇赦离开海南岛北归。原答应苏辙之约，准备到颍昌与弟弟比邻而居，以实现当年兄弟俩"宁知风雨夜，复此对床眠"的夙愿。不料朝局忽然有变，令人怔忡不安，苏轼不得已另择常州作为栖居地。途中行至真州写了一封《与子由弟书》，感叹道："恨不得老境兄弟相聚，此天也，吾其如天何！"信里苏轼开头还说"与一家亦健"，身体良好，后边却忽然交代起后事来："葬地，弟请一面果决。八郎妇可用，吾无不可用也。更破千缗买地，何如留作葬事，千万勿循俗也。"八郎妇，是指苏辙三子苏远的妻子黄氏。当苏辙被贬往南荒之地时，苏远夫妇随从侍奉，不料黄氏病死于徇州。苏辙在郏县买了一块墓地，准备将其安葬于此。苏轼在信中告诉弟弟，葬八郎妇的这块墓地自己也可以用，与其再花钱买新地，不如用在丧事上，不必循俗。这里透露出两个信息：一、苏轼之所以葬于郏县，是因苏家已在此地买有墓地；二、经济窘迫，别说千里迢迢归葬于眉山父亲苏洵身边，就是买新墓地都很吃力了。当然，官员死后葬于京畿之地，也是向朝廷表示效忠的一种方式。宋代的包拯、欧阳修、范仲淹等人，皆是这般。

建中靖国元年（1101年）夏天，刚到常州不久，路途劳顿加溽热潮湿击垮了苏轼的羸弱之躯。他自感不治，致信苏辙留下遗言："即死，葬我嵩山下，子为我铭。"苏轼死后次年，其三子苏过将父亲灵柩运抵郏县，苏辙迎柩，将苏轼与其早先故去的第二任妻子王闰之合葬于小峨眉山下的这块土地。十年后（1112年），苏辙在颍昌病故，与苏轼葬于一处，友爱一生的兄弟二人，终于可以永远"夜雨对床"了。

三座坟茔在墓园的最北端，并非一字横排，而是斜着呈东北西南走向，依次为苏轼、苏洵、苏辙。墓前有石案、石供、石碑，石案正面雕有马、鹿、莲花等图案，古朴典雅，栩栩如生。每个石案上都摆放着一大束黄白菊花，两侧还立有竹架花篮，花朵还很新鲜，显然为人所献不久，给庄重肃穆的墓地平添了几分生气。古文唐宋八大家，苏氏父子占其三，名满天下，震古烁今。尤其是苏轼，旷世天才，其文"如万斛泉源，不择地皆可出，在平地，滔滔汩汩，虽一日千里无难"，令后世文人叹为观止。我依次在三苏坟前鞠躬、揖拜，祈先贤大师赐我以灵感和智慧。

墓园中的柏树，翁郁苍翠，遮天蔽日，呈现出一种奇特有趣的景象，几乎一律向西南方向倾斜。据说尽管历经明末、清末匪盗大肆盗伐，但所植柏树皆保持着这一"倾向"，与三座坟茔的走向高度契合。大抵是因西南是眉山的方向，天地有灵，人树同心。南北甬路上一座新塑的苏轼雕像也面向西南，与此呼应。

三苏坟并非一块单纯的墓地，而是由苏陵园、三苏祠、广庆寺三部分组成。广庆寺是宋仁宗敕建，宋高宗赐名，元代将三苏祠建于寺后，形成先寺后祠，寺祠合一的格局，据说这在全国极为少见。历代僧人成为三苏坟的守护者，苏轼一生与佛教渊源甚深，由此可见一斑。除帝王陵之外，我游览过不少古人墓，像三苏坟这般气象万千、宏阔壮观的几乎仅见。

元代县尹杨允将二苏坟变成三苏坟，方便了后人整体凭吊，但也遮蔽或者削弱了一个事情的本相，即苏氏兄弟长眠一处的旷世情谊，两颗伟大的灵魂生死相依，不离不弃。苏轼云："与君世世为兄弟。"苏辙云："手足之爱，平生一人。"《宋史·苏辙传》评价说："辙与兄轼进退出处，无不相同，患难之中，友爱弥笃，无少怨尤，近古罕见。"检诸中国古代历史，兄弟阋墙、骨肉相残者代不乏人，而二苏兄弟情深似海的人性之光，仿若一道温煦的春阳，照亮和温暖了这个世界。

安能摧眉折腰

"安能摧眉折腰事权贵，使我不得开心颜！"

这是唐代大诗人李白的著名诗句，一位傲岸不羁、独立奔放的人格形象呼之欲出，替沉郁压抑的人群吐出了一口浊气。清高自持、不入俗流、维护个人尊严的立世之道，可谓在每一个文人内心深处被奉为圭臬。可是，李白为什么会作此慨叹？他是否做到了在权贵面前绝不"摧眉折腰"？近一段时间，我大量阅读了唐代诗人的传记，发现一个词语"干谒"频频出现，心眼俱痛。一个烈火烹油、鲜花着锦的朝代，一个昂扬豪迈、雄视千秋的诗的时代，居然在诗页的背面浸透出若干不堪的字眼，正如阳光下必有阴影，"卑微""愤懑""无奈""愁苦""哀怜"等如怨鬼纠缠，撕掳不开，又如一根根利刺针肌砭肤，渗出丝丝血迹。或许，这才是真实的唐诗、完整的唐诗，唐代诗人就是这个样子。

先从"干谒"说起。干，求也，谒，拜见也，干谒即有所请求而拜见。干谒的风气出现得很早，到了唐代，即如点点繁星，密布于仕途与诗文的天空。干谒或也称干、干进、干禄、干赏、赟谒等。干谒之风，唐代为盛。这跟唐朝的取士制度有关。科举制度滥觞于隋，它使寒门士子有了通过考试进身做官的机会，无疑这是划时代的一大进步。到了唐朝，取士制度是科举与荐举并行。所谓荐举就是不用考试，达官贵人向朝廷举荐即可直接获取官位。而科举，反而麻烦一些，不仅要参加考试，而且也要有王公大臣向主考官提前举荐，或者考生向主考官"行卷"，即把自己平时的得意之作做成轴卷让其过目，以便使考官对考生有一个全面的认识，做到心中有数。唐朝的科举考试，不糊名，不誊录，端的是"公开透明"啊。这样，考试反倒成了走过场，还没考试，名次就提前定下了，王维的第一名、杜牧的第五名都是未考先知，有关大人物当面许诺。所以，不管是科举还是荐举，都必须有人推荐，而且，向朝廷举贤荐才也成为王公大臣的责任和义务，不擢一善，不荐一才，要被皇帝责罚，还会招来社会物议。如此，干谒之风盛行就势在必然。干谒，是敲门之砖，是进身之阶，是获取功名的必由之路、不二之选。

唐代薛用弱所著《集异记》记载了王维通过干谒得状元的故事。王维少年成名，懂音律，擅琵琶，游走于诸贵之间，尤为唐玄宗之弟岐王所眷重。当时进士张九皋声名赫赫，据说走的是公主的门路，京兆试考官已拟订他为解头。王维正欲应试，听说此事后，请求岐王帮助。岐王为其擘画出招，让他准备诗歌代表作十首，新做一曲声调哀切的琵琶乐。五天后，王维依命而至，岐王又拿出锦绣华服让王维穿上，带着琵琶一同到了公主府邸。当着公主，王维弹了琵琶新曲，献出诗作，小伙子本就"妙年洁白，风姿都美"，一下子打动了公主的芳心。公主对王维的才华大为惊叹，说，我经常诵习的诗歌，一直以为是古人佳作，原来是你写的啊！岐王见状赶紧说道，今年考试若能让主考官得此考生为解头，实在是国家的荣幸啊。公主说，为何不让他应试呢？岐王说，此生若不得解头，就不参加考试，但听说您有意让张九皋做解头啊。公主笑着说，区区小事，那也是他人所托。又对王维说，你诚心想当解头，我尽力帮你。过后，公主将主考官召到府邸，让属下传达了意旨。于是，王维一举登第，做了解头，至于后来成为状元也就水到渠成了。

这部《集异记》虽说是唐传奇，但为当朝人所写还是很真实的。这就是唐代的科举，不结交权贵，无人推荐，就无法实现自己的鸿鹄之志。白居易在《见尹公亮新诗偶赠绝句》中做此感慨："袖里新诗十首余，吟看句句是琼琚。如何持此将干谒，不及公卿一字书。"岑参《至大梁却寄匡城主人》云："一从弃鱼钓，十载干明王。无由谒天阶，却欲归沧浪。"唐代科举与后来有很大不同，进士科诗赋也是考试内容，人人竞相写诗，所以才造就了一个"唐诗"的繁荣时代。此外，唐代虽正式确立了科举制，但荐举制仍盛行不衰，权贵公卿以发现人才、荐举人才延揽美誉，布衣文人也不把干谒当作多么羞耻的事情。社会风气如此，何人能独善其身呢？像元代高明《琵琶记》所云"十年寒窗无人问，一举成名天下知"，这在唐代很难实现。不行干谒事，难为人上人。孟浩然写过一首著名的干谒诗《临洞庭湖赠张丞相》："八月湖水平，涵虚混太清。气蒸云梦泽，波撼岳阳城。欲济无舟楫，端居耻圣明。坐观垂钓者，徒有羡鱼情。"但孟老夫子脸皮太薄，写得过于含蓄了。这是唐代写得艺术性最好的干谒诗，也是最无用的干谒诗。孟浩然曾有直接干谒皇帝的绝佳机会，但被他搞砸了。一次，在朝廷任职的王维，把即将离京的孟浩然领进皇宫他的办公室，这绝对是违禁的。本来心里边就忐忑不安，如小鹿乱撞，恰恰皇帝李隆基来找王维了。尽管违反宫禁，惹得皇帝龙颜大怒可不是闹着玩儿的，但弄好了，却也是孟浩然千载难逢的干谒良机。所幸唐玄宗并未发怒，反而给了孟浩然机会，让他献出一首近作。孟浩然是大才子啊，好诗有的是，但可能是见了皇帝发蒙，头有点儿大，未及多想，张口就念出了近作："不才明主弃，多病故人疏。白发催年老，青阳逼岁除。永怀愁不寐，松月夜窗虚。"老李一听就火了，你从来没找过我呀，怎么说我抛弃你了？嗯？拂袖而去。孟浩然可能有点儿老祖宗孟轲的脾气，蔑视权贵，不屑干谒，考了一次科举，名落孙山，便从此云游山水，躬耕田园，终生一介布衣。李白诗云："吾爱孟夫子，风流天下闻。红颜弃轩冕，白首卧松云。醉月频中圣，迷花不事君。高山安可仰，徒此揖清芬。"这是孟浩然想要的生活吗？绝对不是，他一生都为此郁闷着呢。一个男人，修身齐家治国平天下，从来都是一生孜孜以求的恢宏梦想。

唐代诗人中李白、杜甫可谓两座并峙的高峰，堪称伟大的诗仙、诗圣，但两人又是在干谒中最活跃的人物，既行干谒之事，又写干谒诗文。李白在《代寿山答孟少府移文书》中尝谓："近者逸人李白，自峨眉而来，尔其天为容，道为貌，不屈己，不干人，巢、由以来，一人而已。"实际情形并非如此，他在《与韩荆州书》中又说："十五好剑术，遍干诸侯；三十成文章，历抵卿相。"李白是一个不世出的天才，故狂傲，"我本楚狂人，凤歌笑孔丘""仰天大笑出门去，我辈岂是蓬蒿人"。如此骄傲的人，怎肯循规蹈矩、按部就班去报名参加考试呢？所以，李白从未参加过科举考试。当然，也有人说李白出身商人之家，没有考试资格。那么，"心雄万夫"、怀"四方之志"的李白该如何实现自己的抱负呢？唯有行干谒之事，华山一条路，别无他途。《与韩荆州书》是李白一篇典型的干谒文，既行干谒，有求于人，就得称颂对方，不吝溢美之词。你看此文开头几句："白闻天下谈士相聚而言曰：'生不用封万户侯，但愿一识韩荆州。'何令人之景慕，一至于此耶！岂不以有周公之风，躬吐握之事，使海内豪俊，奔走而归之，一登龙门，则声价十倍！"李白"遍干诸侯"，终于声名鹊起，上达圣听，奉诏入京。在长安得遇文坛泰斗级人物、写过《咏柳》等名篇的贺知章，看了他的诗作《蜀道难》，惊呼其为"谪仙人"，并引荐给皇帝李隆基，因此做了翰林供奉，从此李白声名登峰造极，广为人知。但李白在宫中仅待了三年就被"赐金放还"——被放逐了。原因多种，小人排挤啦，李白放浪形骸、喝酒误事啦，等等，主要原因还是李白对现状的深深失望，他无法实现济世安邦的宏图大略，充其量只不过是皇帝身边的一个御用文人罢了，写出"云想衣裳花想容，春风拂槛露华浓"一类的艳辞丽句，供皇帝、贵妃消遣娱乐而已。所以，干谒权贵也好，博得皇上欢心也罢，都是看人脸色、仰人鼻息、扭曲自我的一种不得已而为之的无奈之举。因此，李白离开长安之后，写出了《行路难》三首，充分表达了自己愤懑难纾、郁郁不得志的感慨："大道如青天，我独不得出。"在《梦游天姥吟留别》中又直接喊出："安能摧眉折腰事权贵，使我不得开心颜！"只有经历过在权贵面前"摧眉折腰"的自我矮化和内心的痛苦，才能得出如此深痛的诛心之论。

按世俗的眼光来看，李白总算在世上风光过、璀璨过，曾受到皇帝降辇迎步、亲手调羹的恩宠，虽然只当过"翰林供奉"或言"翰林待诏"，算不得什么官，却也在巍峨庄严、金碧辉煌的皇宫中出入行走，这些也算配得上李白的骄傲。与此相比，杜甫的境遇就差得不是一星半点了，仕途蹭蹬，一生竭蹶，穷困潦倒，几乎就没过过几天好日子。二十四岁时，杜甫第一次参加科考，铩羽不第。十三年后，皇帝昭告天下，凡有一技之长者可参加制举考试，杜甫兴冲冲再入考场，结果，奸相李林甫弄出一件史上可谓空前绝后的咄咄怪事——无一人登第！用李林甫向皇帝汇报的话说，是政治清明，"野无遗贤"！历此失败，杜甫"致君尧舜上，再使风俗淳"的政治抱负被残酷的现实击打得粉碎。困居长安的杜甫只好频频出入权贵之门，写出大量的干谒诗，为权贵大唱赞歌，拼命拍马屁，同时诉说自己的困顿与可怜。如《奉赠韦左丞丈二十二韵》云："骑驴十三载，旅食京华春。朝扣富儿门，暮随肥马尘。残杯与冷炙，到处潜悲辛。"从诗中可以看出杜甫是一个实诚人，没有因为虚荣打掉牙往肚子里咽，而是将自己的惨状与辛酸和盘托出。一个诗人，早晨敲人家权贵的门，傍晚追在肥马的屁股后面吃土，吃点儿剩饭，喝点儿残酒，真是卑微到家了。当时，除了干谒侯门权贵，还可以通过投匦献书的方式直接上书皇帝。《新唐书》记载了杜甫如此向皇帝陈情："臣赖绪业，自七岁属辞，且四十年，然衣不盖体，常寄食于人，窃恐转死沟壑，伏惟天子哀怜之。……臣之述作，虽不足鼓吹六经，至沉郁顿挫，随时敏给，杨雄、枚皋可企及也。有臣如此，陛下其忍弃之？"这段文字简直就是哭诉哀求了。值得一提的是，在这里我发现了一个词语"沉郁顿挫"，以前我以为这是后人对杜甫诗歌最经典最精准的评价，却原来，是他老先生在干谒书中的自我评价。杜甫的投匦献书有了效果，在苦等了若干年之后，被授予河西县尉从九品的小官，杜甫没有接受，后又改任右卫率府兵曹参军，八品，虽然级别高了点儿，但也只是个管理门禁钥匙、看守兵甲器仗的芝麻小官，什么胸怀抱负根本无从谈起，连维持生计都很困难，甚至小儿子都被饿死了。即使这样，安史之乱又很快爆发，长安被叛军攻陷，杜甫开始了颠沛流离的流亡生活。思痛常在痛定之后，杜甫终于对干谒做出了清醒的认知："艰危作远客，干请伤直性。"

（《早发》）"以兹悟生理，独耻事干谒。"（《自京赴奉先县咏怀五百字》）不管当时的社会风气是否视干谒为正常现象，但清高自尊的文人骨子里还是引以为耻的。谁愿意在权贵面前"摧眉折腰"呢？没办法啊，为了实现理想，或者为了生计，只能忍辱含垢，愧对先贤巢由了。

　　如果说李白、杜甫在干谒之事上做了许多违心的事，不得不向权贵"摧眉折腰"，但还算中规中矩，没有太离谱儿，没有失去基本的人格操守，那么，另一位唐代大儒韩愈在干谒之事上面就走得有点儿远了，以至于让后人对他的人品提出质疑和诟病。韩愈二十五岁进士及第，当然也是经人举荐的。但科考成功只是获得了当官的资格，还要经过吏部的博学宏词科考试，即使通过考试，还要"守选"，等有了官位才能真正被授予官职。这种复杂烦琐的官僚体制的确考验人的耐心，不啻是一种折腾和折磨。韩愈考了三次博学宏词科，均未能如愿，只好频频干谒投书，据统计，他的干谒文至少有十四篇。韩愈曾谓："烂死于泥沙，吾宁乐之；若俯首帖耳，摇尾而乞怜者，非我之志也。"（《应科目时与韦舍人书》）话虽如此说，但他实际上恰恰做了"俯首帖耳，摇尾而乞怜者"。他曾经连续三次上书干谒宰相，其中有这样的句子："一亩之宫其可怀，遑遑乎四海无所归，恤恤乎饥不得食，寒不得衣。"希望宰相能看到自己的"行卷"，"冀辱赐观焉。干黩尊严，伏地待罪，愈再拜"。我们心目中的一代文宗，居然如此低三下四、摇尾乞怜，很是让人不堪啊。即使这样，三次投书没有得到片纸的回应。韩愈对人说:"仆见险不能止,动不得时,颠顿狼狈,失其所操持,困不知变,以至辱于再三。君子小人之所悯笑。"(《答崔立之书》)韩愈命蹇时乖,经过近十年的"守选"才弄了一个无职无权的九品下芝麻小官。无奈,还得厚着脸皮继续干谒。为了博得权贵的欢心,进而换取官位,韩愈极尽阿谀逢迎、吹牛拍马之能事。如《上李尚书书》这样奉承李实:"所见公卿大臣,不可胜数,皆能守官奉职,无过失而已;未见有赤心事上,忧国如家如阁下者。""老奸宿赃,销缩摧沮,魂亡魄丧,影灭迹绝。非阁下条理镇服,布宣天子威德,其何能及此!"这个李实其实是唐德宗的幸臣,权奸一枚,臭名昭著,韩愈为了达到目的,胡乱吹捧,罔顾事实,且言辞谄媚,令人肉麻,实非君子所为,让今天的我们亦为之赧颜汗下。

王维、李白、杜甫、韩愈,都是唐代最杰出的诗人,是中国文化史上最璀璨的明星。然而,任何光鲜明媚的事物背后,都有不为人知的隐痛和秘密。越是伟大的人物承受背负的东西就越多,人性的复杂使世界的真相呈现出多面性、繁复性。孔雀开屏时展现在我们面前的是美丽多姿和五彩绚烂,待其转过身去,我们也不必隐讳它的不堪。尤其对于古人,我们无须一味溢美,把其装扮成忧国忧民、心怀天下、道德高尚、几近完美的至人、圣人,也不必孜孜苛求,戴上放大镜专门挑人毛病,而是应该和那个时代紧密联系起来,和当时的社会环境联系起来,才能知人论世,从中获取有益的启示,如鲁迅所言,人不能提着自己的头发离开地球。韩愈对干谒之事,也有深刻的反思，他在《答李翱书》中云："当时行之不觉也，今而思之，如痛定之人思当痛之时，不知何能自处也。"这就是"痛定思痛"一词的来历。"干谒"一词，在今天已经很少用了，成为历史的尘埃被尘封于史籍的册页之中，但干谒之事并未绝迹，只不过换了一种名词、换了一种形式而已。"安能摧眉折腰事权贵，使我不得开心颜"，李白此言大声镗鞳，同陶渊明的"吾不能为五斗米折腰，拳拳事乡里小人邪"一样，已成为一种精神营养注入历代文人的灵魂中，画出了一条守护尊严风骨的人格底线。

"洞房昨夜停红烛，待晓堂前拜舅姑。妆罢低声问夫婿，画眉深浅入时无？"这首朱庆馀的《近试上张籍水部》是与孟浩然《临洞庭湖赠张丞相》齐名的干谒诗，别出心裁，构思巧妙，幸运的是他得到了张籍的积极回应："越女新妆出镜心，自知明艳更沉吟。齐纨未是人间贵，一曲菱歌敌万金。"暗示作品不错，不用担心。其实，如此干谒也挺好玩的。无须"摧眉折腰"，摇尾乞怜，低心下气，既能含蓄表达自己的心意，又能达到实际效果，文人嘛，总是爱面子的。但前提是，要有足够好的运气，在对的时间遇上对的人。

不堪被俘

唐天宝十四载（755年），"安史之乱"爆发。

天宝十五载（756年），王维被俘。杜甫被俘。

至德二载（757年），李白被俘。

盛唐最负盛名的三大诗人，在这一扭转历史走向的大事变中相继被俘，从云端跌入泥淖。一时间，大唐诗坛被愁云惨雾笼罩。

自三闾大夫屈原被当权者放逐，披散着头发在江畔苦吟之后，历代诗人遭遇贬谪已成见怪不怪的常态。宋代文豪苏东坡自嘲云："问汝平生功业，黄州惠州儋州。"其中酸辛，如鱼饮水冷暖自知。身如不系之舟，漂泊不定，心若砧板鱼肉，血迹斑斑，一部古代文学史说是一部放逐史也大体不差。然而，贬谪是皇帝与臣子之间的博弈与较量，说到底还是属于"人民内部矛盾"，而比遭贬谪更悲惨的是被俘，那就完全属于"敌我矛盾"了。矛盾性质不同，对人的考量标准也相异，前者主要考验是否忠诚，后者主要看其有无气节。失之忠，则为奸，失之节，则为伪。逆臣贼子比奸佞小人更加不堪，更让人不齿，奸佞犹可自辩，可自我粉饰，附逆则千夫所指，无可原谅了。因此，被俘的心态肯定比被贬谪更为糟糕，人生的考验就更为峻烈。

有唐一代，诗坛排行榜前三名李白、杜甫、王维，被人分别奉送尊号"诗仙""诗圣""诗佛"，可谓比肩齐名，而其命运冥冥之中竟也有如此惊人的巧合，三人都有被俘的经历！稍加思忖，一身冷汗，这历史也太吊诡了，成心安排一出大戏给后人看。您三位诗人不是史上最牛吗？咱就不玩贬谪那一套了，来点儿刺激新鲜的。本来是大唐盛世，太平气象，富贵风流，"兰陵美酒郁金香，玉碗盛来琥珀光"（李白），"满耳笙歌满眼花，满楼珠翠胜吴娃"（韦庄），"九天阊阖开宫殿，万国衣冠拜冕旒"（王维），偏偏朗朗乾坤突然就晴天霹雳，中间插播一段安史之乱，一切都被改变了。头一天还或高居朝堂，或流连山水，或安稳静好，次日就霜剑雪刀，零落成尘，成为阶下之囚，大有性命之虞。犹如失足从高空跌落，剧情陡然翻转，命运的一壶老酒足令三大诗人品咂人生万千滋味。

王维的被俘最为悲催。

天宝十五载（756年）六月十三日，王维和其他大臣们早早来到大明宫外准备上朝，王维的职务是门下省正五品上给事中。此时，宫外戒备森严，安静得一根针掉到地上都听得见。眼见过了上朝时辰了，依然动静皆无，大家心中惴惴不安，潼关已经失守，皇上有御驾亲征的打算，今天的朝会该当如何呢？好不容易等到宫门开启，只见数个宫女慌慌张张衣冠不整从里边跑出，连声说，快跑吧！快跑吧！原来，唐玄宗连一声招呼都不打，携宰相、贵妃、近臣已连夜跑路奔川蜀而去了。群龙无首，六神无主，王维不知该如何是好，踟蹰间还未及逃走，长安陷落，王维被俘！正史是这样记载的："禄山陷两都，玄宗出幸，维扈从不及，为贼所得。维服药取痢，伪称痦病。禄山素怜之，遣人迎置洛阳，拘于普施寺，迫以伪署。"（《旧唐书》）文字记述很简略，里边却翻涌着重重惊涛骇浪！可以想见，王维被叛军俘获时刹那间的恐惧、痛苦和绝望，他会明白落在反贼手里意味着什么，会有什么等待着他。面对这灾厄的突然降临，生性淡泊的王维没有束手待毙，采取的首要行动就是服药造成腹泻，俗话说"好汉架不住三泡稀"，迅速把自己变成一个憔悴羸弱的病人，而且假装嗓子喑哑，发不出声音，以此拒绝和贼人交流。应该说，这是在无法逃走的情况下，一个文弱书生所能想到的最好的逃避办法，除非以死殉节，又能如何呢？但是，王维名气太大了，又曾和安禄山同朝为官，安禄山怎肯轻易放过他呢？专门派人把王维接到伪都洛阳，看押在普施寺，逼迫王维接受了伪职，还是那个职位：给事中。

几个月后，老朋友裴迪来普施寺看望王维，说了一件事情，令王维神经大受刺激。安禄山一天在凝碧池大宴群臣，令乐工奏乐助兴，这些乐工都是原来唐宫廷的乐师和梨园弟子，此时忍辱含垢为贼人演奏，不觉相对泪流满面，其中一位叫雷海青的乐师愤而当场将琴摔在地上，面向西方放声大哭。安禄山大怒，命兵士将雷海青活活肢解，惨不忍睹。王维听罢，已是悲愤盈腹，泪满衣襟，不觉口占一首："万户伤心生野烟，百官何日再朝天。秋槐叶落空宫里，凝碧池头奏管弦。"这首诗名为《凝碧池》，这是后人起的标题，原题挺长:《菩提寺禁裴迪来相看说逆贼等凝碧池上作音乐供奉人等举声便一时泪下私成口号示裴迪》。"口号"即口诵，这首诗是念给裴迪听的，却最终救了王维一命。这里稍加说明，史书称王维被关押在"普施寺"，王维诗里称是"菩提寺"，不相一致，究竟是什么寺，已无关宏旨，关系不大，不考。

一年后的秋天，唐军相继收复长安、洛阳，安禄山的"大燕"朝廷伪官三百多人被押解到长安，王维作为其中一员再次被官方俘获。唐廷将伪官分成六等罪，分别处以斩首、赐自尽、重杖、发配流放等刑罚，王维被定为三等。在此紧要关头，王维的那首《凝碧池》救了他，当年他口诵给裴迪，继而传遍天下，唐肃宗也有耳闻，对诗中流露出的忠心颇为嘉许。此诗充分证明王维虽然接受了伪职，却是被逼迫的，并且只有官职之名，并无事敌之实，一颗心始终向着唐廷，并无附逆变节的行为。王维的胞弟王缙时任刑部侍郎，在平叛中立有大功，深受皇帝宠爱信任，他上奏唐肃宗愿意削去自己的官职为哥哥赎罪。这些都打动了皇帝，于是王维被朝廷宽恕，不仅被免去罪责，还被授予"太子中允"的职位，仍然是正五品上，嗣后官复原职"给事中"。王维喜悦之余赋诗一首《既蒙宥罪，旋复拜官，伏感圣恩，窃书鄙意，兼奉简新除使君等诸公》：
"忽蒙汉诏还冠冕，始觉殷王解网罗。日比皇明犹自暗，天齐
圣寿未云多。花迎喜气皆知笑，鸟识欢心亦解歌。闻道百城新
佩印，还来双阙共鸣珂。"

至此，王维被俘并出任伪职一页被轻轻翻去。诗人杜甫
写有一首《奉赠王中允维》，对王中允做出了"中允"的评价：
"中允声名久，如今契阔深。共传收庾信，不得比陈琳。一病
缘明主，三年独此心。穷愁应有作，试诵白头吟。"

杜甫能如此评价王维，不仅是诗人间的惺惺相惜，更是
因为他也有相似的经历。他也在这场安史之乱中被叛军俘获。

杜甫的被俘最为清白。

战乱爆发后，杜甫携家带口过起了颠沛流离的流亡生活，
从奉先逃到白水，又从白水逃到鄜州，在羌村把家安顿下来。
尽管身处乱离之中，却没有只汲汲于自身安危和小家的日子，
他时刻关心着时局，一颗忧国忧民的心从未停歇。他打听到太
子李亨在灵武即位，便动身前去投奔，不料还没走出鄜州便被
叛军俘获，押解到长安。杜甫也被俘了！杜甫时年四十五岁，
小王维十一岁（王维与李白同庚），却长得一副苦大仇深的样
子，头发花白，身体羸弱，像个垂垂老翁。值得说明的是，杜
甫当时还没啥名气，跟李白、王维大佬级的名扬天下完全不在
一个层级上，杜甫的诗名在中晚唐以后才广为人知，韩愈有诗
云"李杜文章在，光焰万丈长"，至于其"诗圣"桂冠的加冕
已经到了明朝了。杜甫此时却沾了无名的光，加上官职小，无

足轻重，叛军没人认识他，也不知道他，基本不怎么理睬，杜甫因此没有像王维等那些高官们一样被押到伪都洛阳，而是留在了长安，除了出城，相对还是自由的。因此，杜甫也就没有遭遇王维那样刀架到脖子上被逼任职的痛苦和窘迫，士大夫最为看重的气节也就得以保全。官微名薄，如果在太平年代当是文人们最失意、最不堪、最不甘的事情，只能证明你的无能和失败，可是，在兵荒马乱的乱世，却成了最好的护身符，可见任何事情的好与坏都是相对的。

至德二载（757年）四月，杜甫在大云经寺僧人赞公的帮助下，从城西的金光门逃出长安。在草木深深的小径上潜行，历经千辛万苦，终于到达凤翔，蓬头垢面，衣衫褴褛，穿着露出脚趾的麻鞋，两肘露在衣服外面，杜甫站在了唐肃宗的面前。对于安史之乱，杜甫写下了许多纪实性的诗篇，被后人称为"诗史"，其中最有名的一首是《春望》："国破山河在，城春草木深。感时花溅泪，恨别鸟惊心。烽火连三月，家书抵万金。白头搔更短，浑欲不胜簪。"

李白的被俘最为尴尬。

与王维和杜甫不同，李白没有为叛军所俘，而是作为叛臣被朝廷所俘。但和王维类似的是，王维出任了叛军的伪职，李白在叛臣幕下服务，二者被朝廷捕获之后陷入了同样的难堪境地。

李白自二十五岁"仗剑去国，辞亲远游"，便立下凌云之志，要出将入相，建功立业。他是一个自视甚高、狂傲自尊的文人，"我本楚狂人，凤歌笑孔丘""仰天大笑出门去，我辈岂是蓬蒿人"。曾入朝任翰林供奉，享受过"龙巾拭吐，御手调羹"的超级礼遇。但在皇帝眼里只是一介吟花弄月的御用文人罢了，不堪大用，李白又狂放不羁，得罪了宦官高力士和杨贵妃，终被皇帝"赐金放还"，镇日流连于名山大川，沉醉于觥筹美酒。然而，李白的雄心壮志从来不曾泯灭，貌似的灰烬里边埋藏着火种，稍遇风吹，便会熊熊燃烧。安史之乱致天下大乱，乾纲大乱，唐玄宗逃亡川蜀，让几个儿子有机可乘，开始蠢蠢欲动。其中永王璘闹腾得最猛，他是唐玄宗第十六子，从小丧母，被三哥唐肃宗收养，每天晚上都抱在怀里睡觉，兄弟极为友爱。永王璘聪敏好学，长得比较难看，眼睛还有点儿毛病。国家发生叛乱，皇帝把儿子们都发动起来参与平叛，这没问题，但乘机壮大势力，却是皇帝的最大忌讳。永王璘被玄宗诏令为四道节度使兼江陵郡大都督，遂招募数万兵士，广积财富，声威赫赫。这引起新皇帝唐肃宗的猜忌，他刚把老爹逼成了太上皇，岂容老弟坐大觊觎皇位？于是诏令永王璘回蜀，去到老爹膝下继续承欢吧，却遭到拒绝。不仅如此，永王璘还大大咧咧地令水军挥师东上，这分明是与朝廷分庭抗礼，要造反的节奏啊。我们的诗仙李白先生对政治一窍不通，醉醺醺地就应邀从庐山投到永王璘幕府了，幻想着就此大干一番，一显身手，实现自己的政治抱负。当时他写了《别内赴征三首》，其二曰："出门妻子强牵衣，问我西行几日归？归时倘佩黄金印，莫学苏秦不下机。"呵呵，李白虽然和妻子依依不舍，但还是很乐观啊，自比成功了的苏秦，到时候会带着黄金印回家。在唐代，文人入幕，加入某一官员的团队，一谋薪水，二谋官位，是一件常见的事情，如杜甫、韩愈、白居易、李商隐、杜牧等都有过这种经历，被称作"幕僚"。这种依附的关系最容易一荣俱荣，一损俱损，含有潜在的危险。在王子幕府中任职，李白似乎是少见的一个，荣耀，但高危。书生李白只看到了荣耀，没有觉察到高危，都年近花甲了，依然幼稚如孩童，意气风发，斗志昂扬，丝毫不知永王璘心有异志，而对其大唱赞歌，写了一组诗《永王东巡歌十一首》，其中有这样的句子："丹阳北固是吴关，画出楼台云水间。千岩烽火连沧海，两岸旌旗绕碧山。""王出三江按五湖，楼船跨海次扬都。战舰森森罗虎士，征帆一一引龙驹。""长风挂席势难回，海动山倾古月摧。君看帝子浮江日，何似龙骧出峡来。""试借君王玉马鞭，指挥戎虏坐琼筵。南风一扫胡尘静，西入长安到日边。"这些美词壮句只能献给皇帝陛下，岂能献给王臣？即使永王璘没有反心，你这样写，岂不是把永王架到火上烤吗？何况永王璘正在磨刀霍霍呢！《旧唐书》云："璘生于宫中，不更人事……为左右眩惑，遂谋狂悖。"这"左右眩惑"难免没有大诗人李白写诗鼓噪的成分。一个政治白痴遇到一个书呆子，不遭败也难。

尽管唐肃宗和永王璘从小关系不错，然而一旦龙椅受到威胁就绝对翻脸无情，立即派大军镇压。永王璘兵败，中箭身亡，树倒猢狲散，李白因此被朝廷俘获。按唐律，李白应该被处斩，这时，李白以前救过的人救了他，这人就是大将军郭子仪。郭子仪在平叛中立下赫赫战功，他上奏皇上愿意削职为李白赎罪，他的话很有分量，故李白被改为流放到夜郎。李白的铁粉杜甫闻讯写了《梦李白二首》，其一云："死别已吞声，生别常恻恻。江南瘴疠地，逐客无消息。故人入我梦，明我长相忆。恐非平生魂，路远不可测。魂来枫林青，魂返关塞黑。君今在罗网，何以有羽翼？……落月满屋梁，犹疑照颜色。水深波浪阔，无使蛟龙得。"其二更有名："浮云终日行，游子久不至。三夜频梦君，情亲见君意。告归常局促，苦道来不易。江湖多风波，舟楫恐失坠。出门搔白首，若负平生志。冠盖满京华，斯人独憔悴。孰云网恢恢，将老身反累。千秋万岁名，寂寞身后事。"李白身戴枷锁，精神颓唐，拖着老迈病弱之躯，步履趑趄，辗转前往流放地夜郎。途中他写了一首《南流夜郎寄内》："夜郎天外怨离居，明月楼中音信疏。北雁春归看欲尽，南来不得豫章书。"从中可以看到李白心中的伤痛极深。行行复行行，从浔阳迤逦行至白帝城，走了将近一年，眼看再往前走就要到夜郎了，突然喜从天降，因遇大旱朝廷大赦天下，李白因此被赦免。喜悦的心情在《早发白帝城》一诗中显露无遗："朝辞白帝彩云间，千里江陵一日还。两岸猿声啼不住，轻舟已过万重山。"

李白曾写过一首《南奔书怀》，对其入幕永王璘府中一事做了较为详尽的描述和反思，自然也有自辩之意，从中可以一窥李白的心路历程。"宁戚未匡齐，陈平终佐汉"——这是其初心；"侍笔黄金台，传觞青玉案"——这是其工作；"主将动谗疑，王师忽离叛"——这是写事实；"太白夜食昴，长虹日中贯"——这是表忠心；"拔剑击前柱，悲歌难重论"——这是抒感慨。清代学者王琦评曰："'拔剑击前柱，悲歌难重论'，自伤其志之不能遂，而反有从王为乱之名，身败名裂，更向何人一为申论。拔剑击柱，慷慨悲歌，出处之难，太白盖自嗟其不幸矣。"这句话算是说到点子上了。

中国古代对文人士大夫"气节"的要求是非常严格的，"气节"二字，重于泰山，甚至重于生命。孔子曰："志士仁人，无求生以害仁，有杀身以成仁。"孟子曰："富贵不能淫，贫贱不能移，威武不能屈。""生，亦我所欲也，义，亦我所欲也；二者不可得兼，舍生而取义者也。"自古而来诸多节操清白、品行高尚者，如伯夷、叔齐饿死不食周粟，苏武牧羊不改其志，陶渊明不为五斗米折腰，文天祥留取丹心照汗青，于谦留得清白在人间，等等，那种屈原"香草美人"般的人格操守，为历代人们所敬仰。而那些屈膝投降、附逆变节、觍颜事敌者莫不遭人唾弃，遗臭万年。所以，文人不幸被俘，面临的最大考验就是能否保持气节。虽然李白信道，王维信佛，但儒家思想在中国文化中占据绝对主流核心的位置，无人能够置身其外。从李白、杜甫、王维三人的经历来看，杜甫最清白，被叛军俘获之后，无人理睬，一年后设法逃出，千辛万苦找到朝廷，忠心殷殷天地可鉴；李白属于站错队，政治上幼稚糊涂，居于叛臣的行列，被朝廷俘获之后，判了重罪，但谈不上变节与否；王维先被叛军俘获，后被朝廷俘获，不管怎样，他接受了伪职，成了贰臣，这是擦不去的污点，好在他那首《凝碧池》是他真实内心的最好证明，皇帝都原谅他了，我们还有什么必要纠缠不放呢？从性格来讲，杜甫沉郁，李白豪放，王维淡泊，故杜甫能成圣，李白能成仙，王维能成佛。也因此，杜甫能够脚踏实地，忧国爱民；李白天马行空，我行我素；王维飘然隐逸，随性随缘。说到底，性格决定命运，也决定了他们在被俘之后的行为。幸运的是，三位大诗人在经历了"被俘"这一最严酷的考验之后，历史最终都在审查证书上钤上了"通过"的大印。三人都长舒了一口气，我们也长舒了一口气，历史也长舒了一口气。

张爱玲有句名言："生命是一袭华美的袍，爬满了蚤子。"此言颇为扎心，人生真相大抵如此。当我们今天摇头晃脑吟诵盛唐三大诗人的美丽诗篇、沉醉迷恋其中时，可否想到诗篇绚烂的背后隐藏着诗人多少难以言说的隐痛和悲伤？生命的华彩乐章里边又跳荡着几多不堪和不谐的音符？重新翻开这隐秘的一页，不是为了揭短暴丑，诗人那蚀骨噬心的痛苦幽怨，让我们触摸到他们作为一个个个体的生命最真实的心跳和体温，一窥历史皱褶深处发出的人性微光。

棠棣燕赵

一

公元前 312 年，北端的燕国已是"破燕"，被强大的齐国一顿暴击，都城沦陷，尸骨盈野，国王太子都死于战乱中，真可谓山河破碎，风雨飘摇，已濒临亡国的绝境了。

危难之时，有人慷慨伸出了援手。是西（南）邻赵国。

赵武灵王，对，就是那个几年后"胡服骑射"的赵王，将流亡韩国的燕王哙的庶子公子职，派人护送回到燕国，立为燕王。这个燕王就是后来筑"黄金台"招贤的燕昭王，创造了燕国历史的"爆款"一代。

"齐破燕，赵欲存之。"（《战国策》）燕国罹难，邻邦赵国完全可以趁火打劫、落井下石，像中山国那样乘机攻城略地，分一杯羹，"春秋无义战"嘛，战国更是如此，但赵国没有这样做，而是相反，不仅为燕国立了新君，稳住了局势，而且还付出了具体的行动：赵武灵王听从乐毅的建议，拿自己的河东之地给齐国换回燕国的河北之地。当然，救燕的不只是赵国，"诸侯将谋救燕"（《孟子·梁惠王下》），韩、魏、秦、楚皆有动作。战国争雄时代，保持地缘政治的平衡是很重要的，谁想打破平衡，一家独大，必遭群起而攻之。尤其是赵国，如果燕亡，将处在东齐西秦两强的挤压之中，处境将十分凶险。因此，救燕，就是救赵自己。

赵武灵王和燕昭王两只巨手隔空握在一起。

赵国史上最杰出的君王赵武灵王的这一番操作，成就了燕国史上最杰出的君王燕昭王。

英雄总是心有灵犀，惺惺相惜，互相成就。

战国时期七国争雄，合纵连横，朝秦暮楚，今天的朋友可能就是明天的敌人，反之亦然，一切都要根据现实的形势和国家的利益做出考量。睿智的君王会做出正确的抉择，昏庸的君王会做出错误的抉择。战国七雄中燕和赵似乎存在着一种特殊的关系，地缘相近，民风相类，仿佛一对兄弟，如《诗经·棠棣》所云，有时"兄弟既翕，和乐且湛"，相亲相善，有时又"兄弟阋于墙""不如友生"，相斗相杀，他们共同书写了一段波诡云谲、风云激荡的历史篇章。战国时期的燕和赵，最终以一种相融相容的方式在这块古老的土地上，播下了千古不灭的文化一脉。

棠棣之华，鄂不韡韡。

二

燕和赵比起来，可是老牌贵族出身。

燕国的始祖是与周公比肩的召公。

周武王灭商立周，举行祭社大礼，他的两个弟弟周公和召公一人持大钺一人持小钺护卫左右。武王死，年幼的周成王继位，周公、召公成为辅政大臣。周公，名姬旦，封地为鲁，"周公吐哺，天下归心"，摄政唯谨，鞠躬尽瘁，名垂青史。召公，名姬奭，封地在燕，名气较周公稍逊，但《诗经》里有一首《甘棠》即为歌颂他的诗篇。司马迁《史记》赞曰："召公奭可谓仁矣！甘棠且思之，况其人乎？"

燕国自西周到战国存世八百余年，而赵国如果从周王室正式封侯算起只有一百八十年左右。

燕国地处北寒边远之地，始终存在感很差。虽然封侯早，春秋几百年诸侯皆有问鼎中原之心，霸主多次更迭，翻云覆雨，却从来没有燕国什么事。到了战国时代，总算跻身"七雄"之列，"凡天下之战国七，而燕处弱焉"（《战国策·燕策一》），即使随大流称了王，还是一个弱国。燕王哙在位的时候，国内发生了惊天之乱，齐国趁机大肆入侵，差点儿就亡国了。

燕王哙是一个文弱的书呆子，没有治国的本事，就把一切国事交给相国子之管理。子之是一个有野心的人，这种王弱相强的局面让他生出篡位之心。经过一番苦心经营，他的党羽心腹遍布朝廷，弄到人人皆知子之不知燕王的地步。见时机成熟了，他的爪牙便忽悠燕王哙效仿唐尧的高风亮节，行禅让之礼，将王位让给子之。

燕王哙这个呆瓜真就同意了，"子之南面行王事，而哙老不听政，顾为臣，国事皆决于子之"（《史记·燕召公世家》）。燕王由国王变为大臣，两人互换了位置。燕王哙可能天真地以为自己以国家为重，放弃私利，可以与尧比肩了。

其结果，"三年，国大乱"，齐国有田氏代齐的先例，姜齐变成了田齐，国号没变，国君换姓了，但齐国还是那个强大的齐国。子之代燕，却没那个本事啊，搞权谋行，治理国家不行，弄成一锅粥。太子平气不过，外联齐国，内结将军市被，率兵攻打子之。谁知这市被是一墙头草，见势头不对竟临阵倒戈，打不赢子之就反过来率众打太子。一场混战，太子平和市被都被杀死。战乱持续了数月，"死者数万，众人恫恐，百姓离志"。

齐国看到了攻打燕国最好的时机，甚至孟子也对齐王说："今伐燕，此文、武之时，不可失也。"于是，齐国打着帮助燕国"戡乱"和"解放"民众的旗号，大军浩浩荡荡开进燕地。"士卒不战，城门不闭"，燕国民众杀猪宰羊、载歌载舞地欢迎齐国的"义军"来救自己于水深火热之中。却不料，迎接的是一场血腥的屠戮，都城蓟沦陷，燕王哙被杀，子之被齐人活捉，剁成了肉酱（"醢其身也"）。

仅仅三十天，燕国几乎被齐国一鼓荡平。

燕国的国王、太子、大臣等一干执政的高层死得死，逃得逃，国家机器陷于瘫痪，离灭亡也就多口气了。

<h1 style="text-align:center">三</h1>

为燕续命的是赵。

燕国的公子职，此时还在韩国当人质呢，赵武灵王"召公子职于韩，立以为燕王，使乐池送之"(《史记·赵世家》)。

燕昭王初登王位，主要做了两件事，一是"卑身厚币"，广招贤才，二是"吊死问孤"(凭吊死者、抚慰孤儿)，与百姓同甘共苦。

何谓"卑身厚币"？就是放下身段态度谦恭，以重金礼遇贤才。

燕昭王拜访了国内一位名叫郭隗的贤者，请教如何才能招来贤才，以图强雪耻。郭隗先讲了一番大道理：欲成帝者以贤者为师，欲成王者以贤者为友，欲成霸者以贤者为臣，欲成亡国之君以贤者为奴仆。如果能卑躬屈节侍奉贤者，以谦恭的态度接受训导，那么就会有比自己强百倍的贤才到来；早些学习而晚些休息，先请教而后沉思，那么就会有强自己十倍的贤才到来；别人怎么干自己也怎么干，那么跟自己水平相当的人就会到来；如果靠着案几，拿着手杖，斜眼看人，指手画脚，那么只会当差跑腿的人就会到来；如果放肆骄横、打骂咆哮，那么到来的人只能是奴隶。这就是自古以来实行王道和招贤纳才的方法啊。大王若想广泛选拔国内的贤者，就应该亲自登门求教，天下的贤者听说大王这一举动，一定会赶着到燕国来。

郭隗这番话，让我想起孟子说的话，与此有异曲同工之妙。孟子对齐宣王是这么说的："君之视臣如手足，则臣视君如腹心；君之视臣如犬马，则臣视君如国人；君之视臣如土芥，则臣视君如寇雠。"

郭隗接着又讲了一个千金买千里马的故事。古代有一位国君，以千金求购千里马，三年内一匹也没有买到。他手下一位侍臣对国君说："我来试试吧。"国君就派他去了。三个月后，这名侍臣花五百金买了一个马头回来交差。国君很恼火，斥责侍臣说："我让你买的是活马，你怎么用五百金买了匹死马回来？"侍臣答道："大王对死马都肯以五百金来买，何况活马？天下人都知道大王喜欢骏马，千里马很快就到了。"果然，不到一年，就买到了三匹千里马。郭隗讲完故事，就说，如今大王想招才纳贤，就从我开始，连我这样的人都能得到重视，何况比我更优秀的人才呢？

"于是昭王为隗筑宫而师之"，燕昭王求贤若渴，听从了郭隗的建议，为郭隗盖了豪宅大屋，把他当老师一样敬奉。后人将"筑宫"演绎成了筑"黄金台"。诗人李白《行路难三首》其二中有云："君不见昔时燕家重郭隗，拥篲折节无嫌猜。剧辛乐毅感恩分，输肝剖胆效英才。昭王白骨萦蔓草，谁人更扫黄金台？"柳宗元、李贺、李商隐、温庭筠等人皆留下咏叹。"黄金台"遗址现存于河北省定兴县高里乡北章村台上（旧属易县）。

榜样的力量是无穷的，于是天下一群凤凰争相飞往燕国的梧桐树，"乐毅自魏往，邹衍自齐往，剧辛自赵往，士争凑燕"（《战国策·燕策一》）。

伟大的燕昭王卧薪尝胆，励精图治，苦心经营二十八年，弱燕终于变成了强燕。

都说"覆巢之下，安有完卵"，却偏偏，是赵使得倾覆的燕窝有完卵存焉，并破壳而出，羽翼渐丰一飞冲天。

四

燕昭王种好了梧桐树（"黄金台"），诸多凤凰翩翩飞来，其中真正的金凤凰是乐毅。三国诸葛亮最膜拜的偶像一位是管仲，一位就是乐毅。

必须要说的是：乐毅是赵国人。

乐毅是魏国名将乐羊的后人。中山国第一次被魏所灭，乐羊即为主将。当时，乐羊儿子乐舒在中山国做官，中山国君见魏攻城甚急，就红了眼，将乐舒杀死煮作肉羹派人送给乐羊。乐羊心如刀绞，却从容淡定地将一杯羹一点儿一点儿喝完，下令继续攻城直至城破，世人闻之莫不震骇。乐羊被国君封在灵寿，死后也葬在这里，他的子孙后代都在这里繁衍生息，乐毅自然就成了赵国人。

"乐毅贤，好兵，赵人举之。"（《史记·乐毅列传》）喜读兵书，会打仗，在战国时代很重要，但从历史层面看，又不是最重要的。战国四大名将有秦国的白起、王翦，赵国的廉颇、李牧，并没有乐毅。比之白起坑杀赵国降卒四十万，残忍之极，是典型的屠夫杀手，乐毅除了会打仗，"贤"之一字，足让他的名字在战国的星空熠熠生辉。

乐毅本来在赵国做官，赵武灵王在沙丘宫饿死之后，他就离开赵国，到了魏国。所以，"乐毅自魏往"，从魏国来到燕国。他是以使者的身份来的，燕昭王以宾客的礼节予他以高规格的礼遇，可能是他知道赵国为救燕和齐国换土地的主意就是乐毅出的。乐毅推辞谦让，最终被感动了，放弃了使者的身份，愿意当燕昭王的臣下，燕昭王大喜，拜乐毅为亚卿。这亚卿仅次于上卿，地位尊崇，这对于初来乍到、寸功未立的乐毅来说相当了得。

赵国人乐毅在燕国这块舞台上展示了他的绝世才华。

乐毅不愧是一个杰出的政治家和外交家，他对燕昭王说，齐国虽然四处征战消耗了国力，但地广人众，依然很强大，单靠燕国一国之力不易获胜。大王如想攻打齐国，还是要和赵、魏、楚几个国家联合起来。燕昭王就派乐毅出使游说，最后形成燕、赵、魏、秦、韩五国联盟，一起伐齐。

燕昭王拜乐毅为上将军，赵惠文王以相国印授乐毅，乐毅统率五国大军饿虎扑食一般杀往齐国。双方在济西展开决战，联军大破齐军主力，齐湣王狼狈逃窜。这时，除燕军外，其他四国见好就收，可能与当初齐国伐燕诸侯不想灭燕一样也不想把齐国灭了，帮人也只能帮到这儿了，都撤兵班师回国了。但满腔怒火、一心雪耻的燕军正打在势头上，在乐毅率领下，奋勇拼杀，一鼓作气攻陷了齐国首都临淄。齐湣王再次逃亡，跑到莒，闭城死守。乐毅占领都城临淄后，将珠宝财物、宗庙祭器全部运回了燕国，燕军上下扬眉吐气，一洗前耻。

燕昭王大喜，亲自到济上劳军，论功行赏，犒劳士兵。封乐毅于齐地的昌国，号为昌国君。

经过半年苦战，乐毅一举占领了齐国七十余城，把它们划作燕国的郡县，只有莒和即墨两座城市苟延残喘，一息尚存。

强大的齐国眼看着就要被燕国灭了。

然而，就在这个时候，燕昭王死了。燕惠王即位，形势陡然发生逆转。这燕惠王做太子的时候与乐毅之间有些龃龉，齐国大将田单抓住这个天赐良机实施反间计，四处散布流言，说，燕国伐齐这么多年只剩下两座城池没有攻下，为啥呢？乐毅早就跟新燕王有隔阂，因此想带着军队留在齐国称王呢，所以呢，我们齐国担心的是燕王派其他的将领来。

燕惠王本来就对功勋卓著的乐毅不放心，听到这个传言，更是满脑袋问号，就派大将骑劫代替乐毅，将乐毅召回。乐毅忧惧燕王加害自己，就逃离燕国到了赵国。乐毅原本就在赵国做官，史书说他"降赵"，其实更准确地应该说是"归赵"。乐毅此时已是声名煊赫的名将，故赵王对他格外尊宠，封于观津，号"望诸君"。有乐毅这尊战神瘆着，燕和齐都小心翼翼，不敢轻动。

燕惠王派去接替乐毅的骑劫是个草包，哪是田单的对手，被田单连诈带蒙，还上演了一出名垂史册的"火牛阵"，打得燕军溃不成军，满地找牙，骑劫也在乱战中丢了性命。乐毅攻下的七十余城，又被齐军悉数收复，齐王还都临淄。

燕惠王没有料到革命成果一夜之间付诸东流，悔得肠子都青了。既后悔自己让一个无能之辈替代了乐毅，弄成这般兵败失齐的糟糕局面；又埋怨乐毅跑去了赵国；还担心赵国重用乐毅趁势攻打燕国。心情瞀乱中派人见了乐毅，既有检讨（左右误寡人），又有解释（让骑劫代将军，是想让你休息），还有责备（你弃燕归赵，对得起先王的知遇之恩吗？）。

乐毅写了一封《报燕惠王书》，一篇千古名文就此诞生。"善作者不必善成，善始者不必善终。""古之君子，交绝不出恶声；忠臣去国，不洁其名。"都是其中的名句。文章不卑不亢，坦荡磊落，又委婉含蓄，绵里藏针，泱泱乎一派君子风范。司马迁称有人读了此信，"废书而泣也"。诸葛亮的《出师表》应该说受此影响还是很明显的。

这封信感动了燕惠王，他封乐毅的儿子乐间为昌国君，从此乐毅也不计前嫌在燕赵之间来回奔走，两国都拜他为"客卿"，给予尊贵的礼遇。最终乐毅在赵国去世。

这一段时期，燕赵两国没有发生战事的记载。

对于乐毅半年攻占齐国七十余城，却五年打不下两座城，我们不免像燕惠王一样有所疑虑。苏轼写过一篇《乐毅论》，这样说："然乐毅以百倍之众，数岁而不能下两城者，非其智力不足，盖欲以仁义服齐之民，故不忍急攻而至于此也。"文中说得很明白，是因为"仁义"二字。苏轼虽然并不赞成这种做法，却道出了乐毅与白起这样嗜杀的战将本质的区别。乐毅，贤者矣！君子矣！

燕昭王和乐毅联袂书写了燕国最辉煌的一页历史。

五

战国七雄中，论血缘关系，赵和秦最近。

《史记·赵世家》开篇就说："赵氏之先，与秦共祖。"从根儿上刨，有一个叫"蜚廉"的人有两个儿子，一个叫恶来，其后为秦；恶来的弟弟叫季胜，其后为赵。

赵氏一脉到了赵朔，为春秋时期晋景公属下将军。大夫屠岸贾以赵朔父亲赵盾"以臣弑君"的罪名，将赵氏一族诛杀殆尽。赵朔的妻子是成公的姐姐，怀有身孕，藏到宫里。赵朔门客公孙杵臼和朋友程婴联袂上演了一出惊天动地的"赵氏孤儿"的大戏。这个孤儿名叫赵武，真是命大福大造化大，兜兜转转，命悬一线，极为惊险地为赵氏延续了香火。赵武的孙子及重孙赵简子与赵襄子都是赫赫有名的人中之杰，成为赵国的实际缔造者。

公元前 453 年，韩、赵、魏三家分晋。前 403 年，周王室正式封韩、赵、魏为诸侯，有史家认为，这是一个划时代的纪元，标志着春秋时代结束，战国时代开始。

赵国建国的时候，燕国作为老牌诸侯国已经存在六百多年了。

在我们的印象里，燕赵是南北分布，看一看战国地图可知，两国更多的是东西相向。燕赵就像一只鸟的两翼，呈左右对称的振翅欲飞之势。

燕国的中原邻国只有两个，南边是齐国，西边是赵国，东边和北边是东胡等游牧民族。赵国东边是燕国和齐国，南边是魏国，西边是秦国，北边也是游牧民族林胡和楼烦。

赵国地盘上还有一个游牧民族白狄建立的国家，先叫鲜虞，后叫中山。它的历史比赵国早得多，跟晋国打仗是常有的事。趁三家分晋的混乱，前414年中山国越过太行山，向东部平原进军，定都于顾（今河北定州）。赵国此时国力还不行，眼瞅着自家的院子里还住着一户外人，心里腻歪得要死，要动武还打不赢。诸侯中最先强起来的魏国倒生出灭中山的心，向赵借道，魏军在乐毅的老祖宗乐羊的统率下，苦战三年，前406年把中山灭了。不到三十年中山复国，迁都灵寿，比以前更强了，盘踞赵国腹地几乎将其南北隔断。前296年，赵国经"胡服骑射"改革变得异常强大，依靠自己的力量，彻底灭了中山国。两灭中山间隔了一百一十年，而赵国距离自己最后的时光只有七十来年了。

赵国的强盛为赵武灵王一手造就，他的法宝就是"胡服骑射"。

中原将北方游牧民族一概称作"胡人"，他们的服装自然就是"胡服"。与中原的宽袍大袖、衣裳一体不同，"胡服"衣短袖窄，下穿裤子，脚蹬靴子，生活起居和行军打仗都比较方便。而"骑射"就是一改传统的步兵和军车的作战方式，组建骑兵，以弓弩射杀敌人。

这是一次划时代的变革。

前304年正月，天还有点儿冷，春天的气息却不可阻挡地在大地萌发，河边的柳丝已隐隐地吐出了嫩黄。从十五岁开始执掌国柄的赵武灵王赵雍已三四十岁，多年的历练，使正值青春鼎盛年华的他意气风发，雄心万丈。

这一天，他在信宫（今邢台）召开了盛大的朝会，与大臣肥义等共商国是，会议开了整整五天。一个事关国运的重大改革即将出台。会后，赵武灵王立即到中山、房子、代地、黄河、黄华等北部、西部地区实地考察。回都后马上召大臣楼缓进一步商议，分析赵国面临的形势，已到了生死存亡的紧要关头，然后，他轻轻地又坚定地宣告了自己深思熟虑后的决定："吾欲胡服！"

楼缓的回答只有一个字："善！"

然而，众大臣皆曰不善。什么？让我们堂堂礼仪之邦的华夏人穿边鄙戎狄的衣服，怪模怪样，成何体统？不行，不行。这其中武灵王的叔叔赵成带头反对。武灵王托人带话不成，只得亲自上门做了一通耐心细致的思想政治工作，才说服了赵成这个老顽固。武灵王赐给他一套胡服，老头第二天上朝就穿上了。但此事还是在赵成心里结了一个疙瘩，十一年后的"沙丘宫之变"，赵成率兵围困赵武灵王三个月，竟将其活活饿死。

攻破了最顽固的堡垒，武灵王向全国下达了胡服令。他召集文武大臣，当着众人的面一箭将门楼上的枕木射穿，严厉地说道："谁阻挠变革我就射穿他的胸膛！"众人色变，徒闻唯唯。

于是，穿胡服，习骑马，练射箭，一支"来如飞鸟、去如绝弦"的骑兵部队横空出世。

"胡服骑射"结出一颗惊世的硕果——赵国一跃成为仅次于秦国的第二强国。几年后，这支所向披靡的赵军便将"心腹之患"中山国彻底消灭。还收服了林胡、楼烦，北部边疆远达今天的内蒙古，这些都是产马的地方，不断地供应马匹，骑兵益壮。以至于人们将好马称作"骥"，这是个会意字，意思是冀地的马，"冀"是河北的古称。这不是我的臆想，《左传·昭公四年》有云："冀之北土，马之所生。"《南齐书·王融传》亦云："秦西冀北，实多骏骥。"

赵武灵王说："先王不同俗，何古之法？帝王不相袭，何礼之循？"又说："循法之功，不足以高世；法古之学，不足以制今。"（《史记·赵世家》）啥意思？一句话，因循守旧、墨守成规，死路一条，要想发达强盛就得变！

战国时代是一个充满创造力的变革时代，谁主动求变谁就强大。魏国有李悝变法，秦国有商鞅变法，齐国有邹忌变法，楚国有吴起变法，韩国有申不害变法，等等，风起云涌，波澜壮阔。

"胡服骑射"变革的意义不仅仅在于军事。穿胡服，意味着放下华夏老大的傲慢和身段，向边夷民族学习，克己之短，扬人之长；意味着不同族类心理上、文化上的平等和认同，为民族融合扫清障碍；意味着农耕文明融合了草原文明彪悍骁勇的尚武之风。这让我想起了南北朝时期的北魏孝文帝拓跋宏，他推行全面"汉化"，穿汉服，说汉话，改汉姓，迁都洛阳，依汉制定典章制度。唐代有个诗人就是将"拓跋"改为姓"元"，他叫元稹，是写出"曾经沧海难为水，除却巫山不是云"和《莺莺传》的那个作家。"胡服"和"汉化"都是中华民族历史上了不起的"敢为天下先"的伟大举措。

王国维《胡服考》中谓："胡服之入中国，始于赵武灵王。"可谓开后来"西服"之先河。

近人梁启超盛赞赵武灵王为"黄帝之后第一伟人"。

今天的邯郸市有几处矗立着赵武灵王的雕像，骏马昂首嘶鸣，前蹄高高跃起，赵武灵王跨在马上弯弓搭箭，威风凛凛，气壮山河，成为城市的标志性建筑。

六

燕赵的特殊关系，取决于两国特殊的地理位置和政治军事形势。

还在燕文侯的时候，纵横家苏秦就对他说过，赵国是燕国南部安全的屏障（蔽其南也），且赵与秦打过五次仗，赵胜了三次，秦胜了两次。如果秦国攻打燕国，需要翻山越岭驰骋数千里才行，如果赵国攻打燕国呢，数十万大军只需三五日就能打到国都。所以，"愿大王与赵从亲，天下为一，则（燕）国必无患矣"（《战国策·燕策一》）。

虽然纵横家都巧舌如簧，咋说都有理，但苏秦这话却是金玉良言。

燕赵亲善，一体相待，这是一种睿智的战略考量，雄才大略的赵武灵王和燕昭王都有这样智慧的眼光。

然而，水无常势，兵无常形，云谲波诡的战国时代，翻手为云覆手为雨的事情常常发生，战与和的选择源于自家的形势和利益，更源于国王的智力水平和决策能力。在宗法社会，一国的兴衰大多系于国君一人，国君明，则国强，国君昏，则国衰。英明如赵武灵王和燕昭王也有或盛年放弃王位、自当主父（太上皇）或好神仙之道的糊涂荒唐之举，二人身后则一蟹不如一蟹，燕赵之间的亲密和睦被打破，"兄弟阋于墙"的戏码开始屡屡上演。

大家熟知的寓言"鹬蚌相争"，讲的就是燕赵之间的事。

赵且伐燕，苏代为燕谓惠王曰："今者臣来，过易水，蚌方出曝，而鹬啄其肉，蚌合而拑其喙。鹬曰：'今日不雨，明日不雨，即有死蚌。'蚌亦谓鹬曰：'今日不出，明日不出，即有死鹬。'两者不肯相舍，渔者得而并禽之。今赵且伐燕，燕、赵久相支以弊大众，臣恐强秦之为渔父也，故愿王熟计之也。"惠王曰："善。"乃止。（《战国苏代，是苏秦的弟弟，他燕赵相善的主张和其兄是一致的，而且口才与兄不遑多让，故事讲得极妙，显示了高超的智慧和说话艺术，乃至"鹬蚌相争，渔翁得利"作为成语至今还存在在我们日常的语言里。赵惠文王，是赵武灵王的儿子，就是他以相国印授乐毅，由是，乐毅率五国联军大破齐军，替燕国报仇雪耻。他还算是一个贤明的君主，故能从善如流，也从战略上考虑，就放弃了对燕国的战争。

然而，"鹬蚌相争，渔翁得利"的道理，不是每一个燕赵君王都懂的。赵惠文王"乃止"，后来的昏庸颠顶之辈就无论别人怎么劝也不会"乃止"了，由着性子胡来，燕赵之间战事不止。

先挑起事的是燕国。

公元前260年，秦赵发生"长平之战"。赵孝成王中了秦国的反间计，撤换了老将廉颇，派只会"纸上谈兵"的赵括接替，结果赵军惨败，四十多万降卒被秦将白起坑杀活埋。赵国由此元气大伤，走向衰弱。燕国对这个强邻历来心存畏惧，此时，不免松了一口气，觉得有机可乘，可以落井下石，开始数次进攻赵国。

前251年，燕王喜派相国栗腹去赵国交好（约欢），并送给赵孝成王百金，宾主在友好的气氛中喝酒欢宴。但此次出使名为交好，实际上是去侦察人家底细的，回国后，栗腹向燕王喜汇报说："我观察到赵国青壮年大都战死在长平之战了，而今剩下的小孩儿还没长大，这可是打赵国的绝佳时机。"

燕王喜召来昌国君乐间商议，遭到乐间反对。乐间说："赵国乃四达之国，这么多年南征北战、东拼西杀，可谓全民皆兵，人人能战，所以不能打。"乐间与乃父乐毅的立场完全一致，认为燕赵只能亲善，不能打仗。

燕王喜说："我以众敌寡，两个对一个，如何？"

乐间摇摇头，说："不行。"

燕王喜有点儿不高兴了，提高了声音道："那我用三倍的兵力打他，如何？"

乐间仍然坚持说："不行。"

燕王喜大怒，目光扫向群臣，群臣纷纷嚷嚷："打！打！"

燕国集结了六十万大军，两千兵车，兵分两路，一路由栗腹率领攻打赵国的鄗邑（今河北柏乡北），一路由卿秦率领攻打代郡（今河北蔚县），燕王喜也亲率一支偏师跟随出征。

大夫将渠拦住了燕王喜，说："大王，我们刚刚主动与赵国约欢示好，还送了百金与人家国王喝酒欢宴，马上就翻脸开战，不祥啊，这样是打不赢的。"燕王喜不听，将渠就拼死揪住他的绥带苦苦劝道，"大王即便亲征，也不成啊。"燕王喜厌恶地一脚踢开将渠，上马绝尘而去。将渠大哭。

赵国派廉颇和乐乘分头迎击。

栗腹率领的一支燕军侵入了赵国的宋子城，廉颇率军在此一带与燕军激战。

某年秋天，我爬上了宋子城遗址的老城墙。登高远望，虽然城墙破损严重，大部分已夷为平地，成了阡陌纵横的田野，但断断续续依旧能大致看出一个方形的城市轮廓。天空为幕，白云朵朵，似乎变幻成燕赵两军交战厮杀的场面；还映出了一个义士的身影，荆轲刺秦失败后，他的朋友高渐离曾隐居在此，继而再度出山以他的乐器筑为武器猛击秦王，壮烈殉国。

此一战，燕国严重错判了形势，低估了赵军的实力，结果燕军大败，栗腹战死，卿秦被俘。廉颇率军长驱五百里，包围了燕都蓟城。燕求和，赵不答应，称只有将渠出面才行。燕王喜从速提拔将渠为相，向赵求和，赵方撤军。此时，乐间也投奔赵国而去。

这以后连续几年，赵国将燕国当成了提款机，动不动就将燕都围上了，拿了重金重礼就撤。

前 242 年，燕国见秦国数次围困赵国，赵国军神廉颇被新王排挤逃到了魏国，庞煖接替了廉颇，以为又有了机会。记吃不记打的燕王喜，召见以前在赵国和庞煖共过事且关系不错的剧辛，问他庞煖好对付吗？剧辛回答说，小菜一碟。燕王喜就让剧辛挂帅攻打赵国，结果，庞煖大破燕军二万，杀掉了剧辛。此战后果很严重，从此燕国一蹶不振，再也无力抵抗任何军队了，面对虎狼之师秦兵的咄咄逼人，只能采取暗杀行刺的办法了。

"鹬蚌相争，渔翁得利。"苏代此言，是真理，也是谶言。燕赵之间的频繁相争相斗，空耗国力，使人民疲敝，秦国这个"渔翁"撒开了大网，趁机将赵国西部一块块池塘捞个干净。

无可奈何花落去，燕赵两国都在灭亡的道路上飞奔。

前228年，赵国都城邯郸被秦攻陷，赵王迁被俘，赵公子嘉率领宗室百余人逃到赵国北部的代地，自立为代王。穷途末路之时，"与燕合兵，军上谷"（《史记·秦始皇本纪》），燕赵再次携手，共同抵御秦军。"兄弟阋于墙，外御其侮"，燕赵联军在易水之西大战王翦统率的秦兵。但为时已晚，醒悟已迟，赵国已是以局部偏安一隅的代地形式苟延残喘，燕国也是日薄西山气息奄奄了，哪里抵得住秋风扫落叶一般强大的秦军。

燕赵以一种悲壮惨烈的方式完成了最后一次结盟。

七

前227年初冬，易水河边，残阳如血，凛冽的西北风吹得落叶哗啦啦满地翻卷，空气中弥漫着肃杀的气氛。

义士荆轲要从这里出发到咸阳完成一件刺秦壮举。燕太子丹和知道此事的宾客都穿着白衣戴着白帽来送行。喝下一杯壮行酒，高渐离击筑，荆轲和着拍子放声高歌，声调悲凉凄婉，送行的人莫不流泪哭泣。荆轲边走边唱："风萧萧兮易水寒，壮士一去兮不复还！"声调突然变为慷慨激昂，送者个个怒目圆睁，头发尽竖，顶着帽子。荆轲登上车，绝尘而去，始终没有回一下头。

此情此景，被后人冠之以"慷慨悲歌"。这四字原为"悲歌慷慨"，在《史记·货殖列传》中有出现，是太史公对"中山"一地民风的评点。唐代文宗韩愈有名言"燕赵古称多感慨悲歌之士",人们将"感慨"改为"慷慨",于是,"慷慨悲歌"成为燕赵文化最鲜亮的一张名片。

20世纪80年代初,大陆电视剧刚刚兴起,我正上大四,一度痴迷电视剧研究和写作,写了一个半拉子剧本《风萧萧兮》,写的就是荆轲刺秦的故事。作为一个燕赵青年,对荆轲慷慨悲壮之举充满敬仰钦佩。他虽然失败了,但也是一个失败的英雄。正如司马迁所言:"此其义或成或不成,然其立意较(皎)然,不欺其志,名垂后世,岂妄也哉!"

《史记》中的《刺客列传》写了五位义士,其中有三位与燕赵有关,除了荆轲,还有豫让和高渐离。豫让行刺赵襄子的故事发生在赵地的邢台,至今,邢台市还有一座桥名叫豫让桥,即为纪念豫让而建。豫让说过一句响当当的话:"士为知己者死,女为悦己者容。"以死报恩,魂魄无愧。燕赵三义士都是没有成功的悲情英雄,那种明知不可为而为之的义无反顾、赴汤蹈火,充分显示了任侠尚义、壮怀激烈的英雄主义情怀,足令大地低首、山河变色。在豫让的故事中,赵襄子所为同样令人感动,他虽是被刺杀的对象,却对刺客有难得的理解和宽容。第一次抓住了欲行刺的豫让,称其是"义士""贤人",不让手下杀他,放了;第二次豫让行刺未遂再被抓,请求赵襄子脱下衣服让他砍三下,也算报答了主人智伯,虽死无憾了。赵襄子感念其义,就脱下衣服让手下交给豫让,豫让拔剑跃起朝衣服砍了三下,然后伏剑自刎。我们今天读之或许会觉得可笑，这报仇岂不成了假装的行为艺术了吗？可是，读了《史记·刺客列传》的"索隐"方知，豫让砍了赵襄子衣服后，《战国策》还有几句话："衣尽出血，襄子回车，车轮未周而亡。"司马迁以为这太怪诞了，就删去了。实际上，古人迷信，砍衣服如同砍人，赵襄子为满足豫让心愿，竟然令其砍衣，委实高义大德的君子风范啊。我们赞美豫让之义，也应该赞美赵襄子之仁。

一地的风气不是偶发的个例，而是普遍性的行为举止蕴积日久而形成的。慷慨悲歌固然是燕赵文化的鲜明特点，然而，慷慨的不都是悲歌，也有凯歌。那种不畏强权、不惧刀镬的果敢与英勇，同样令人血脉偾张，豪气顿生。

赵惠文王九年，赵国首都邯郸被秦军包围，赵王派平原君赵胜去楚国求救。赵胜从他的门客中挑选了二十名文武兼备者随行，然而他选了十九人，还差一个实在选不出来了。于是有了"毛遂自荐"，锥处囊中脱颖而出。到了楚国，傲慢的楚王根本没有出兵相救的意思，毛遂站了出来，按剑上前咄咄逼人，说，十步之内，大王仗着楚国人多势众没半毛钱用，您的命现在就掌握在我的手里！然后一番侃侃而谈，舌灿莲花，把楚王说得唯唯诺诺只有点头的份，随后双方歃血为盟，楚国答应出兵。这就是赵人毛遂，能文能武，关键时刻敢以命相拼！

在人们印象中蔺相如和廉颇，是典型的一文一武，蔺相如是文臣，是书生。而书生总是有一股文弱之气，只能运筹于帷幄之中。而蔺相如身上却有一股踔厉慷慨的英气，叫人拍案称善。《史记·廉颇蔺相如列传》惟妙惟肖地描写了他两次在强大霸道的秦王面前的血气之勇。一次是"完璧归赵"：面对秦王的骄横与无赖，蔺相如机智应对，不惜以头撞柱，以玉石俱焚相胁，吓退了秦王，保全了价值连城的和氏璧。一次是随赵王参加渑池会：秦王让赵王鼓瑟，并令御史记录，其实是一种羞辱，蔺相如则请秦王击缶。"秦王怒，不许。于是相如前进缶，因跪请秦王。秦王不肯击缶。相如曰：'五步之内，相如请得以颈血溅大王矣！'左右欲刃相如，相如张目叱之，左右皆靡。于是秦王不怿，为一击缶。相如顾召赵御史书曰：'某年月日，秦王为赵王击缶。'"每读此，辄感痛快淋漓，热血沸腾，令人想到孟子所说的"大丈夫"的浩然之气。

司马迁在《史记·货殖列传》中对各诸侯国的不同民风及形成原因有大略的分析。譬如，齐国土地肥沃，城市繁荣，故民风宽缓阔达，怯于众斗；鲁国原是周公的封地，故有周公遗风，好儒多礼。燕和赵习俗比较接近，北部都经常受到胡人的侵扰，燕国地远人稀，民风彪悍少虑；而赵国腹地还有一个中山国，地薄人多，民俗卞急，游侠好斗，赵地在分晋之前就有剽悍之风，"胡服骑射"后更加勇猛。燕赵之地长期与游牧民族冲突融合，加上赵国的主动"胡化"，形成了农耕文明与草原文明相结合从而与中原文化有别的风格。《汉书·地理志》对"风俗"有一个精到的释意："凡民函五常之性，而其刚柔缓急，音声不同，系水土之风气，故谓之风。好恶取舍，动静亡常，随君上之情欲，故谓之俗。"一地文化习俗的形成，是地理、经济、军事尤其是强人政治、豪杰壮举等多方面合力作用的结果，往往是一个特殊性的个例影响所及会产生普遍性的效应。

燕赵的慷慨悲歌和尚义任侠，已被中国文化深度认同。古诗中多有咏叹，如——

> 燕赵悲歌士，相逢剧孟家。
> 寸心言不尽，前路日将斜。
>
> ——〔唐〕钱起
>
> 礼乐儒家子，英豪燕赵风。
> 驱鸡尝理邑，走马却从戎。
>
> ——〔唐〕韦应物
>
> 世为燕赵客，慷慨有奇才。
> 对策汉庭后，拜官江国来。
>
> ——〔宋〕梅尧臣
>
> 并刀昨夜匣中鸣，燕赵悲歌最不平。
> 易水潺湲云草碧，可怜无处送荆卿。
>
> ——〔明〕陈子龙

八

十五岁这一年，赵国少年荀况来到齐国都城临淄游学。

这里的稷下学宫名闻天下，就像今天的清华北大一样让莘莘学子心怀向往。这个稷下学宫名家荟萃，自由开放，儒家、道家、兵家、名家、阴阳家、农家等各种学派都可以在这里占有一席之地，呈现出"百花齐放、百家争鸣"的绚烂夺目的人文盛景。

学得文武艺，货与帝王家。荀况经过几年苦读，学有所成，欲选择一位贤君精心辅佐，施展平生所学。他选择了燕王哙，因为听说他"不安子女之乐，不听钟石之声"（《韩非子·说疑》），诚悫宽厚，仁爱待人，甚至亲自下田和农人一起耕作，有古代圣贤之相。

荀况从齐国来到了燕国。他的学生韩非有过简略的记载："燕王哙贤子之而非孙卿，故身死为僇。"（《韩非子·难三》）意思是燕王哙没有重视荀子，而对相国子之信任有加，弄得国乱身死。"孙卿"，即荀况，字卿，因荀、孙音近，又或后人为避汉宣帝刘询讳，亦称之孙卿，敬称荀子。这回，年轻的荀况看走眼了，燕王哙虽有仁人之心，却无政治之明，他的禅让之举愚不可及，差点儿导致燕国亡国。荀子在燕国毫无作为，面对纷乱的局面，深深地叹息一声，又回到了稷下学宫深入钻研学问。赵孝成王时曾受到尊崇，位列上卿。

荀子是中国儒学的集大成者，他的"性恶论"与孟子的"性善论"形成了鲜明的对立。有趣的是，一位大儒却培养了两名法家高足：韩非和李斯，这正应了他在《劝学》一文中所言的"青，取之于蓝而青于蓝。"荀子提出："治之经，礼与刑。"（《荀子·成相》）"礼以定伦"，法能"定分"，这对后世法治和德治并重的治国理念产生了极其深远的影响。

"周公作之，孔子述之，荀卿子传之，其揆一也。"这是一位清代学者对荀子的评语。荀子是中国儒学能够薪火相传、光焰不绝的关键人物。

春秋战国时代被认为是礼崩乐坏、黄钟毁弃、瓦釜雷鸣的时代，也是在大破坏中大重建的时代。我时常惊异那个命如蝼蚁、朝不保夕的战乱年代，竟然涌现出了那么多哲学家、思想家，一出世就是顶峰，他们的思想天马行空，博大精深，至今让人顶礼膜拜，难以望其项背。真是叫人不可思议。在各种学派中有一家特别有趣好玩，不是为了"学以致用"，而是纯粹的形而上，我们称其为"名家"。其代表人物，一个是宋国的惠施，就是和庄子辩论"子非鱼，安知鱼之乐"的那位；另一个为赵国的公孙龙，平原君的门客。名家被称为"辩者"，皆为能言善辩之士，甚至是诡辩。庄子也算是雄辩滔滔之士，却都不是惠施的对手，"子非鱼"之辩，庄子完败。

公孙龙的名篇是《白马论》和《坚白论》。

传说，某年赵国流行马瘟，所以，秦国函谷关通令禁止赵国的马入关。公孙龙到秦国办差，骑着白马来到函谷关城门口，士兵拦住了他，说："你没看见通告吗？你人可以进，马不能进。"

公孙龙指着马对士兵说："这是马吗？"

士兵有点儿发愣，"这，这不是马是什么？"

公孙龙说："这是白马。"

士兵蒙了，"白马不就是马吗？"

公孙龙说："白马不是马。"

士兵瞪大了眼睛，一脸的问号。

公孙龙解释道："马是形态，白是颜色，白马怎么是马呢？比如我叫公孙龙，我是龙吗？"

士兵完全被他绕晕了，就稀里糊涂放他进去了。

有一年燕昭王要伐齐，公孙龙这位"名家"想劝架，带人去了燕国劝燕昭王"偃兵"。燕昭王说，很好。其实，燕昭王招贤纳才一心雪耻，早已磨刀霍霍，怎肯罢兵，只是敷衍公孙龙而已。公孙龙看出了燕昭王的心思，说，您虽然口头答应罢兵，但其实您还是想打。燕昭王说，何以见得？公孙龙说，大王广揽天下英才就是为了破齐，如今我看大王朝中诸位都是些善于用兵的人，所以，您是不肯"偃兵"的。燕昭王默然不语，心里想算你说对了又怎么样。公孙龙在这里，用的是"循名责实"的逻辑推理法。

平原君也喜欢辩论，所以在门客中一直厚待公孙龙。有一天齐国的邹衍路过赵国，平原君向他请教公孙龙的"白马非马"之辩。邹衍一番话，让公孙龙从此彻底失宠。邹衍话说得很重，说公孙龙这一套花言巧语、烦文饰辞，弄得人晕头转向，只能"害大道"。据载，平原君死后第二年，公孙龙也悒郁而死。

在兵凶战危的战国时代，各诸侯国最需要和喜欢的是即插即用的实用理论，譬如兵法，譬如刑法，连孟子的儒家思想都被国王视作"迁远而阔于事情"，处处吃瘪，公孙龙的名家学说完全是形而上的空论，难有作为那是肯定的了。但是，"辩者"的这些学说，虽有种种弊端，却给中国的逻辑学大厦筑基培土，具有开创之功。

赵国还有一位思想家慎到，生于邯郸，约略与孟子、屈原同时，攻黄老之术，属于道家，但有入世的法学思想，又被认为是法家的开创者。

九

巍巍太行，莽莽燕山，郁郁平原，汤汤大河。

这块拥有山区、丘陵、高原、草原、平原、海洋等多种地貌样态的土地，属于河北省。河北，简称冀，源于《尚书·禹贡》中九州之一的冀州；别称燕赵，则源自战国时期的燕国和赵国。但实际上，河北只是燕赵的主体部分，燕国和赵国的疆域还要大得多，除北京天津外，还包括山西、河南、内蒙古、辽宁的一部分。

其实，曾处于赵国腹地的中山国也是一个不容忽视的存在。前323年，千乘之国的中山国与赵、韩、魏、燕四个万乘之国一起互相称王，石家庄周边的大片区域都是它的地盘。中山国曾一度十分强盛，故有学者甚至将其列为战国八雄。只不过：一、中山国是游牧民族政权，不属于中原文化，难免被轻忽；二、中山国曾分别被魏、赵所灭，尤其是最终被纳入了赵的版图。但必须承认，中山国对于燕赵文化的影响是极为深刻的，"悲歌慷慨"原本就是司马迁对中山之地民风的评价。

春秋战国是华夏文化的滥觞期，一条条大河皆可从这里找到源头，不仅是诸子百家点亮了璀璨的星空，而且相近的区域亦形成了各具特色、异彩纷呈的文化。齐鲁文化、吴越文化、荆楚文化、燕赵文化等都打上了鲜明的春秋战国的烙印，至今薪火不衰，代代不息。

燕国和赵国不是兄弟胜似兄弟，他们之间有矛盾、有对立、有和谐、有统一，在矛盾中和谐，在统一中对立，在长期的冲突交融中逐步形成了相似的脉搏和气息，连脾气性格都同化了，国土虽有疆界，精神却早已同气连枝。战国七雄中，独燕、赵因缘殊胜，创造一脉文化，泽被后世。

"燕赵"二字并说，在《战国策》《史记》等书中已经出现，燕在前，赵在后，并形成固定的词组，后世诗文因循皆言"燕赵"。

"周虽旧邦，其命维新。"燕赵这片古老广袤的土地，蕴藏着慷慨、骁勇、侠义、淳朴、变革等种子，"苟日新，日日新，又日新"，逢和风吹拂，生机勃发，又是一个青春昂扬的世界。

棠棣之华，光艳灿灿。

污淖里的莲

一

在坊间，若提起潘金莲的名字，人们大抵会露出鄙夷而古怪的神情，哈，那个淫妇！

在中国古代艺术形象里边，潘金莲与"淫妇"的标签牢牢绑定。这个公众认知源自《水浒传》，里面有三回写潘金莲的故事。其实，《水浒传》的主角们是梁山好汉，潘金莲不过是英雄武松的背景板。潘金莲成为女主，是在由《水浒传》敷衍而来的《金瓶梅》中。潘金莲故事的开启与结局依然相同，但时间延宕了六年。这其中的叙事风格完全迥异于《水浒传》，使《金瓶梅》成为另一部伟大的传奇小说。潘金莲的形象被塑造得更加细腻丰满，破纸欲出。但潘金莲还是那个潘金莲，除"淫妇"之外，还是一个妒妇、恶妇，清人张竹坡有个断语："金莲之恶冠于众人也。"

金莲之恶，并非青面獠牙，面目可憎，而是一株盛开的罂粟花，总有迷人性情、荡人魂魄的魅惑，让人生出既憎恶又忍不住多看两眼的复杂情绪。

在《金瓶梅》众女人中，潘金莲是最美艳的一个。书中有多处描写她的美，譬如第八回为武大郎做法事，和尚们见了潘金莲的表现："一个个都迷了佛性禅心，关不住心猿意马，都七颠八倒，酥成一块。"第九回写吴月娘初见潘金莲，暗暗吃惊："从头看到脚，风流往下跑；从脚看到头，风流往上流。论风流，如水晶盘内走明珠；语态度，似红杏枝头笼晓月。看了一回，口中不言，心内暗道：小厮每来家，只说武大怎样一个老婆，不曾看见，不想果然生的标致，怪不得俺那强人爱他。"她不光是长得好看，缠了一双小脚，故有金莲之名，还会"做张做势，乔模乔样"，懂风月，惯风骚。

潘金莲还是众女人中最有才的一个。潘金莲出身低微，父亲是一名裁缝，早早就死了，母亲撑不起这个家，便将九岁排行六姐的潘金莲卖到王招宣府中"习学弹唱"。潘金莲聪明伶俐，在招宣府一共待了六年，学会了描鸾刺凤，品竹弹丝，弹得一手好琵琶。"好个精细的娘子，百伶百俐。又不枉了做得一手好针线，诸子百家、双陆象棋、拆牌道字皆通，一笔好写！"（王婆语）书中多次写她给西门庆捎信，表达其思念，其中一封信上是一首词："黄昏想，白日思。盼杀人多情不至。因他为他憔悴死，可怜也，绣衾独自。灯将残，人睡也，空留得半窗明月。眠心硬，浑似铁，这凄凉怎挨今夜？"可惜西门庆是文盲，一缕浪漫琴声都弹给了牛。后来她与女婿陈经济偷情，也屡屡鸿雁传书，虽不伦，倒也琴瑟相称。

潘金莲还是一个语言天才，口齿伶俐，机锋甚健，说话不饶人。潘金莲勾引武松遭拒，反而被武松训诫，有一句是"篱牢犬不入"，潘金莲立时予以强烈反弹。"那妇人听了这句话，一点红从耳边起，须臾紫涨了面皮，指着武大骂道：你这个混沌东西，有甚言语在别处说，来欺负老娘！我是个不戴头巾的男子汉，叮叮当当响的婆娘！拳头上也立得人，胳膊上走得马！不是那腲脓血搠不出来鳖。老娘自从嫁了武大，真个蚂蚁不敢入屋里来，甚么篱笆不牢，犬儿钻得入来？你休胡言乱语，一句句都要下落。丢下一块瓦砖儿，一个个也要着地！"这段话实在漂亮，令人忍不住要喝一声彩。生动，响亮，掷地有声，妙譬巧喻，妙语连珠，让本来严肃正告的武松听罢竟然笑了。整部《金瓶梅》中，潘金莲嘴头子最厉害，尖酸刻薄，拈醋含酸，含沙射影，无人能当。这一点有点儿像《红楼梦》里的林黛玉。她的泼辣、狠毒，又与王熙凤颇有几分相似。

二

鲁迅说："故就文辞与意象以观《金瓶梅》，则不外描写世情，尽其情伪，又缘衰世，万事不纲，爱发苦言，每极峻急。"《金瓶梅》是世情小说，也是批判小说，《金瓶梅》主旨盖在揭露人性的黑暗，无论官场、商场、家庭，社会方方面面都乌漆麻黑，几无光亮，到处都是尔虞我诈、欺男霸女、营私舞弊、蝇营狗苟、利益熏心、私欲膨胀，简直是礼崩乐坏，无可救药，全书几乎没有什么好人。潘金莲之淫、之妒倒也罢了，但她人性之恶也已到了令人发指的地步。古语云："青竹蛇儿口，黄蜂尾上针。两般犹未毒，最毒妇人心。"此言固然有陈腐的女性歧视之意，但如果专门用来形容潘金莲倒蛮合适。在书中，西门庆是一个恶贯满盈的恶霸，但他尚存对友重义、对姜（李瓶儿）重情的人性温煦之处，而在潘金莲身上，人类尤其是女性所有的慈悲、温婉、恻隐、善良等品质踪影全无，甚至可以说她的使命就是对人类的美好实施摧毁和碾压的。她的美貌和才华反而对这种恶有一种加持之功，这更为可怕。

潘金莲之恶有三毒：毒杀，毒打，毒计。

第五回写武大气咻咻捉奸，被西门庆一个窝心脚踢得口吐鲜血，病倒在床。用砒霜毒死武大，虽然是王婆出的主意，潘金莲却是执行者。先是给武大强行灌进药去，待武大发作，用两床被子"没头没脑"捂盖，"这妇人怕他挣扎，便跳上床来，骑在武大身上，把手紧紧地按住被角，那里肯放些松宽。"直到武大肠胃迸断，呜呼哀哉，不再动了。其实，貌美如花的潘金莲，与"三寸丁谷树皮"又矮又丑的武大相差太过悬殊，和风流倜傥的西门庆倒很匹配。所以，即便她红杏出墙也情有可原，何况作品所描述的大环境是一个两性关系非常开放的时代。但是，欲和西门庆做长久夫妻也可以有多种办法实现，比如让财主西门庆多出些银两补偿武大，以解除婚姻关系，再嫁给西门庆，为何非得害人性命呢？俗话说，一日夫妻百日恩，该有多大的仇恨才能痛下杀手！这只能说明，潘金莲这个女人心中早就埋着恶的种子，遇着时机便膨胀发芽了。张竹坡评曰："此回文字，幽惨恶毒，直是一派地狱文字。夜深风雨，鬼火青荧，对之心绝欲死。"

潘金莲毒死了武大，后来又毒死了西门庆，只不过用的不是砒霜，而是春药。西门庆自得胡僧给他的春药丸，便淫欲无度，开启了作死的节奏。第七十九回写道，当晚，他与伙计韩道国的老婆王六儿厮混，回家之后，偏偏来到潘金莲房中休息，正是"失晓人家逢五道，溟冷饿鬼撞钟馗"，被潘金莲一下子灌了三丸春药。胡僧当初交代过，这药万万不能超过一丸。超量了，春药无疑就变成了杀人的毒药。在西门庆病重期间，潘金莲仍"不知好歹"，不顾西门庆死活强行索取，弄得西门庆"死而复醒者数次"。武大和西门庆都是"亲夫"，都被潘金莲用不同方式毒杀，何其相似乃尔！

杀人都可以干的人，还有什么不可以干、不敢干呢？打起人来就更是家常便饭、小菜一碟了。武大在潘金莲之前结过婚，老婆死了，留下一个十二岁的女孩迎儿，这一点《水浒传》中没有写到。中国自古就对"后娘"有太多的贬抑，其中的心理机制有人探讨过。潘金莲就是这样一个恶毒的继母，迎儿落在她手里没有最惨只有更惨。武大死后，潘金莲对这个没爹没娘的孩子毫无恻隐怜惜之心，而是非打即骂，像她使唤的一个丫鬟。"被妇人哕骂在脸上，怪他没用，便要叫他跪着；饿到晌午，又不与他饭吃。"第八回写潘金莲做了一扇笼三十个蒸角儿等西门庆来吃，打开一数却是二十九个，喝问迎儿怎么少了一个？迎儿说不知道，是不是娘数错了？立即招来一顿毒打，"不由分说，把这小妮子跣剥去身上衣服，拿马鞭子打了二三十下，打的妮子杀猪也似叫"。迎儿在潘金莲的淫威逼迫下，承认偷吃了方歇手。叫迎儿给她打扇，还不解气，又说："贼淫妇，你舒过脸来，等我搯你这皮脸两下子。""那迎儿真个舒着脸，被妇人尖指甲搯了两道血口子，才饶了他。"如此虐待一个孩子，实在残忍，潘金莲之恶，当下阿鼻地狱矣！

秋菊是潘金莲身边的一个粗使丫鬟，"为人浊蠢，不谙事体"，和另一个丫鬟春梅的"性聪慧，喜谑浪，善应对"形成鲜明对照。她在潘金莲眼里，被视若猪狗，完全不当人看待，任意打骂，肆意摧残，随意作践。她多次被潘金莲罚跪，头顶着大石头，给人留下极为深刻的印象。第五十八回"潘金莲打狗伤人"，写潘金莲因西门庆在李瓶儿房中歇宿，母子受宠，不禁妒火中烧，偏偏狗尿又洒了她一鞋，气急败坏将狗打了一顿，气未消，又习惯性拿秋菊出气。"提着鞋拽巴，兜脸就是几鞋底子。打的秋菊嘴唇都破了，只顾揾着抹血。"接着"打够二三十马鞭子，然后又盖了十栏杆，打的皮开肉绽，才放出来。又把他脸和腮颊，都用尖指甲搯的稀烂。"大家注意，书中用的字是"搯"，而不是"掐"。"掐"，是用手指挤捏，"搯"是"掏"的异体字，意为挖，潘金莲打继女迎儿和丫鬟秋菊，都是用尖指甲在脸上"挖"！何其歹毒也！每读这样的段落，心都会发颤！要知，潘金莲也是使女出身，也曾属"被侮辱与被损害者"，一旦做了主子，却对曾经的同类加倍施虐，不能不说有变态的成分。

《金瓶梅》中，潘金莲一向给人以心直口快之感，即使作恶都"光明正大"，好像不会藏奸耍滑。她敢于和西门庆正妻吴月娘直接正面开战，似乎也说明了这一点。三姨娘孟玉楼劝架时说："这六姐，不是我说他，有些不知好歹，行事要便勉强，恰似咬群出尖儿的一般，一个大有口没心的行货子。"吴月娘接口道："他是比你没心？他一团儿心机。"（第七十六回）实际上正如月娘所说，这个女人特别擅长调三斡四，挑拨是非，甚至是处心积虑实施毒计。宋惠莲之死就是由于她来回挑唆"说的两下都怀仇恨"（第二十六回）所致。

西门庆的几房妻妾里，潘金莲最妒忌的是排在她后面的李瓶儿。原因有三：其一，李瓶儿有钱。她曾是梁中书的小妾，后来嫁给花子虚，花的叔叔是宫中太监，家财万贯，超级富有，花子虚死后再嫁西门庆是带着巨额财产过来的。而潘金莲本是小户人家，几乎是净身而来。第七十四回写道，潘金莲央求西门庆，将已过世的李瓶儿的一件皮袄给了她，说出去吃酒，那些妻妾都有皮袄穿，只有她没有。西门庆道："贼小淫妇儿，单管爱小便宜儿！他那件皮袄直六十两银子哩。"其二，李瓶儿肤白。潘金莲虽然漂亮，但这一点有所不及。其三，李瓶儿有儿子。这个最要紧，在封建时代，女人存于世的最大价值就是能给家族传宗接代，烟火相续。西门庆只有一个女儿，因此，生了儿子的李瓶儿自然最受西门庆的宠爱，潘金莲难以相比。故而，李瓶儿的儿子官哥就成了潘金莲的眼中钉、肉中刺，处心积虑欲除之而后快。潘金莲故意举高高使孩子受到惊吓，吴月娘发现了她居心不良，一直警惕不让她抱孩子。潘金莲遂设计了一条毒计，养了一只名叫"雪狮子"的猫，"因李瓶儿、官哥儿平昔怕猫，寻常无人处，在房里用红绢裹肉，令猫扑而挝食"。果然，有一天，这雪狮子窜入李瓶儿房中，"看见官哥儿在炕上，穿着红衫儿一动动的顽耍。只当平日哄喂他肉食一般，猛然往下一跳，将官哥儿身上皆抓破了。只听那官哥儿呱的一声，倒咽了一口气，就不言语了，手脚俱风搐起来"。没几日，官哥儿便死了。书中对此有议论："常言道：花枝叶下犹藏刺，人心怎保不怀毒？""潘金莲见李瓶儿有了官哥儿，西门庆百依百随，要一奉十，故行此阴谋之事，驯养此猫。必欲唬死此子，使李瓶儿宠衰，教西门庆复亲于己。就如昔日屠岸贾养神獒害赵盾丞相一般。"（第五十九回）潘金莲心机之深，用计之毒，真令人毛骨悚然，不寒而栗。

第六十回写道，官哥儿死后，"潘金莲见孩子没了，每日抖擞精神，百般称快。指着丫头骂道：贼淫妇，我只说你日头常晌午，却怎的今日也有错了的时节？你斑鸠跌了弹，也嘴答谷了；春凳折了靠背儿，没的椅了；王婆子卖了磨，推不了的；老鸨子死了粉头，没指望了。却怎的也和我一般。李瓶儿这边屋里分明听见，不敢声言，背地里只是掉泪。"这一番描写，让人不禁想起了《红楼梦》中写秋桐和尤二姐的桥段。

三

潘金莲待人如此刻薄狠毒，或可以找出各种因由，那么，她对亲娘老子又如何呢？能否闪烁一丝人性的温情和光亮？答案同样令人绝望。女儿嫁在西门家，潘妈妈自然要常来往行走，可怎么样呢？小厮玳安最知情，一次他对一个伙计评点家中主人，这样说潘金莲："他一个亲娘也不认的，来一遭，要便抢的哭了家去。"（第六十四回）意思是，每来一次，都得生一次气，哭着回去。第五十八回写道，潘金莲在房中打狗打丫鬟，弄得鬼哭狼嚎，住在邻舍的李瓶儿怕惊吓了官哥儿，几次让丫鬟过来央求，潘姥姥也劝潘金莲住手，并上前夺潘金莲手中的马鞭。潘金莲不仅不收手，反而"把手只一推，险些儿不把潘姥姥推了一交。便道：怪老货！你与我过一边坐着去！不干你事，来劝什么？"一番抢白，连骂带推搡，弄得潘妈妈走到里边屋里，"呜呜咽咽哭去了"。第七十八回写道，潘姥姥坐轿子来西门家，让丫鬟通知潘金莲付给轿夫六分银子，潘金莲人来了，钱就是不给，"只说没有"。月娘让她先给潘姥姥一钱银子，记上账即可，潘金莲还是不给。一时僵持，外边轿夫催着要走，还是孟玉楼看不下去了，拿出一钱银子打发了轿夫。回到房中，潘金莲将老太太数落一顿，说以后没轿子钱你就别来了，"驴粪球儿面前光"，说得老太太呜呜咽咽哭起来了。当晚，因西门庆在潘金莲房中歇宿，潘姥姥便到李瓶儿处安歇，对着奶妈如意、丫鬟迎春大倒苦水，在夸了一阵死去的李瓶儿"好人""仁义""热心肠"之后，如此说潘金莲："正经我那冤家，半分折针儿也迸不出来与我！我老身不打诳语，阿弥陀佛，水米不打牙，他若肯与我一个钱儿，我滴了眼睛在地！"后来，春梅又来拿菜肴给老太太吃，潘姥姥便对春梅说："就是你娘（指金莲），从来也没费恁个心儿，管带我管待儿，姐姐，你倒有惜孤爱老的心，你到明日，管情一步好一步。敢是俺那冤家，没人心，没人义！几遍为她心龌龊，我也劝她，就抗的我失了色！""没人心，没人义，心龌龊"，这是一个母亲对亲生女儿的评价。

我试图在书中寻找潘金莲的善举和"好人好事"，寻寻觅觅总算找到了一例。第五十八回写道，潘金莲与孟玉楼一起到大门外磨镜子，磨镜老汉哭诉家里困境，触发孟玉楼怜悯之心，便令小厮来安儿回家去拿腊肉和两个饼锭（烧饼）。潘金莲见状，"叫：那老头子，问你家妈妈儿，吃小米儿粥不吃？老汉子道：怎的不吃？那里有？可知好哩！金莲于是叫过来安儿来：你对春梅说，把昨日你姥姥稍来的新小米儿量二升，就拿两根酱瓜儿出来，与他妈妈儿吃"。潘金莲居然也发善心了？这岂不是太阳从西边出来了？这是否是作品旨在反映人性的多面性与复杂性？其实，孟玉楼发善心在先，两个一样身份的人一块出来磨镜子，潘金莲再不情愿也得跟随意思一下，不过是她争强好胜、好面子罢了。孟子所谓善之四端"恻隐之心，羞恶之心，辞让之心，是非之心"，跟她丝毫不沾边。

第七十五回云"善有善报，恶有恶报，如影随形，入谷应声"。潘金莲在西门庆死后，和女婿陈经济私通几乎到了公开的地步，还打掉了一个孩子被人发现。这一切都瞒不了身边常被摧残的丫鬟秋菊。秋菊虽然"浊蠢"，但也执拗，有仇必报，几次向吴月娘告发，加上谨守闺范的吴月娘实在无法容忍家中出这等污秽丑事，而且李瓶儿终前所说"休要似奴粗心，吃人暗算了"，言犹在耳，于是，将潘金莲赶出家门，叫王婆领出嫁人。正巧武松遇赦回来寻仇，潘金莲的故事又回到了《水浒传》，被武松杀掉。

潘金莲的淫与恶，在《水浒传》中已被定型，在《金瓶梅》又得到充分展示，且作者以一首七言诗终篇，最后两句是"可怜金莲遭恶报，遗臭千年作话传"。两部名著的描述，使得潘金莲的秽名、恶名妇孺皆知。

四

20世纪80年代，有"巴蜀鬼才"之称的剧作家魏明伦，写了一部荒诞剧《潘金莲》，引起了巨大轰动，名噪一时。有人称其想为潘金莲翻案，其实潘金莲不是历史人物，只是虚构的艺术形象，何谈翻案？这部剧让古今中外的人物如武则天、安娜·卡列尼娜、贾宝玉、吕莎莎（李国文小说《花园街五号》）等穿越时空，围绕潘金莲与四个男人的故事各抒己见，呈现了不同时代、不同地域的价值观和爱情观。作者站在现代人的角度和思想解放的立场，对潘金莲的苦闷和对爱情的追求表现出理解和同情。

借古人酒杯浇心中块垒，《金瓶梅》可以从《水浒传》衍生出新的故事，现代作家自然也可以将其重新演绎。但需要说的是，《金》和《水》中的潘金莲并无二致，如果违背了人物性格逻辑，那就写李金莲、王金莲好了。潘金莲就是潘金莲。这两部书的作者的思想观念自有其时代的局限性，但经典的意义就在于可以超越时空获得永恒。潘金莲无疑是个悲剧人物，出身贫寒，小小年纪就两次被卖到大户人家做使女，被主人糟践，后被迫嫁给卖炊饼的丑男人武大，是最典型的"一朵鲜花插在牛粪上"，徒有美貌和才华，这种巨大的反差反映出命运的不公，的确令人同情和惋惜。她的苦闷与烦恼可以想见。如果故事停留在潘金莲杀夫之前，读者对她完全可以持另外一种态度，甚至包括其爱慕武松都是可以理解的。然而，自从鸩杀武大之后，一切就完全变了，罂粟花收割了黑色的罪恶。潘金莲之恶，自有其形成的温床和土壤，社会黑暗，生活压抑，酱缸效应，私欲膨胀，等等，使其在成长过程中培育了阴暗的心理，通过对抗、报复、掠取、宣泄来实现满足，以致扭曲变态，走向极端。潘金莲的境遇让我想起了安娜·卡列尼娜，同样也是婚内出轨，但安娜追求的是个性解放和爱情自由，她说："我是个人，我要生活，我要爱情。"她是一个善良、真诚、勇敢的女人，她的行为虽有悖于道德，但更合乎人性，因此会获得读者的同情甚至赞赏。她没有为实现自己的私欲而杀人，反而是爱情破灭后卧轨自杀。现代人们一直对泛道德化的人物评价有所诟病，但潘金莲与安娜不同，其恶已超出了道德的范畴。

文学艺术对善的赞颂与对恶的揭示，都是对人性的刻画。刘心武说，《金瓶梅》"最大的震撼力是挖掘人性的深度，尤其是对人性恶的坦然褐橥"。潘金莲之恶，让我们看到了一个灵魂的挣扎与毁灭。潘金莲，或许可以出淤泥而不染，却在污淖中沉湎深陷；一个貌美如花且才艺兼擅的女人，或许可以成为天使，却在摇曳生姿的步态中一步一摇化身恶魔。

沫水若水

　　游罢乐山大佛，尚余下午半天闲暇，当再去何处？网上一搜，就搜到了沙湾区的郭沫若故居。我一拍脑袋，亏我还当过高校老师、在课堂上讲过郭沫若呢，咋就忘了郭沫若是乐山人？他名字的来历我倒还记得清楚，是根据家乡的两条河流沫水、若水而起的。沫水就是大渡河，若水是注入大渡河的雅河。

　　沙湾虽是乐山市的一个区，两地却相距大约有四十公里。我稍作盘算，往返时间足够，便没有犹豫，和妻子打上一辆出租车，直奔沙湾而去。

　　对于郭沫若，我并不陌生。现代文学史上，他被誉为鲁迅之后又一位新文化的旗帜。我教现代文学课，讲了十四年郭沫若，他的许多诗歌我不用特意背就已滚瓜烂熟。《凤凰涅槃》中那独特的表达，如"一切的一，一的一切"，新奇尤令我难忘。"狂飙突进"这顶浪漫主义的帽子量身定做，唯他专用。还有一件好玩的事情，尽管我是老师，因环境的缘故，讲课却用的是方言，但我发现，在朗诵《天狗》一诗的时候，方言和普通话效果反差太大了，唯有普通话才能读出那种气势磅礴、雄浑豪迈、抑扬顿挫之感。课堂上，我用两种口音分别朗诵，逗得大家笑声连连，气氛十分热烈。

没想到，离开教席多年之后，不经意间居然有了踏访郭沫若家乡的机会，一探何样的山水培育了这位文坛巨擘。

大凡有影响的人物，多有故居遗存，尤其是在故乡。人们考察名人故居的兴趣点，无非有三处：一是自然环境，俗言"一方水土养一方人"，地杰人灵，钟灵毓秀；二是人文环境，民风习俗，历史底蕴；三是家庭环境，童年时期的生长状态。

沙湾的东面是大渡河，我们一路上几乎是沿河而行。大渡河是岷江的最大支流，在乐山汇入，水流湍急，河面宏阔。当年红军以"强渡大渡河，飞夺泸定桥"的英勇壮举彪炳青史。沙湾西面横亘着峨眉山的第二峰绥山，当地有"绥山钟灵，沫水毓秀"的说法。南面有一条从峨眉山的余脉蜿蜒流泻下来的溪流，叫茶溪，清洁透亮。这里气候温和湿润，生长着茂盛的榕树、木棉、荔枝、雪桃等树种。所以说沙湾是一个山清水秀的地方。这里四季常青，我们来时正值暮春，却见有许多树叶飘落，与北方不同，旧叶未枯黄就被更嫩绿的新叶顶掉了。

郭沫若故居在一个不起眼的胡同里，坐北朝南，门前有数株榕树，粗大雄壮，枝枝杈杈遮出一大片浓荫；一侧有数竿竹子挺拔苍翠，地面上的根根竹笋犹如箭镞。六七个学者模样的人，站在大树下闲聊着，似乎刚从故居出来。故居始建于清嘉庆年间，由三进小四合院加一个小后花园组成。这种川式建筑结构，给我这个北方人两种鲜异感受：一是名曰四合院，其实只有房子的"四合"，没有院落，中间露出一片天，谓之"天井"，视觉上给人以狭窄逼仄之感，房间光线也比较昏暗；二是房子除了屋顶是青瓦覆盖，其余完全是木结构，墙壁不是砖石垒砌而成，也是由木板搭建。所以我想这样的房子，防火当为重中之重。郭沫若《我的童年》记述了一个故事：沙湾有个叫杨三和尚的土匪头目，因犯了事被官府抄家，抄家也罢了，还要放火烧他家房子，如此一来，这和烧毁全镇的房子有何区别？十几个乡绅苦苦求情，官府才准许拆了他家房廊，运到大渡河前焚烧。

1892 年秋天，郭沫若在这个宅子里出生，原名开贞。他出世的方式就与众不同，是脚先下地，称为"逆生"，他后来说这是他"一生成为反逆者的第一步"。他的"反逆"实际上是对封建旧制度旧传统旧思想的叛逆，是一个革命者的叛逆。郭沫若天资聪颖，四岁半就开始发蒙，家里办了一个私塾，名"绥山山馆"。我看到一间房子的门楣上方挂着这个牌匾，还有一副对联："雨余窗竹图书润，风过瓶梅笔墨香。"郭家是中等地主家庭，是有财力办私塾的。对童年郭沫若影响较大的一是他的母亲杜邀贞，另一个是他的大哥郭开文。其母是一个没落官家的女儿，怀郭沫若的时候，梦见一只小豹子咬她左手的虎口，所以给儿子起了个乳名叫文豹。郭母虽然没怎么读过书，但心灵手巧，会绘画绣花，教郭沫若背诵唐诗。她还教了儿子一首诗："翩翩少年郎，骑马上学堂。先生嫌我小，肚内有文章。"这"马"自然是竹马。郭沫若多年后回忆说，这首诗激励了一个儿童的好胜心。大哥郭开文当时在成都上学，是启蒙运动的先锋，带来了许多新思想，后来东渡日本，成为郭沫若日后负笈扶桑的先导。

20岁那一年，郭沫若在这里和张琼华成婚，这是封建式的包办，非郭沫若所愿，只过了五天，郭沫若就离开了。后来在日本的他曾给她写信说："我们都是旧礼制的牺牲者，我丝毫不怨望你，请你也不要怨望我罢！可怜你只能做我家中一世的客，我也不能解救你。"张琼华早郭两年出生，晚郭两年去世，活了九十岁，没有子女，真的在郭家当了"一世的客"。故居中有属于她的房间，虽然占据了正房的位置，但看去光线幽暗，那床那帐，那桌那椅，每一处都是寂寥的。

有个房间，标明于立群曾在此住过。那是1939年7月，郭沫若父亲去世，他偕妻子于立群抱着三个月大的儿子回沙湾奔丧。居留期间，张琼华一度将自己结婚时的房子让给于立群母子住，并在生活上多有照顾。有一次，她指着于立群对侄子开玩笑说："你八爸给我带回了一个媳妇。"在此几个月前，郭沫若回老家看望老父，这是他时隔26年重回沙湾。而他亲爱的母亲，早在1932年就已离开了人世，据说，临终前一直在呼唤着郭沫若的乳名。

"闲居无所事，散步宅前田。屋角炊烟起，山腰浓雾眠。牧童横竹笛，村媪卖花钿。野鸟相呼急，双双浴水边。"这是郭沫若在家塾绥山山馆读书时，写的一首诗《村居即景》。诗人的天才，已如朝暾初露。

取家乡两条河流之名为自己的笔名，并用之一生，不消说这其中凝结了作家浓厚的故乡情结与深挚的感情眷念。沫水若水，汹涌澎湃，滔滔汩汩，在作家的血管中奔流，在诗人的诗行中翻卷，终汇成一片浩瀚辽阔的海世界。

第三辑

围炉夜话

如好风来自天外

想想看，你有多少年没有收到过信件了？现代化的通信方式完全颠覆了传统，家书、情书都成了明日黄花，只留在人们的记忆里。"洛阳城里见秋风，欲作家书意万重。复恐匆匆说不尽，行人临发又开封"（张籍），这样深厚绵密的情感如今又该如何寄托呢？近几年古诗文勃兴，有媒体开设诸如"见字如晤"等节目（栏目），意在使书信的情影重回人们的视野和情感之中。由此，我最近重读了柯灵先生的"书简"，再一次为旧日美好的情怀深深迷醉。

2001 年夏天的一天，我收到文汇出版社寄来的《柯灵文集》六卷本。打开包装，看到一纸短笺，上面大意写道：遵柯灵先生生前嘱，给您寄去一套《柯灵文集》，请妥收。柯灵先生 2000 年 6 月 19 日辞世，文集一年后出版，他未能在有生之年得见，殊为遗憾。令我没有想到的是，先生生前居然把我这个无名小辈放在心上，使我在他去世后收到他这一份珍贵的礼物，当时我心潮澎湃，泪水模糊了双眼。

更让我没有想到的是，"文集"第六卷是书信集（书简），目录中赫然有一标题——《致刘江滨》！我的心跳一下子有些加快，屏住呼吸，打开 107 页，里面收录了先生给我的三封信。第一封是这样写的：

江滨同志：

忽奉手教，并拜读《人民日报》大文，如好风来自天外，感刻之余，不胜惶愧。舞文弄墨数十年，得邀方家谬赏，何其幸哉！

大作隽精，深佩才识，我太老了，又苦于尘网难逃，不能埋头文事。《十里洋场》一曝十寒，一年竟未着一字，倘竟能杀青成书，自当奉呈求教。

率此奉报，藉布微忱，并祝

新年如意，大笔如椽！

柯灵上

1995 年 1 月 8 日

1994 年 12 月 16 日，我在《人民日报》发表了一篇评论柯灵先生的文章:《文字魅力最迷人》，嗣后，从著名学者林非先生那里得到柯灵先生的通信地址，遂修书一封，并报纸寄至上海他的家中。不久，便收到了他的这封手书。此信后来还收入他的散文集《天意怜幽草》"八尺楼小简（之三）"中，不过收信人的名字皆隐去，用"××同志"代替。我和柯灵先生一共通过几次信，因我当时没有记日记的习惯，已不记得了。"书简"中选录了三封，这第三封信应该是最后一封，1998 年 2 月我从邢台调到石家庄省报工作，给先生写信禀报了这个情况，先生回信说："知已转移工作岗位。都是文化生涯，不算改行。但报馆与课堂不同，前者天地较广，活动余地较多。"由于工种新换，环境陌生，好长时间没有写作，也与柯灵先生未再联系，直到他去世。

中国古代即把书信称作"尺牍""尺素""尺简""鱼雁"等，是散文的一种。司马迁的《报任安书》、嵇康的《与山巨源绝交书》、杨恽的《报孙会宗书》等都是其中的名篇。明代以后，始有书信选集和个人书信集行世。周作人尝谓："中国尺牍向来好的很多，文章与风趣多能兼具"，称尺牍是"特别有趣味的东西"（《日记与尺牍》）。柯灵在给陈青生所编《"孤岛"作家书信集》作的序中云："书信的发明无疑是一件大事，因为它不但具有重要的感情价值和实用价值，如果文情并茂，还有文学价值；鸿爪留痕，兼有历史价值。"《柯灵文集》"书简"收录最早的一封信是写于 1938 年 7 月 15 日的致"孤岛"作家孔令境，最后一封是写于 2000 年 2 月 23 日的致香港作家梁锡华，离柯灵逝世只有不到 4 个月。但绝大多数都是改革开放后的信件。从收信人来看，有巴金、冰心、夏衍、钱锺书、阳翰笙、余光中等文学大家，于此，书信的历史价值不言而喻。更多的是柯灵与一些报刊、出版社编辑、研究专家谈关于文章发表、书籍出版等事宜，以及对一些世事、现象的评骘，这些书信呈现出柯灵写作上的心路历程、思想火花，对于柯灵的研究也具有一定的历史价值。由于书信具有私人性、个人性，因此其内容会更客观、更真实，参考价值更高。当然，书信的实用价值是第一位的，在通信尚不发达的时候，写信成为说事述情的主要工具。柯灵的书信，多谈文事、书事、身体状况、日常行状等，从中可以一窥其从改革开放到去世的二十余年间的主要人生轨迹。在这些信中，柯灵对朋友们时常提及的、也是读者最关心的，是他晚年长篇小说《上海一百年》的写作。然而，文债如山，尘务似海，加上写作难度太大，即便老人曾一度躲到一个专门的写作室埋头写作，最终也只写了第一部《十里洋场》的第一章在《收获》发表，《上海一百年》成为未竟之作，实为憾事。

既然书信可以公开刊布，那么它的文学性、审美性尤为重要，否则，只宜藏之箧中，秘不示人了。柯灵的"书简"正是在文学性、审美性上，大放异彩，如隋侯之珠、和氏之玉，成为现代尺牍之经典精品。这些书信整体给人最深刻的印象是，立体凸现了一个正直、热情、谦逊的主人公形象，简洁凝练的文字中间，跳动着一颗炽热纯净的心灵。他为杂文家周木斋平反，为"与抗战无关论"辩白，为《张爱玲文集》出版居间奔走，并因为稿费问题指斥出版社"比包身工的卖身契还厉害"。他在百忙之中以平实的语言给家乡的小学生写信，鼓励他们好好学习。最让人感动的是，书中收录了柯灵与陆耀琪、蔡彩云夫妇从 1979 年 3 月 2 日至 1992 年 1 月 3 日十三年间的通信二十一封，勾勒了一个感人至深的故事。陆耀琪是一名在西安工作的中学教师，在《文学评论》《光明日报》发表过论文，得到柯灵赏识；蔡彩云是苏州农村的赤脚医生，夫妻分居两地。为帮助陆耀琪调回苏州，柯灵四处托人。经过一年多的努力，终于办成。其间的艰难曲折，令人嗟叹。不仅如此，柯灵还几次给蔡彩云寄书，帮助她提高文化水平，缩小与丈夫的差距。我想，如此关怀备至，自家老人也不过如此吧，陆耀琪夫妇何其幸哉！柯灵虽然是一代文学大师，却非常谦逊、低调，信件中经常自谦"贱名""平生碌碌"，称"涸辙之鲋，不求湖海之大，得西江勺水，优游卒岁"云云。1985年，柯灵家乡绍兴市斗门镇欲给柯灵修建纪念亭，柯灵闻讯"大吃一惊"，7月26日，他一天给当地有关人士写了两封信，坚决制止此事，"无论如何也不能办，必须坚决打消此意。我对党对国家对人民并无什么贡献，对家乡尤未丝毫尽力，写点文章，薄有文名，有什么了不起，值得如此招摇！我感谢你们的好意，但千万不要陷我于荒谬狂悖之境，千万千万！"先生的大师风范、人格境界，与当下某些名利熏心的人相比，真是云泥立判。

日本作家鹤见祐辅在其《论尺牍之今昔》中写道："写信是人生怡乐之一，澄明朗澈的夏月，在嫩叶薰香的书简下，对净几展名笺，淋漓墨迹纵笔挥毫，是赏心的艺术。……一卷之中，总觉珠玉灿然、光辉耀眼。"这样的书简称得上是风雅有致的美文小品。柯灵书信的魅力也正在于此。"久疏通候，虽兼葭苍苍，未尝相忘于江湖。去岁兄设帐关外，畅游京华，得讯即电北京中国作协探询行踪，期能南来，闻已渡海返旆，为之怅怅。"（致余光中）"《上海一百年》喧传多年，今始下决心开笔，速度之慢，胜于蜗牛。所写为鸦片战争时代，事非亲历，隔阂重重，能否完篇，殊不可必，而一败涂地，则可预卜也。"（致钱锺书、杨绛）"手示奉悉，相片拜收。年来老境日深，步门不出，偶动登楼之兴，遂有识荆之缘。"（致潘旭澜）柯灵的散文一向以简洁典雅著称，书信的文字更多地融入文言成分，按照余光中的说法，是在文字的风火炉中炼丹，遣词造句已臻炉火纯青的境界，收放自如，举重若轻，百炼钢化为绕指柔。柯灵的散文既赓续了古代尺牍小品的流风余韵，也传达了现代作家的心情感悟，别具一番审美趣味，读之让人流连低回，不忍释手。借用他的话，端的是如好风来自天外，叫人醺醺然，栩栩然，无任欢忭欣快。

如今，这样可视作美文小品的书信如涧边幽兰、空谷足音，已杳不可寻了。不过，也不必太过悲观。手写的书信虽然退出了历史舞台，但微信、短信、电子邮件依然是"信"，我们何不螺蛳壳里做道场，像柯灵先生那样，在有限的文字空间里，巧工精酿，使其飘散出雅致醇美的芳香呢？

与行公结缘

　　一直想写写张中行先生，与同好共同品啜先生精神的奶酪和醍醐，但苦于编务繁忙，脑袋里像长了一丛乱草，荆棘丛生，文思结网，一时梳理不清，不知如何下笔。近读韩小蕙女士写季羡林先生的文章，竟意外如一石击水，心中久竖的琴弦发出轰然的声鸣，一派清爽从天而降。

　　我与张中行先生结缘始于 20 世纪 90 年代中期，但真正产生文字过从是我做了副刊编辑之后。1998 年岁末，我给张中行先生写了一封约稿函，并附寄了几张副刊样报，想请先生拨冗惠赐大作。先生在当时文坛名高望重，为人亲善，素有"行公"的美誉。他的文章更是有哲人的深邃、作家的情采、语言学家的严谨。我曾在一篇文章中表达过这样的感受："读张中行先生的文章，如松下听古琴，负暄听闲话，荒江听雨声，月夜听洞箫，每每遁入一种静穆古雅、飘然出尘之境。无缘亲炙先生謦欬，只见过照片，笑眯眯的，淡泊而安详，一副蔼然智者的神态。看庭前花开花落，天边云卷云舒，目送归鸿，手挥五弦，读了一辈子书已入耄耋之年的中行老人已抵达哲人的人生化境。"恐怕与我有同感的人所在多有，自然而然，先生的文字成为众多报刊文学编辑千方百计索要的目标。俗语有云，客大欺店，又云，小庙供不了大菩萨，先生的文章多发在《读书》《随笔》《光明日报》一类的大报名刊，而我供职的只是一家省级报纸，先生能肯青眼惠顾吗？信发出后，我一直惴惴不安，因为我先前曾向几位本省籍的名作家约稿，恂恂如奉若神明，希望其能念"桑梓之情，莼鲈之思"，结果却是碰扁了鼻子，担雪填井，水中捞盐，一场徒劳。所以，尽管行公也是本省籍作家，但我心中实在没底。

然而很快，1999年元旦甫过，新春的燕子便衔来行公的尺素，一看到信封上的地址和字迹，我的心就怦怦跳起来，仰天长叹，额手称庆。我小心地将信纸展开，九十岁老人的字迹依然遒劲有力：

江滨先生：

寄下样报及手教拜收。承约稿，至谢。此前读评介拙文大作，奖掖太过，实不敢当。不才年事已高，而冗务不少，写文不多，如有，当呈上请正。

匆匆，颂编安。

张中行拜复
99年元旦

虽然没有得到先生的稿子，一时有些怅然，但我仍然心情愉快。想想吧，一位九十岁的文化耆宿、泰山北斗，镇日文债如山，冗务如网，还能惦记着给一个小编辑复信，即使不给你写稿，光这种平等待人的谦谦君子风范，就足以让我等感动不已了。

先生信中所言"评介拙文大作"，是指我的《知性的美文》一文，这是我与行公结缘的开始。那时我还在高校任教，受散文家韩小蕙之约，为她主编的《张中行精品欣赏》一书撰稿，鉴赏文撰稿人有季羡林、周汝昌、阎纲、牛汉、毛志成等人，皆是学界名家，我忝列其中，深感荣幸。分给我的篇目是行公的《我与读书》，此文我早已熟读过，且那几年我正在大量撰写读书感悟一类的文字，因此写起来得心应手，按时交卷。尽管绠短汲深，不免浅尝辄止，未能深味先生浩渊博大的精神世界，更无法与季羡林等学界前辈、斫轮老手才力相埒，但能写出一份属于自己的独到见解和体会，尤其是关于自己所热爱的作家，也算了却了一桩心愿。况且此前先生有一书《顺生论》签名赐赠，书的第一篇文章（代序）就是《我与读书》！

90年代初，我曾撰文《文坛刮起老旋风》，评析了一种有趣的文化现象，即一批文化老人重登文苑，老树新葩，次第争发，且才情焕然，圆润丰沛，如同一抹绚烂的晚晴。他们腹笥充盈，学识渊博，大手笔写小文章，如烹小鲜，举重若轻。他们是根深叶茂的大树，是浩浩汤汤的大河，他们的群体出现，一下子将散文推向了一个新境界。在这些老作家中，我最为推崇和心仪的是京沪二老：张中行与柯灵，而且巧了，二老同庚，都是 1909 年生人。我与柯灵先生多有文字交往，写过数篇激赏其散文的文章，如《最是文字迷人》《文字因缘书作伐》《柯灵的尺牍》等，柯灵先生的散文集《天意怜幽草》还将他写给我的信收入。我能从讲堂转入报馆，潜意识中或许跟柯灵先生当过报人的经历有些关联。而认识行公即缘于他这股强劲的"老旋风"。在这批老作家中，行公似乎是发稿量最大的一个，其勤奋与多产令青年人也望尘莫及，甘拜下风，以至他自我调侃道："这新冒出来的一位是怎么回事啊？"人戏称"文坛新秀"。一次我去北京，与几位文友雅集，其中一位神秘地问我："你知道张中行是谁吗？"见我懵懂，他笑道："《青春之歌》中余永泽的原型。"那时大家有些避讳行公与杨沫的关系，后来，行公在《流年碎影》中将此公开披露了。我听后有些感慨，本是一棵文化老树，却成了"文坛新秀"，本是一条浩浩荡荡的长河，却被荒漠湮没了半个世纪，才重又冒出地面。"文坛新秀"一语所包含的无限辛酸与时代苍凉让人无限感慨。我买行公的书是从《负暄续话》开始的，后来到处搜求《负暄琐话》，终未得，一直引为憾事。但书架上也有数本行公的著作，一些选本多少弥补了心中的缺憾。那时绝不会想到有一天还能给行公做编辑，充当他的第一读者，这是一件多么幸运的事。

仅过了十几天，行公的稿子来了——《题砚诗》，手写稿，端端正正，整洁清楚，不了解的人根本不会看出这手字竟出自一位九秩老人之手。最引人注目的是稿纸上端空白处写着："请勿改动。"我一看到这几个字，非但没有不爽，反而会心一笑。我看过行公写的一篇文章，对某些薄学寡识又想当然地随意乱改其文的编辑不客气地指斥批评，并声明以后决不再给这样的编辑稿子。比如，有一篇文章，行公谈某名家的法书，编辑以为"法书"乃"书法"的误植，便朱笔一挥，擅自改了过来。岂不知"法书"是指"有高度艺术性的可以作为书法典范的字"。编辑自以为是，佛头着粪，不仅损害了行公的文质，而且也给人留下笑柄。你说，哪个作家肯把心爱之作交给如此"文盲"去糟蹋。或许有人认为先生太牛，谁能保证文稿中不出现一次笔误？我以前也对此也有过怀疑，但亲自为行公做编辑，才真正感到什么叫一丝不苟，什么叫滴水不漏，什么叫规行矩步，什么叫不刊之论！

　　为了避免在校对中出现疏漏而导致舛误，我将行公的原稿复印出来，在排出清样之后，对照原稿逐字逐句予以校雠。此时我才真正理解了"校雠"的本来含义，搞了一辈子汉字的行公视舛误为寇仇！文章发表之后，我给行公寄去样报，踧踖不安地附信请他审视有无错字。我深知，如果出现错舛，将永远失去行公再次赐稿的机会。

　　3月的一天，我又一次收到行公的来信，并附有一篇长文《各打五十板》。信是这样写的：

江滨先生：

　　外出月余，返京始复大札，至歉。刊拙作无一错字，足见关照之诚。阅赠报，知众愤胡万林事。此前曾写一文，兼愤受骗者之无知，怜而变为动肝火，未发，寄上请审，如有挂碍，掷还可也。

　　匆匆，颂编安。

张中行拜

99.3.24

　　一个"无一错字"，又一篇稿件的惠赐，我觉得这是行公对我做编辑的最高奖赏。此后，行公每隔一段时间便有一篇新的稿子寄来，且都有"未发"字样，老人对我的信任及行事的自律由此可见。及夏，行公寄来一文，并附信曰：

江滨先生：

　　多牢骚之文，承与一席地，谢谢。六月南行一月，返京感冒，幸大热过，渐愈。检存稿，尚有一篇未发，寄上请审正。

　　匆匆，颂编安。

张中行拜

99.7.11

　　"多牢骚之文"一语，是行公文章的新特征，正如一文所言："张中行的文章开始更多地倾向于评议时事，显示了老北大的'科学民主'精神。"从篱下负暄、袖笼怀旧，到关怀现实、臧否时事，作为行公的第一读者，我的确感受到了他的这种细微变化。这使我想起了冰心老人晚年的文章，也是关心民瘼、慷慨大声，体现了经受过"五四"洗礼的一代文化人共有的精神传统。所以，有人以"太阳下的清供"为题批评行公只能写些旧尘影事，真是鼠目寸光，殿堂遗矢，迎风唾溺，可笑至极！行公经常自谦地说："我这辈子学问太浅，让高明人笑话。"如果哪位信以为真把自己看成"高明人"，那真是万劫不复的蠢材。行公人称"布衣学者"，朴素天然，不加矫饰，是高僧只说家常话，不以"术语"唬人，不以"话语"蒙事，但他的思想比那些看似新锐而脑后其实拖着一条大辫子的人不知新鲜多少倍。

为了编行公的稿子，我跑书店，翻辞书，查引文，懂得了学海无涯，懂得了做学问该如何做实，认识了一位大学者的风骨与胸襟，这种人生的幸运恐一般人所不能拥有。人人慨叹编辑为人作嫁苦，埋于文山稿海而寂寂无名，殊不知那种近水楼台先得月、做优秀作品第一读者的幸福感是不足以为外人道的。季羡林先生曾撰文称："中行先生是高人、逸人、至人、超人。淡泊宁静，不慕荣利，淳朴无华，待人以诚。"又说，"在现代作家中，也不过几个人。鲁迅是一个，沈从文是一个，中行先生也是其中之一。"我忽然想起《论语》里颜回对孔子的一段赞叹："仰之弥高，钻之弥坚，瞻之在前，忽焉在后。"

张中行先生不是圣人，却是允称一代纯粹的知识分子，是我们这个世界极有个性的思想者。一个时代没有这样的作家和学者就会黯然失色，有了行公的存在，这个世界就会因此显得多彩与丰富，就有了重量。

吴祖光在武家庄

　　武家庄是太行深处的一个普通小山村，隶属于河北邢台市信都区（原邢台县）。因曾经有一位文化大家的足迹气息留在这里，虽然只有数月时光，山川大地却仿佛濡染了书香灵气，小山村平添了几许雅致。

　　此人为吴祖光，中国文学史上声名显赫的剧作家，代表作有话剧《凤凰城》《正气歌》《风雪夜归人》、评剧《花为媒》、京剧《三打陶三春》等。1945 年他在重庆担任《新民报晚刊》副刊编辑，想方设法拿到毛泽东词作《沁园春·雪》，将其首次公开发表，在山城乃至全国引起巨大轰动。他的夫人乃家喻户晓的评剧艺术家新凤霞。

　　在一个阳光灿烂、云疏风清的日子，我专赴武家庄采访，探寻吴祖光的影迹屐痕，回味岁月沉积的陈酒佳酿。很庆幸，当年与吴祖光有过密切接触的几位村民都还健在，虽皆年过八旬，却依旧精神矍铄。他们亲切地称吴祖光为老吴，回忆往昔，深情款款，眼神里流溢着怀念和钦佩。几位老人你一言我一语，互相补充，有时又互相讨论，往日的剪影便一帧一帧鲜活地拼接起来。

1966年早春二月，天气很冷，山风很硬，这天一辆大客车停在了武家庄村头，有二十多人下了车，其中就有49岁的吴祖光。他们便是来武家庄蹲点的"四清"工作队。分两批进驻邢台县的"四清"工作队有不少文化系统的名人，除中国戏曲研究院的吴祖光外，还有中央美院的叶浅予、靳尚谊和电影厂的谢添、葛存壮、于洋等人，被派驻到各个村庄。吴祖光被分配到武家庄第三生产小队，和社员们同吃同住同劳动。

吴祖光与另一名同志入住到贫协主席王申贵家。王申贵原名王身贵，还是后来吴祖光给改的字。乍见吴祖光，白白净净，文质彬彬，身上散发的气息不仅迥异于村民，也与上边来的干部不同，是个大文化人。那年王申贵23岁，还没结婚，母亲去世时间不长，家里只有父亲和弟弟。父亲患有哮喘病，常年卧床，弟弟小，王申贵便负责给吴祖光他们做饭。一个大小伙子，粗手笨脚，不擅厨事，家里又穷，颇有些难为情，吴祖光笑着安慰他说，没事没事，你吃啥我吃啥，你喝水我也喝水。那时生活条件非常艰苦，几乎没有白面，王申贵就擀杂面条、煮饼子。吃饭没菜，因不种菜，连咸菜都没有，就只能干嚼。吴祖光起初吃不惯，难以下咽，常常吃不饱，田里的活儿都十分累人，吴祖光便拿半块饼子揣兜里，饿时再吃两口。一种常吃的干粮是柿子拌糠：武家庄山梁沟垴，房前屋后，长满了柿子树，柿子熟透了，摘下来将果浆与糠和在一起，晒干，再碾碎，拌了吃。吴祖光在王申贵家里吃了半个月，又改吃派饭，即轮流在每户村民家去吃，每天交给主家一毛钱，1.4 斤粮票，晨午各半斤，晚上四两。王申贵老人说起这些，仍然带着心疼的口气，唉，老吴受苦了，来时手背上有坑（窝），走时明显瘦多了。

白天下地劳动，晚上睡前熄了煤油灯，屋里黑黢黢、静悄悄的，三个人躺在一个土炕上，天南海北闲聊。吴祖光聊他写的戏，聊他在重庆、在北京、在北大荒的日子。还聊起他的婚事，说他和新凤霞认识，老舍是媒人，结婚那天是赵树理写的喜帖，周总理本来要参加，因人太多了，出于安全考虑，没来，后来专门宴请了他们和老舍、曹禺三对夫妇，以示庆贺。

生产队差不多每天晚上开会，念报纸，学文件、学习"老三篇"。开会的地点就在王申贵西邻支书家里。王申贵老人带我们去了老支书家，主人早就另迁新居，旧宅仍然保持原来的模样。这是个四合院，不过非常狭窄。正屋和东西厢房都是石头垒成，倒是不显得旧。正屋面北，门框贴着对联："春风杨柳万千条，六亿神州尽舜尧。"是毛主席《七律·送瘟神》中的诗句，字迹有些漫漶，但可分辨。横幅已不见了。左右门板分别贴着"毛主席万岁，共产党万岁"，繁简体混合。红纸有些褪色泛白了，但底色依然。屋子分里外间，里间放杂物，外间为堂屋，能坐二十来人，靠墙摆有一张桌子，三把圈椅。我眼前一时恍惚，仿佛看见灯影幢幢中，吴祖光身着干净的白衬衫，坐在一把圈椅上神情专注地念报纸、讲解"老三篇"。时任小学教员的吴士明回忆说，老吴的声音抑扬顿挫，特别好听，印象深刻的是有一次讲《愚公移山》，真是生动形象、深入浅出，老百姓听得入迷。

散了会，有时候吴祖光会帮着会计温增如就着昏暗的灯光算账。"四清"初期的意思就是"清工分，清账目，清仓库，清财物"，看村里的干部是否多吃多占，多了退赔。

从老支书家出来，是一条东西走向的小街，两侧的核桃树、柿子树茂盛苍翠，叶子绿得能滴出水来，洒下片片浓荫。王申贵老人指着东邻后墙说，这里有一块黑板报，由工作队的青年才子们负责来办，隔一阵就拿粉笔嘎吱嘎吱写。通常老吴站在一旁看，边看边指导。我想，吴祖光是名报编辑出身，办黑板报自然是小菜一碟了。王申贵说这石头房子还是以前的房子，我这才注意到，黑板虽然已大部分脱落了，但墙上边缘部分还残留着一块不规整的水泥板，依稀还能瞧出点儿黑色。阳光下，我忽然觉得我的身影和吴祖光叠合在了一起，当年他就站在我的位置也说不定呢。

略有闲暇，最吸引吴祖光的不是后边的山，也不是一旁的河，而是村小学，在那里可以看报纸。吴士明老人回忆说，老吴每次来主要是看《人民日报》，最喜欢看的版面是副刊，精彩段落常常用笔画出来。吴士明说，别看人家是北京来的大作家，特别随和，平易近人，一点儿架子都没有。有时看完报纸两人也闲聊几句。有一次，吴士明问吴祖光，汉字一共有多少个？吴祖光说，常用的一万多个吧。吴士明问，那你能认识多少字？吴祖光答，九千多，万把字吧。吴士明大为惊奇，又有些不信，就拿出字典专挑一些生僻的字"考考"老吴，结果还真憋不住人家，厉害厉害，不服不行。而且村里人说的方言他都能准确写出来，也收集了不少方言土话。吴祖光写字速度非常快，你说完了，他也写完了，你说啥都能给你记下来。

在武家庄的几个月，吴祖光从未离开过，也不曾回京探亲，主要靠通信与家人联系。经常给他写信的是二儿子吴欢，好像正准备升初中。他对儿子要求很严，每次收到儿子的来信，都把错别字标出来，贴八分钱邮票跑到公社寄回去，让儿子改正重新誊抄了再寄回来。不在孩子身边，吴祖光只能通过这种方式教育管理孩子。

吴祖光差不多个把月都会收到北京寄来的木匣子，是些日常药品以及清凉油什么的。王申贵说，吴祖光身体还好，不记得他吃过药。倒是有一次记得很清楚，吴祖光把寄来的药给了他父亲，还亲自倒上水，看着他父亲吃了药，神态自如像家里人一样。王申贵至今感念不已：那些药很贵，当地没有，吃了药，父亲好了许多，自己非常感动，老吴是个好人哪。

那时王申贵还不是党员，吴祖光经常做他的思想工作，鼓励他入党。王申贵觉得自己条件不够，吴祖光勉励他说，你干得不赖，加入组织，才能更好地开展工作。吴祖光离开之前，王申贵入了党，后来一直是村干部，直到1992年因年龄关系离岗。王申贵老人动情地说，老吴在政治上关心我、帮助我，对我的影响是一辈子的。

王申贵从口袋里拿出一张照片，是吴祖光一家五口的全家福，可惜照片已受损，只能看到新凤霞和两个孩子——后来我在吴祖光《一辈子——吴祖光回忆录》一书中看到了原貌。照片背面写着字，清晰可辨："国江同志留念 / 吴祖光 /1966.7.24/ 寄于北京。"原来，这是吴祖光从邢台回到北京后，给同在工作队的王国江寄的照片。吴祖光信上说，让村里乡亲们都看看。但很快王国江也走了，故而王申贵他们一直没看到。然而，这竟成了王申贵的一桩心事，始终记挂着。好在王国江是邢台隆尧人，并不远。2019 年，王申贵和村里几人专程去了趟隆尧，此时王国江已去世十几年了，时间也过去了五十多年，但王国江家里人还一直保存着照片。王申贵说明来意，王国江的遗孀和孩子都十分通情达理，并为王申贵和武家庄的乡亲们对吴祖光的深情厚谊所感动，就将照片交给了王申贵，从此他便珍藏在家里。尽管照片有损，却依旧视若珠玉，更见情深。

新凤霞著《我与吴祖光》中有记："1966 年 7 月，祖光从邢台刚刚回来……"此时，"四清"结束，吴祖光离开了武家庄。那天，吴祖光在公社开完会，来到他经常看报纸的小学，与教师吴士明告别。他说，我要走了，我一介书生给不了你什么，给你写几幅字留个念吧。当场濡墨挥毫写了四个条幅，吴士明清楚记得其中一条是"长江后浪推前浪，一代更比一代强"，不用说这是对孩子们的一个期许。吴士明将这四个条幅都贴在了墙上。谁知时间久了墙壁返潮，条幅都坏掉了。吴士明老人至今还懊悔不迭，说吴祖光可是大艺术家啊，可惜那时没有文物意识，不懂得收藏，白白丧失了难得的艺术珍品，这是他一生的憾事。

吴祖光要走了，提上行李，看了一眼又一眼住过的东厢房，对朝夕相处数月之久的王申贵说，你以后到了北京一定找我啊，我好找，在文化部一打听就知道。但王申贵终究没去北京找过吴祖光，在他心里，吴祖光是大人物，能机缘巧合萍水相逢已是天大的幸运，哪里还能去打扰人家。然而，吴祖光一直是他的牵挂，就像牵挂一个亲人。在以后漫漫岁月里，他始终关注着、打听着吴祖光的消息和动向，吴祖光去世的日期他记得一丝不差。有一次，他在电视里看到吴欢讲述父亲吴祖光的故事，不知不觉竟泪流满面。

吴祖光当年住过的屋子，已翻盖一新，红砖卧顶，新式门窗。窗前有一棵花椒树，绿叶婆娑，青色的果实密密麻麻，隐隐袭来馥郁的香气，不禁让人想起《诗经》的句子："椒聊之实，蕃衍盈升。"而武家庄也已全然不是旧时的模样，穷山沟变成了花果山，村民过上了城里人的日子。我想，若吴祖光先生天上有知，定会为之深感欣慰吧，他的如椽巨笔又该如何描绘这沧桑巨变呢？

苏轼五题

苏轼苏老师

一天夜晚，在苏轼寓所，他与几个弟子黄庭坚、张耒和晁补之闲坐聊天。苏轼忽然说起，他在黄州的时候，某日大醉，写了一首《黄泥坂词》，稿子被孩儿们收藏了，可醒后再也找不见了。众弟子一听，眼里放光，急于一睹为快，赶紧说道，这好办啊，反正是在家里，还能长了翅膀飞了去？我们替你找。于是，三人一番翻箱倒柜，仔细搜索，嘿，居然真给找到了。展开来一瞧，大家都有点儿傻眼，简直是天书啊，老师醉中写的字有一半连他自己都认不得，按照意思逐字寻究辨认，终于全乎了。张耒喜不自胜，心思一转，抄录一份留给苏轼，将原稿径自拿走了。

这事苏轼记在《书黄泥坂词后》一文里。黄庭坚、张耒和晁补之加上不在场的秦观，皆为苏轼门生，人称"苏门四学士"。我在《苏东坡全集》中读到此文后，旁批俩字：有趣！

这是啥师生关系啊，老师不像老师，学生不像学生，在老师家里翻箱倒柜也罢了，找到稿子后，居然将原件据为己有，留给老师"复印件"，老师也不以为忤。啧啧，难得一见也。

古代儒家特别讲究"师道尊严"，"尊严而惮，可以为师"（《荀子》）。当老师的，学生怕你，才有尊严啊，嬉皮笑脸的怎么可以？师生关系似乎应该是这样的，李复《刘师严字序》有云："为师有道，其礼严，其道严，圆冠方领，摄衣危坐，望之俨然。学者擎跽馨折，拱手列待，礼之严也。"老师正襟危坐，不苟言笑，学生跪地伏拜，毕恭毕敬。

苏轼老师不喜欢这样。一次他给初识不久的黄庭坚回信说，收到你的信很开心，你太过谦恭，似乎对我有些畏惧，这又何必呢？其实我也正想和你交朋友啊。苏轼天性自由洒脱，性格诙谐有趣，他讨厌世俗的装腔作势，一本正经，而喜欢心灵的契合，生命的活泼，交往的快乐。对朋友对弟子都是如此。苏轼这封信，让黄庭坚心里的拘谨踧踖逐渐消失，两人热络起来，以至于后来没大没小，常以斗嘴互嘲为乐。苏黄二人都是书法大家，某次，苏轼说："鲁直近字虽清劲，而笔势有时太瘦，几如树梢挂蛇。"黄庭坚"回击"道："公之字，固不敢轻议，然间觉褊浅，亦甚似石压蛤蟆。""二公大笑，以为深中其病。"（《全宋笔记》）一个说，你的字太瘦了，像"树梢挂蛇"，一个说，你的字太褊浅，像"石压蛤蟆"，互相指谬，既生动形象，又切中肯綮，戏谑调侃间，各自补益。

学生抢走老师文稿，老师呢，对学生也不客气，该下手时则下手，苏轼《记夺鲁直墨》一文记述了他从黄庭坚手里夺墨的事。元祐四年（1089 年）春，黄庭坚拜访苏轼，此时他的书法已卓然成名，经常有人求字，所以他也就随身携带一个古锦囊，里边装着些精纸妙墨。见面之后，苏轼不由分说就将手探向了那个锦囊，承晏墨得手。"承晏墨"为南唐墨工李承晏所制，自宋以来被推为第一名墨，故黄庭坚很是珍惜，舍不得相送，苏轼"遂夺之"。呵呵，一个"夺"字，苏轼顽皮"无赖"相跃然纸上，这苏老师太好玩了呀。

苏老师还拿学生的相貌开玩笑。《邵氏闻见后录》载，一次，秦观和一干人在东坡家中闲坐，有人调侃他胡子多。秦观捋着胡子说"君子多乎（胡）哉"，苏轼笑言"小人樊（繁）须也"，两人都巧用了《论语》中的句子。可以想见，当时一定是哄堂大笑，举座皆欢。师生间调笑也这么高级，充满谐趣，饱含学问，雅意氤氲，真是令人神往。

苏老师是可爱的，更是可敬的，他对学生的培养指导、推扬汲引从来都是不遗余力。古代中国，文化的传播主要有家学和师承两种方式，书香门第、家学渊源和师出名门都为世人所看重。黄庭坚在《杨子建通神论序》中说："天下之学，要之有所宗师，然后可臻微入妙。"不然就是"野狐禅"。苏轼就曾是欧阳修的得意门生，之后他又接过了文坛盟主的大旗。所以，尽管黄庭坚只比苏轼小八岁，也要拜其门下，成为苏门高足。苏轼在出任翰林学士之前，推荐黄庭坚自代，评价他："孝友之行，追配古人；瑰玮之文，妙绝当世。"一再延誉称扬，黄庭坚由此声名大噪。黄庭坚的孝行后来被编入"二十四孝"之一"涤亲溺器"，成为国人道德楷模。苏轼对另外几个门生秦观、张耒、晁补之等皆有揄扬、汲引或赒济之恩。

苏轼没有架子，学生也不怕他，但越这样，学生内心却越崇拜他，尊敬他。黄庭坚后来名闻天下，世人以"苏黄"并称，有人拿这个问他，他"离席惊避曰：'庭坚望东坡，门弟子耳，安敢失其序哉！'"黄庭坚晚年乞人画了一幅苏轼像挂在室内，每天做早课，穿戴整齐，焚香揖拜，执礼甚恭。在学生心中苏轼就是"仙人"，"东坡仙人，岷峨异禀"（李之仪），苏轼遂有"坡仙"的名号。

史上除了"苏门四学士"，还有"苏门六君子""苏门后四学士"之说，其中就包括李清照的父亲李格非。其他与他没有师生名分的受惠者、追随者、仰慕者更是不计其数，犹如瓜瓞绵绵，至今昌炽。苏老师的文采风流和人格魅力，如水润沃野，沾溉千里；如春风吹拂，绿满神州。

军 人 苏 轼

人人皆知苏轼是个文人，一生既没当过兵，又没打过仗，给他戴一顶"军帽"，难免会令人错愕惊诧。然而，在下并非故作惊人之语，博人眼球，可瞧瞧苏轼的履历：当过兵部尚书，相当于国防部长；还当过河北西路安抚使兼马步军都总管，也就是军区司令；即便苏轼被贬黄州时，任团练副使，虽是虚衔，但也是军职，相当于武装部副部长。故此，唤一声"军人苏轼"，倒也并不算穿凿牵强。

古人云："国之大事，在祀与戎。"（《左传》）与祭祀和军事相比，吟诗作文恐怕要"稍逊风骚"了。自古以来，有几多文人对搦管操觚是心有不甘的，而披坚执锐，征战沙场，方不负一腔怀抱。譬如盛唐之时，大诗人李白云："愿将腰下剑，直为斩楼兰。"杨炯云："宁为百夫长，胜作一书生。"岑参云："功名只向马上取，真是英雄一丈夫。"南宋词人辛弃疾，虎背熊腰，膂力过人，是活生生的一员虎将。只率五十骑闯入五万人的金营，生擒敌帅；单枪匹马追击叛徒，手起刀落，让其脑袋搬家。他一生都萦绕在"梦回吹角连营"，写词只是"余事"。苏轼虽然没有辛弃疾那般传奇经历，但受父亲苏洵的影响，自幼喜读兵书，"旧读兵书气已振""才高应自敌三军"（苏辙语），一颗军人的魂魄早已贯注于他的血肉躯壳了。

元祐七年（1092 年）九月，苏轼被任命为兵部尚书兼侍读，并被赐予衣服一套，金带一条，鱼袋一个，配有金镀银鞍的好马一匹。他按规矩上了谢表《谢除兵部尚书赐对衣金带马状二首》，这里"除"即授予之意。实际上，宋朝的兵部尚书几乎是一个虚职，并无兵权，最高的军事机构是枢密院。苏轼的兵部尚书只当了两三个月，就改任端明殿学士兼翰林侍读学士守礼部尚书了。但朝廷水太深，党争激烈，暗流涌动，苏轼真心想外放做官，他在给皇上的札子中提出去"一重难边郡"，

"臣非敢自谓知兵，若朝廷有开边伐国之谋，求深入敢战之帅，则非臣所能办。若欲保境安民，宣布威信，使吏士用命，无所失亡，则承乏之际，犹可备数"。这话说得实在，既自谦又自负。

次年十月，苏轼出知定州。定州和苏轼以前任职的湖州、徐州、杭州等地大不相同，正所谓"重难边郡"，北与辽毗邻相望。所以，苏轼不单是地方官，还是河北西路安抚使兼马步军都总管，身负军事重任，也因此，文人苏轼一展身手，焕发了"军人"的夺目光彩。

定州有一座古塔，名开元寺塔，俗称定州塔。我两次去定州，皆一睹塔的巍峨高峻。塔高84米，近三十层楼高，建于北宋仁宗时期。塔建得如此高，据说就是有军事观察的意图，故又叫"瞭敌塔"。苏轼是否登过此塔，他自己没有留下文字记录，但他的好友张舜民留下了旁证："绝顶西南面塔身有东坡题字……来者不可不一到绝顶也。"我想，作为本地最高军政首长，苏轼登塔"瞭敌"应该是再正常不过的举动。

宋辽之间自签订了澶渊之盟，百余年安享和平，边境几无战事。按说这是好事，苏轼到任定州，却发现军情军状实在是糟糕透顶。军纪松弛，将骄兵惰，饮酒赌博成风，军官勒索敛取，坐放债务，兵营破败，不庇风雨，士兵穷困不堪，家属衣不蔽体，犯法者逃亡者屡见不鲜……如此这般，一旦辽军寇边犯境，必一战即溃。面对极限挑战，苏轼祭出治军铁腕。他派幕僚深入调查，摸清底数，首先惩治拘捕了几个胡作非为的军官，比如云翼指挥使孙贵，在营中仅四个月就敛财掠夺竟达十一次之多，赃款九十八贯八百文，被苏轼一声令下，戴上了木枷，送司理院治罪。经过一番整军肃纪，又修葺了军营，颓风渐止，气象一新。对此，苏轼在给朋友的信中忍不住流露出小小的得意。

转年春，苏轼决定来一次阅兵，检验治理成果。苏帅身着常服端坐营帐中，官兵们一律戎装，盔明甲亮，来往听令奔走，秩序井然，隆重而热烈。然而，副总管王光祖却缺席了。老王是主持军务的老军头，骄悍傲慢，倚老卖老，对苏轼这个文官"一把手"不放在眼里，故意称病不出，能奈我何？苏轼大怒，当众唤来秘书，欲上奏朝廷，予以弹劾。老王闻讯震恐，喔嚯，你老苏还来真的呀，立马乖乖到场听命，阅兵圆满完成。连一向牛气哄哄的老军头都服了软，从此，苏司令的话谁敢不听？

为增强边境的军事力量，苏轼建议朝廷重建弓箭社，为此两次上书。弓箭社是当地农民自发的民兵组织，"带弓而锄，佩剑而樵"，灵活机动，颇具战力，令敌军和强盗都十分忌惮畏惧。苏轼详细制定了组织形式、头目选拔、内部赏罚、待遇训练等条目，只可惜朝廷只忙于争权夺势，未予理会。

苏轼能当兵部尚书，戍边领军，实非偶然，他有大量的兵论并数次上书献策，形成了自己的军事思想。他洞察到宋朝崇文抑武的弊端，提倡"使士大夫尊尚武勇，讲习兵法"，"使平民皆习于兵"。还有一点非常重要，苏轼身怀绝技，拥有相当高超的射术，自言官箭十二把可以射中十一把。所以，密州打猎时留下的名句"会挽雕弓如满月，西北望，射天狼"，绝非空口说大话。军人的刚健气质，给苏轼恢宏豪放的词风打上了坚实的底色。

苏轼的酒事

鄙人不喜酒也不善酒，天生如此，年轻时有人说酒量练练就见涨了，可是练到老也没练出来。每当在饭局喝酒推三阻四时，李白总是被人用来当作劝酒的利器：不是说李白斗酒诗百篇吗？文人哪有喝酒不行的？这话有些歪理，李白是诗仙，也是酒仙，他喝酒的确厉害，自称"百年三万六千日，一日须倾三百杯"，杜甫把他列为"饮中八仙"："李白斗酒诗百篇，长安市上酒家眠。天子呼来不上船，自称臣是酒中仙。"然而，李白是李白，史上一人而已，李白嗜酒，未必天下文人都豪饮。

比如宋代大文豪苏轼，虽也被称为"坡仙"，却是喜酒而不善酒。他有李白的皮，却无李白的瓤。表面看来，两人皆贪杯且豪放，字里行间酒气冲天，但倘若叫两人当场斗酒比拼，那苏轼必定败下阵来，甘拜下风。对于喝酒，苏轼有个自我认知："予饮酒终日，不过五合，天下之不能饮，无在予下者。然喜人饮酒，见客举杯徐引，则予胸中为之浩浩焉，落落焉，醋适之味，乃过于客。闲居未尝一日无客，客至，未尝不置酒。天下之好饮，亦无在予下者。……"（《书〈东皋子传〉

后》）他是说，我天天喝酒，也不过五合，天下没有比我不能喝的人了。然而我喜欢看别人喝，见客人举杯慢酌，我的心中就无比舒坦，那滋味比客人都酣适。凡有客来，必定以酒相待，这么说来，天下没有比我更好酒的人了。他给朋友程正辅的信中谓："老兄近日酒量如何？弟终日把盏，积计不过五银盏尔。"在《饮酒说》一文中又说："予虽饮酒不多，然而日欲把盏为乐，殆不可一日无此君。"酒量不大，但手里握着酒杯就感到舒心畅意。总之，苏轼对于酒是"好饮"而"不能饮"。一次与弟弟苏辙相聚，苏轼喝了半盏就大醉，字也写不成了。一般来讲，不善酒的人也不喜酒，如我，像苏轼如此"分裂"之人，还真是不多见。

喜酒好饮也就罢了，苏轼还自己酿酒，林语堂称他为"造酒实验家"。当然，苏轼酿酒也并非多么了不起的事情，宋朝官酒价格偏高，家庭自酿也很常见，尤其是苏轼这般好客之人，酒杯天天不空，而且经常遭贬囊中羞涩，不自酿咋整？中山松醪酒、蜜酒、桂酒、真一酒等，走哪儿酿哪儿。《中山松醪赋》《东坡酒经》《蜜酒法》等文，都是写他酿酒的过程与感受，如何制曲、用米、加水、火候等，不厌其详。苏轼是一个热爱生活的人，做菜是一绝，留下"东坡肉""东坡羹""东坡鱼"等传世名菜。那么，他的酿酒水平如何呢？他曾坦承手艺"疏谬"，做的酒"苦硬不可向口"，但只要能醉人就行了，味道佳不佳的没必要过多计较了（《饮酒说》）。宋朝词人叶梦得的《避暑录话》也有载："苏子瞻在黄州作蜜酒，不甚佳，饮者辄暴下，蜜水腐败者尔。尝一试之，后不复作。其后在惠州作桂酒，尝问其二子迈、过，云亦一试之而止，大抵气味似屠苏酒。"意思是，他在黄州做的蜜酒不怎么样，喝的人都跑肚拉稀，可能是蜜水坏了。在惠州做的桂酒，他的儿子苏迈、苏过都不敢多喝，浅尝辄止，因气味像药酒。叶梦得的母亲是苏门四学士之一晁补之的妹妹，所以这段记述当是实情，要不林语堂咋称东坡先生为"造酒实验家"呢。

　　苏轼喜欢喝酒，尤喜醉酒的感觉，此是为何？他尝云："吾酒后乘兴作数十字，觉气拂拂从手指中出也。"又云，"俯仰各有态，得酒诗自成。""……不如眼前一醉是非忧乐都两忘。"他把酒称为"钓诗钩""扫愁帚"。原来，酒在他这里是激发灵感、忘却忧愁的妙物。酒酣胸胆尚开张，在亢奋中激情腾跃，文思汩汩，状态奇佳，进入物我两忘、浑然天成之境，苏轼诸多佳作都是这样写成的。如最有名的《水调歌头·明月几时有》前有几句小序交代："丙辰中秋，欢饮达旦，大醉，作此篇，兼怀子由。"另一首名词《临江仙》头两句："夜饮东坡醒复醉，归来仿佛三更。"《江城子》："梦中了了醉中醒。只渊明，是前生。"不仅如此，喝酒也带来了许多尘俗的快乐。一天夜里，苏轼被大雪困在驿站，正感寂寞无聊，见有一生客冒雪自北方来，便呼来对饮至醉，等次日早晨客人离去，"竟不知其谁"。还有一次更奇：某夜时已三更，家人都已睡了，月色如霜，忽有邓道士叩门，身后跟着一个身材高大之人，身穿桄榔叶，手提一坛酒，风神英发犹如仙人吕洞宾，对他说：

"您想尝尝真一酒吗？"三人遂走到合江楼下就坐，各饮数杯，击节高歌，风振水涌，大鱼纷纷跃出水面。这酒喝到这份儿上，不只是尘世之乐，恍然已入神仙一般的境界了。

如果以苏轼诗词中的"酒"字做飞花令，必是花飞处处，酒香四溢。我虽不喜酒，看繁忙的酒词在眼前飞舞，也不免陶陶然，醺醺然。"几时归去，作个闲人。对一张琴，一壶酒，一溪云"，这般旷达适意，悠然自得，一吟之下，醉了。

苏轼夜寻张怀民

张怀民是谁？为何东坡先生深更半夜去寻？

且看一篇短文《记承天寺夜游》："元丰六年十月十二日夜，解衣欲睡，月色入户，欣然起行。念无与为乐者，遂至承天寺寻张怀民。怀民亦未寝，相与步于中庭。庭下如积水空明，水中藻荇交横，盖竹柏影也。何夜无月？何处无竹柏？但少闲人如吾两人者耳。黄州团练副使苏某书。"

文中时间、地点、人物、风景、哲理诸元素咸备，情景交融，境界清旷，不足百字却成为脍炙人口、传诵千载的经典名文，非东坡先生不能也。

这个叫张怀民的人，鲜为人知，令我们陌生且好奇。

这天夜里，苏轼脱了衣服准备睡觉，发现月色洒入屋内，这般良辰美景岂能辜负？便又穿好衣服走了出来。转念一想，一个人独乐没啥意思，便走到承天寺找张怀民，正好张怀民也还没睡呢，两人便并肩在庭院里散步，看到月光澄澈如水，竹柏影仿佛藻荇交横。此情此景因为有两个闲人共赏便觉分外美妙。由此可知，张怀民与东坡先生是好朋友，否则，也不便夜半打扰。

前几年网络以"怀民亦未寝"为梗，着实狂欢了一回。说苏轼想让怀民伴游就说人家也没睡，其实，张怀民可能是被东坡先生敲门叫醒的："怀民兄，还没睡吧？一起散步赏月去啊。"苏轼早已名满天下，谁人不知，能被他喊去夜游赏月，高兴还来不及呢，呵呵。

张怀民住承天寺，是暂居，苏轼元丰三年初到黄州时也是暂居定慧院。所以过了不久，张怀民就搬走了，还在他住所的西南方向建了一座亭子。这个亭子居高可赏长江的胜景：白天舟楫往来不绝，夜晚鱼龙啸吟不止，波涛汹涌，风云开阖；向西眺望武昌的群山，山峦起伏，草木茂盛，还可看到渔夫樵夫的房舍。登临此亭，真令人不亦快哉，因此苏轼为其取名"快哉亭"。

某日，受"乌台诗案"牵连被贬到筠州的苏辙，来黄州看望哥哥，两人同览了江边的快哉亭。苏轼写了词作《水调歌头·黄州快哉亭赠张偓佺》，苏辙写了散文《黄州快哉亭记》。我们不是想知道张怀民是谁吗？这一词一文提供了如下信息：一、张怀民是河北清河人。而苏家与河北颇有渊源，不仅祖籍栾城，且多人曾在河北（宋为河北路）为官，苏洵文安县主簿（挂名），苏轼定州知州，苏辙大名府推官，苏迈雄州防御推官知河间令，苏过定州通判。二、张怀民还叫梦得、偓佺。据清人王文诰《苏文忠公诗编注集成总案》云，张梦得，字怀民。偓佺，是古代传说中的仙人，苏轼称其"张偓佺"，或许有赞叹他为神仙之意，"一点浩然气，千里快哉风"。三、"张君不以谪为患，窃会计之余功，而自放山水之间。"张怀民也是被贬到黄州的，大抵也跟苏轼一样，遭到新党构陷。张怀民的职务是"会计"，即征收钱粮、管理财物一类的小官。四、这座快哉亭是为苏轼而建，"知君为我新作，窗户湿青红"。苏轼这么说，自然是领张怀民的情，也可见二人是心灵默契的知音，彼此懂得。同为沦落之人，抛却尘怀俗虑，逍遥于自然山水之间，寻求人生至乐。

张怀民在黄州的时间应该并不长，但与苏轼的交往还算密切，在苏轼的文字中也多有记载。有一封给腾达道的信，苏轼末尾也不忘夸一句："张梦得尝见之，佳士佳士！"这是打内心里赞许。应张怀民之请，苏轼书己之作《昆阳城赋》相赠。在张怀民寓所，欣赏了他的藏品宋初大画家郭忠恕的画山水木屋卷，之后作《郭忠恕画赞》。张怀民还赠给苏轼两枚好墨，其阳云"清烟煤法墨"，其阴云"道卿既黑而光"。古代文人以纸墨笔砚为文房四宝，对墨的选择极为讲究，苏轼不仅是大文豪，还是大书家，更是爱墨，他曾经"强夺"弟子黄庭坚的一块妙墨，所以对张怀民送了他两枚"黑而光"的好墨非常满意，写了一篇《书怀民所遗墨》致谢。

还有一件趣事，苏轼《赌书字》有记："张怀民与张昌言围棋。赌仆书字一纸，胜者得此，负者出钱五百足作饭会以饭仆。"张怀民与张昌言二人下围棋，赢者得苏轼书法一幅，输者作饭局（"饭会"）请苏轼吃饭，而且不能敷衍糊弄，规定不能少于五百钱。

这年腊八，张怀民结束了贬谪生活欲返京受命，苏轼为他钱行，喝了一场，写了一词《南歌子·黄州腊八日饮怀民小阁》。他为怀民高兴，有祝福，也有感伤，"他时一醉画堂前，莫忘故人憔悴，老江边"。日后待你飞黄腾达了，可别忘了憔悴落寞的故交旧友，怕要终老江边了。

后人读《记承天寺夜游》，每每感叹张怀民本一寂寂无名的小人物，因幸遇苏轼，即如汪伦之幸遇李白，从而千古留名。其实，从二人的交往看，苏轼从张怀民那里得到的更多，一颗伟大的灵魂相伴的不只是明月清风，更有日常的细枝末节、人间烟火。苏轼夜寻张怀民，实际上是在寻找另一个自己。我们也应感谢这个叫张怀民的人，因苏轼寻到了他，那夜那月，那竹那柏，才变得如此不同寻常，这千古名篇才仿若泉水汩汩涌出。

送苏轼一个小妹

在民间，苏小妹久负盛名，流传着许多她的故事。她伶牙俐齿，聪明机智，才气过人，似乎与蔡文姬、谢道韫、李清照等才女相比也不遑多让，即使和哥哥苏轼斗嘴，也不落下风。

明代小说家冯梦龙《醒世恒言》中有一篇《苏小妹三难新郎》，颇有影响。说眉州苏洵有"两个儿子未为稀罕，又生个女儿，名曰小妹，其聪明绝世无双，真个闻一知二，问十答十"。十岁时随父兄居于京师寓中。一日，苏洵咏绣球花诗才得四句，有客来访，便出了书房见客。苏小妹溜到父亲书房，看到书桌上有诗四句："天巧玲珑玉一丘，迎眸烂漫总清幽。白云疑向枝间出，明月应从此外留。"遂不假思索，续成后四句："瓣瓣折开蝴蝶翅，团团围就水晶球。假饶借得香风送，何羡梅花在陇头。"客人走后，苏洵返回书房，想接着把诗写完，却见八句已足，且词意俱美，知是小女续成，不禁大为赞叹，自此更加宠爱。

苏小妹还经常与哥哥苏轼互相戏谑取笑。如苏轼嘲笑小妹额头凸起："未出庭前三五步，额头先到画堂前。"苏小妹反唇相讥，调侃哥哥下巴长："去年一滴相思泪，至今流不到腮边。"

这篇小说主要叙述苏小妹和诗人秦观的爱情故事。所谓"三难新郎"，是说二人成婚之夜，苏小妹出了三道题，新郎答对了才可以入洞房。前两题秦观都顺利答出，第三题是个对联，上联是"闭门推出窗前月"，秦观被难住了，抓耳挠腮，急得在庭前团团乱转。苏轼见状，有意帮忙，往秦观身旁的一只缸里投了一块小砖片，秦观脑洞大开，有了下联"投石冲开水底天"。于是，秦观被丫鬟拥入香房，佳人才子，珠联璧合，好不称意。

然而，这一切皆为虚构。苏轼并没有妹妹，自然也没有苏小妹这个人。而所谓的苏小妹嫁给秦观更是子虚乌有。

冯梦龙的《三言》作为古代短篇小说集，影响巨大，他塑造的苏小妹形象活灵活现，生动传神，流传甚广。按说，历史小说虽然可以虚构，但基本的史实、人物关系应该遵循真实的原则，不可以编造的。但也难怪冯梦龙，在他之前，有元杂剧《东坡梦》，更早在南宋时期就有《东坡居士佛印禅师语录问答》，苏小妹的故事已经在流传了。

苏小妹是后世文人送给苏轼的一个小妹妹。

而实际上，苏洵与程夫人共有六个子女，男女各半，苏轼有个哥哥苏景先，四五岁时死去，有三个姐姐，两个早夭，活到成年的三姐叫苏八娘，长苏轼一岁。苏轼在给他的乳母任采莲写的墓志铭中，说她"乳亡姊八娘与轼"，提到了这个姐姐。司马光给苏母程夫人写的墓志铭中云："凡生六子，长男景先及三女，皆早夭。幼女有夫人之风，能属文，既嫁而卒。"苏洵在《自尤（并叙）》中云："女幼而好学，慷慨有过人之节，为文亦往往有可喜。"这两文都说苏八娘好学有才，能写一手好文章，不仅如此，还性情豪爽，干脆利落。这似乎给后世虚拟的苏小妹做了铺垫，从中找到因由。

然而，苏轼这个小姐姐的命运却是一个令人唏嘘的悲剧。苏八娘死后八年，老父亲苏洵仍悲痛自悔，意气难平，写下长篇叙事诗并序言，讲述了女儿遇人不淑、惨遭死亡的过程。苏八娘十六岁嫁给了舅舅的儿子程之才，本是亲上加亲，却遭到骄狂凶蛮公婆的冷漠，甚至虐待，每次回娘家都在父母面前哭泣。次年，八娘给程家生了个孙子，境况并未因此得到改善，生了病，她的丈夫和公婆都不管不问。苏家只好将女儿接回将养，病情渐渐好转。谁料，程家以其长期不归为由，将孩子强行抢走。八娘气病交加，怒火攻心，三天后即告不治身亡，年方十八岁。由此，苏程两家绝交长达四十余年。

秦观是苏轼的弟子，"苏门四学士"之一，苏八娘死时他才三岁。其妻是潭州宁乡主簿徐成甫的长女徐文美。他的《鹊桥仙·纤云弄巧》中有"两情若是久长时，又岂在朝朝暮暮"的传世名句。这样的风流才子与风华绝代的苏小妹倒是绝配，所以后人乱点鸳鸯谱，也不是没有一点儿道理。

苏轼一生没有亲妹妹，但有一个堂妹，是二伯苏涣的幺女，苏轼唤她"小二娘"。二人相差三岁，感情深厚。老年的苏轼在海南岛闻知堂妹去世，悲痛万分，迎风哭号，泪湿衣襟，写了一篇《祭亡妹德化县君文》表达哀思。或许，这个堂妹也有苏小妹的影子。

苏轼作为宋代一个知名公众人物，一个以文字立世的大作家，要了解他的家世并非难事，后世文人为何凭空给苏轼送来一个小妹呢？这个问题饶有兴味，不免令人揣想。苏轼一生上有哥姐，下有弟弟，唯独没有妹妹，这算不算是一种小小的缺憾呢？所以，他和堂妹情深意笃，应该是一种潜在的感情补偿吧。妹妹和姐姐的区别还是蛮大的，妹妹在哥哥面前可以调皮捣蛋，可以撒泼耍赖，而姐姐对弟弟多谨重慈爱，接近母亲的角色。像苏轼这样诙谐有趣的的人，身边怎能缺少一个活泼可爱、才华出众的小妹呢？

于是，苏小妹横空出世，千百年来假亦似真。东坡先生倘若天上有知，我想他一定会仰首呵呵，抚髯欢笑。

千生万生只在

——苏轼的爱情

在古代文人中，苏轼是一个天花板级的存在。他在当朝已负有盛名，宋神宗曾问大臣，哪位古人可堪比苏轼？答曰：李白。宋神宗说，白有轼之才，无轼之学。不仅如此，苏轼的爱情亦如一匹针脚绵密的锦绣，灿然可观。他一生挚爱三位女性，并不吝笔墨，使她们在文字间获得永生。巧了，她们都姓王，原配王弗，继室王闰之，侍妾王朝云。她们陪伴苏轼的时长分别为十一年、二十五年、二十二年，皆殁于苏轼前头，留给他的只有夜夜幽梦、绵绵思念。苏轼的爱情，有浪漫旖旎的传奇色彩，更有柴米油盐的琐屑日常，与他波澜起伏又精彩纷呈的人生一样，情深爱永，凄美动人，千载之下，令人品咂不尽。

王弗：不思量，自难忘

十年生死两茫茫，不思量，自难忘。

千里孤坟，无处话凄凉。

纵使相逢应不识，尘满面，鬓如霜。

夜来幽梦忽还乡，小轩窗，正梳妆。

相顾无言，惟有泪千行。

料得年年肠断处，明月夜，短松冈。

中国古代爱情诗词中，苏轼这首《江城子·乙卯正月二十日夜记梦》，绝对是传诵千古的经典。诗中有泣血之哀、蚀骨之痛，读之令人断肠。宋代诗人陈师道评曰："有声当彻天，有泪当彻泉。"

熙宁八年（1075 年）正月，苏轼在密州知州任上，有一夜梦见了去世已经十年的结发妻子王弗，醒来，泪痕犹在，梦境犹存。遂搦管濡笔，一挥而就，一首旷世之作喷涌而出。

王弗是眉山青神县乡贡进士王方的女儿，幼读诗书，聪敏谨谦。虚岁十六嫁给了十九岁的苏轼，几年后生子苏迈。二人结缡，既非青梅竹马，也非一见钟情，而是老旧的"父母之命，媒妁之言"。从苏轼给王弗写的墓志铭中可以看出，二人是先结婚后恋爱，少年夫妻，你侬我侬，情热如火。王弗是一个在家孝敬父母、出嫁侍奉公婆的传统女子，以"谨肃"闻名于当地。初嫁苏家之时，苏轼并不知道她是否熟读诗书，她自己也不说。苏轼读书，她总在身边环绕，不肯离开，好像挺有兴趣，也不知她懂不懂。有一天，苏轼在屋里摇头晃脑背书，忽然卡了壳，想不起来了，王弗竟在一旁"友情提示"，这让苏轼又惊又喜。如是者三，苏轼就问她其他的书，居然不少都读过，不由得刮目相看，爱意更浓。

王弗冰雪聪明，不只在读书上，更有对世道人心细致而敏锐的洞察，这一点对涉世不深且大大咧咧的苏轼尤为重要。嘉祐六年（1061年），苏轼赴陕西凤翔出任签书判官，王弗和儿子苏迈随行。苏轼初涉官场，王弗成为"贤内助"。苏轼每次下班回家，王弗总有一番打问，叮咛说，你远离亲人，做事不能不慎重啊。王弗经常将公爹苏洵的训诫给丈夫"重温"。每逢家里来了客人，苏轼在外面和人交谈，王弗就悄悄立在屏风后边侧耳细听。等客人离开了，王弗就走出来，跟苏轼说出自己的看法。比如，"这人太圆滑了，两面讨好，一味揣摩着顺着你的意思说，跟这种人有什么可说的！"比如，有人和苏轼套近乎，想与他立马结为铁哥们儿，王弗直接泼凉水，说："这种关系恐怕不能长久吧，结为密友太快，将来背弃而去也是分分钟的事。"后来果然被她一一说中了。特别是在王弗临死的那一年，苏轼记得她说出的许多话，非常睿智，简直像个哲人。

还是在凤翔，有一年寒冬天降大雪，地上铺了厚厚一层，苏轼寓所的一棵古柳树下一尺见方的地方却不见片雪。等天晴了，那个地方鼓起了数寸，苏轼怀疑古人在此处埋着丹药，丹药性热，故不积雪。他好奇心辄起，就想挖开看看，王弗却坚决制止："不行不行！"又说，"如果婆婆还活着，肯定不会这么做。"这里有个缘故，当年苏母程夫人在眉山纱縠行租房的地方，屋地偶然塌陷，发现有一个瓮，盖着乌木板，程夫人却不让打开，命人填埋了。苏轼听妻子这么说很是惭愧，就打消了这个念头。所谓妻贤夫祸少，王弗就是这样的贤妻。后来苏轼总结出一个道理："天地之间，物各有主，苟非吾之所有，虽一毫而莫取。"

治平二年（1065 年），王弗病逝于京师，殡于京郊。她才活了二十七岁，夫妻相伴也只有短暂的十一年。我在读大量的古代人物传记的时候，发现了一种令人痛心的现象——为医疗条件所限，古人的生命实在是太脆弱了，一如草木蝼蚁，无常鬼随随便便即可索去人的性命，一次感冒、一个痢疾就可能让人踏上黄泉不归路。王弗如此年轻，她的死对于苏轼绝对是不可承受之痛。他们不仅是一对恩爱的小夫妻，而且，苏轼从一个青涩的男孩儿变为成熟的男人，王弗可以说有重塑之功。苏轼对王弗的感情，有依恋，更有依赖。次年苏轼作《亡妻王氏墓志铭》，大悲痛沉积其间，哀号曰："呜呼哀哉，余永无所依怙！"

王弗死后，苏洵对儿子苏轼说，你媳妇跟着你不容易，不要忘了她，等以后你要把她埋在你母亲的墓旁。

天有不测风云，时隔十一个月苏洵竟也在京师病故了。苏轼将父亲与妻子的灵柩运回眉山老家，将王弗安葬于父母墓西北方八步。在守制期间，苏轼在墓地周围栽种了三万棵松树（"老翁山下玉渊回，手植青松三万栽"），这个令人断肠之处，十余年后还叫苏轼怀想明月夜那个长满矮松的山冈。

王弗是苏轼的结发夫人，过往那些幸福甜蜜，点点滴滴，时时刻刻，无不深深镌刻在心头，无日或忘。所以，时过十年，他依然能在梦中出现"小轩窗，正梳妆"的温馨画面，思念之深，感情之笃，由此可见。

王闰之：唯有同穴，尚蹈此言

河南郏县距县城西北二十七公里处，有一处墓园名三苏坟，苏轼、苏辙兄弟葬于此，元代又筑有苏洵的衣冠冢。三座坟茔呈东北西南方向排列，最东侧的一块墓碑上书"宋东坡子瞻苏先生墓"。整座墓园柏树森森，竹叶青青。

其实，东坡先生墓里还埋着一个女人，她就是苏轼的第二任妻子王闰之。尽管墓碑上并未写她的名字，但九泉之下，二人永远相依相偎，天荒地老。

"生则同衾，死则同穴"，是世上恩爱夫妻的最大愿望。然而，在苏轼三个钟爱的女人中，实现这个愿望的只有王闰之。王弗葬于眉山祖坟，王朝云葬于惠州。苏轼在《祭亡妻同安郡君文》中有交代："妇职既修，母仪甚敦。三子如一，爱出于天。从我南行，菽水欣然。汤沐两郡，喜不见颜。……唯有同穴，尚蹈此言。"出于对妻子王闰之一生辛劳贤淑的回报，苏轼做出"同穴"之承诺。1101年，苏轼死于常州，次年，苏辙遵其遗愿将兄嫂二人合葬于河南郏县，此时距王闰之去世已过了九年。苏辙为王闰之先后写过两篇《祭亡嫂王氏文》，后一篇正是写于这个时候。

王闰之是王弗的堂妹，姐姐死后三年她嫁给了大她十二岁的姐夫苏轼，时年二十一岁。或许这是一场冥冥中的等待，这般年龄仍待字闺中，或许就是在等待那个命中注定的姻缘。苏轼在母丧丁忧的漫长时间里，经常随王弗到青神县她的娘家去玩，在与一干王家兄弟姊妹的来来往往中，定少不了王闰之这个"二十七娘"，那时她不过十岁左右。苏轼年纪轻轻即进士及第，风华正茂，才气过人，或许一颗倾慕的种子那时已在小姑娘心里悄然播下。

　　王闰之和苏轼共同生活了二十五年，生了两个儿子：苏迨和苏过。给苏轼这样不世出的大才子当老婆，注定了她的日子不会平平淡淡。她享过福，也受过罪，当过官太太，也当过农家妇，世态炎凉，荣耀苦难，云端谷底，人间千般滋味，她庶几都尝了个遍。

　　苏轼和王闰之的感情很好，许多诗文中流露出对她的赞许。王闰之出身普通农家，可能她不像王弗那样饱读诗书、聪明睿智，不像朝云那样能歌善舞、才艺出众，但她心地善良，朴实勤谨，是一位典型的贤妻良母。在中国古代旧式家庭里，最难相处的关系是继母与继子、妻与妾的关系，常常是鸡飞狗跳，家无宁日。然而，王闰之视前妻之子苏迈如己出，和自己生的两个儿子一体对待，苏轼夸其"三子如一，爱出于天"（《祭亡妻同安郡君文》)，这不只因王弗是其堂姐，更是源于母爱的天性。王闰之与朝云和睦相处近二十年，看不到"负面新闻"，可见她的宽容与大度。苏轼《次韵和王巩六首》"之五"

写道："子还可责同元亮，妻却差贤胜敬通。"他在诗后自注："仆文章虽不逮冯衍，而慷慨大节，乃不愧此翁。衍逢世祖英睿好士而独不遇，流离摈逐，与仆相似。而衍妻妒悍甚，仆少此一事，故有胜敬通之句。"冯衍，字敬通，东汉辞赋家，其妻是个善妒的母老虎。苏轼庆幸家里少了这事，所以自己比敬通强。"差贤"，"差"读作一声，是说大体很贤惠。

苏轼《小儿》一诗记述了一件家庭琐事。一次，苏轼回到家，可能正赶上心烦，见小儿子拽他衣服，要和他玩儿，正欲发火，妻子赶紧拉开儿子，责备丈夫："儿子不懂事，我看你更不懂事！你这样耷拉着脸发愁有什么用？"说罢，坐那儿又后悔话有点儿重了，就赶紧给苏轼洗盏斟酒，缓和气氛。苏轼高兴起来，言其"大胜刘伶妇，区区为酒钱"。这里用了一个典故，魏晋名士刘伶嗜酒，某日犯了酒瘾，向老婆求酒，老婆一怒之下连酒器带酒一块儿废了。苏轼也好这一口，虽然酒量不大，妻子能主动给他酒喝，很满意，故夸她"大胜"刘伶老婆。同普通人家一样，苏轼夫妇日常也难免磕磕碰碰，但妻子知让，丈夫会哄，阴云密布一风吹散，家庭气氛自然融洽。

元丰二年（1079 年），苏轼遭人构陷，在湖州任上被拘捕，这就是有名的"乌台诗案"。苏轼在《题杨朴妻诗》一文中，记录了一个片段："余在湖州，坐作诗追赴诏狱，妻子送余出门，皆哭。无以语之，顾老妻曰：'子独不能如杨处士妻作一诗送我乎？'妻不觉失笑，予乃出。"杨朴是北宋的一名隐士，宋真宗听说他能诗，召他上朝，杨朴却说自己不会写诗。真宗说你来的时候没人作诗为你送行吗？杨朴说，没有，只有我的妻子写了一首绝句："且休落魄贪杯酒，更莫猖狂爱咏诗。今日捉将官里去，这回断送老头皮。"真宗听罢大笑，就放他回山了。这个故事，苏轼以前肯定是给王闰之讲过的。此番大祸临头，同僚形容当时的情景，"顷刻之间，拉一太守如驱犬鸡"，苏轼虽惶恐，但还是很镇静，忽然想起了杨朴的故事，一句话逗得妻子破涕为笑。"卒然临之而不惊，无故加之而不怒"，这是苏轼在《留侯论》中的名言，他做到了，真丈夫也！值得一提的是，苏轼称王闰之为"老妻"，其实，这一年她才 32 岁。"老妻"这一称呼在苏轼的诗文中已成为习惯。这一习惯也见于唐代诗人杜甫。可能"老妻"相对于"妻"显得更为亲昵吧，犹如今之"老婆"，与年龄无关。

　　苏轼被捕役带走，只有长子苏迈徒步跟随，其余妇女孩子都守在家里。稍后，学生王适兄弟将苏轼一家二十余口送往南都苏辙家暂时安顿，船在行进间，上边命人去苏家取文书，转又追至江中，将船团团围住，上去搜查，全家老幼几乎吓死。过后，王闰之恚骂道："就有写文章的毛病，能得到个啥？把我吓成这样！"一气之下，把苏轼的诗文都找来烧掉了。等案子了结之后，苏轼再去搜寻，十之七八都找不到了。苏轼在给朋友的信中说到此事，云淡风轻，并无抱怨，面对"顾盼狞恶"的隶卒，苏轼也害怕，一度躲在后堂迟迟不出，何况一个家庭妇女呢？但王闰之的一把火，确实可惜。她的"恚骂"倒也彰显个性，并非全然温柔贤惠，也是个有脾气的人。事实上，夫妻相处，如果一方一味顺从，唯命是听，倒恰恰会失去尊重。苏轼与弟子晁补之的一首和诗中有"且须还家与妇计，我本归路连西南"的句子，意思是这事我必须回家和老婆商量啊，可见王闰之在苏轼心中的地位。

苏轼被贬谪黄州，在城东一面坡地开了五十亩荒田，效白居易当年在东坡种花，也谓之东坡，开始了夫耕田妻养蚕的农家生活，自号"东坡居士"，由此，世上有了苏东坡。王闰之此时农家出身派上了用场，苏轼给当时的好友、后来的仇敌章惇写信，讲述了妻子的能干。家里养的一头牛快要病死了，请来的兽医也一筹莫展，王闰之却忽然说，我看啊这牛八成是得了豆斑疮，用青蒿粥喂它兴许能好。果然，用这个办法，将牛治好了。王闰之不仅能给牛治病，还会给牛接生，"老妻犹解接黑牡丹也"，这"黑牡丹"是水牛的戏称，苏轼啥时候都不忘幽上一默。苏轼自称"村舍翁"，夫妇二人已是一对地地道道的农夫农妇。在这里，他们盖了五间房屋，种桑一百多棵，果蔬十数畦，虽然辛苦，却自有乐趣。有一年，苏家收获了大麦二十余石，想卖掉但价钱低贱，正好家里大米吃完了，就让奴婢舂了做饭。嚼在嘴里啧啧有声，孩子们开玩笑说好像嚼虱子。用浆水淘洗食用，甜酸浮滑，很难吃。于是，让厨师掺杂些小豆做成饭，味道就好多了。王闰之大笑说："这是新式的二红饭。"或许是受到苏轼的感染，面对艰窘，王闰之也变得达观，学会了苦中作乐。

苏轼在黄州躬耕田畴之余，出游、会客、访禅，写下了大量脍炙人口的诗文，创作达到巅峰，如词《念奴娇·赤壁怀古》《定风波·莫听穿林打叶声》，文《前赤壁赋》《后赤壁赋》，书法珍品《寒食帖》，等等。其中《后赤壁赋》中留下了王闰之的身影。初冬时节，露霜已降，树叶都落了，月白风清之夜，苏轼和两个客人边走边吟诗互答，十分快乐。苏轼觉得这美好的夜晚应该有酒才尽兴啊，可是从哪儿弄酒呢？有问题，找老婆——"归而谋诸妇"，回家和王闰之商量，"妇曰：'我有斗酒，藏之久矣，以待子不时之须'"。哎哟哟，人家知道你好这一口，早就准备好了。真是善解人意、贴心贴肺的贤妻啊。"于是携酒与鱼，复游于赤壁之下。"苏轼心情大好，志得意满，千古名篇就这样在笔下汩汩流出。

王闰之无疑是一位贤妻良母，但对她的印象仅仅止于此，恐有失偏颇。想想看，身边有这么一位旷世奇才，她无论如何也会有别于普通人家的主妇，即使天天耳濡目染，王闰之也会沾上些许仙气、才气吧。据明代散文家袁中道《次苏子瞻先后事》记述，在颖州，一日"堂前梅花大开，月色鲜霁，妻季璋曰：'春月色胜秋月色，秋月令人凄惨，春月令人和悦。何如招陈、赵诸公来饮此花下。'子瞻大喜曰：'吾不知子亦能诗耶？此真诗家诗耳！'遂召诸客痛饮，以语意为歌辞，极欢而散。"苏轼知颖州，是1091年，已是离开黄州七八年之后的事了。对妻子说出诗一样的语言，苏轼大喜过望，以前竟然没有发现妻子有这个本事，故大赞"真诗家诗耳"。

可惜，天不假年，1093年，王闰之病逝于京师，年方四十六岁。二十五年的相濡以沫，患难与共，夫妇感情极深。"乌台诗案"事发，苏轼身陷囹圄，一度认为必死无疑，绝望中写了两首绝命诗，给其生命中两个至爱之人，一首给弟弟苏辙，"与君今世为兄弟，更结来生未了因"；一首给他的妻子王闰之，"眼中犀角真吾子，身后牛衣愧老妻"。心中最牵念的还是这两人。世事难料，王闰之竟先于苏轼辞世。此时苏轼已五十八岁，步入老境，却痛失贤妻，不啻是梁塌柱摧，比当年王弗之死更令他难受。在为妻子写的祭文中，他悲痛至极，哀哀诉说道："闰之啊闰之，我说我们终于可以回去了，回到我们的家园，你竟然不能稍稍等待，先我而去。从今而后，还有谁在家门口迎候我归来？还有谁往田地里给我送饭？真是没办法呀，我的眼泪都哭干了！"好在，王闰之死前的一年间，正是苏轼仕途的高光时刻，蒙高氏太皇太后的垂青，先后任兵部尚书兼侍读，端明殿学士兼翰林侍读学士，守礼部尚书，她可以安心地去了。

然而，王闰之之死，似乎也带走了苏轼的所有好运，在短暂地出知定州之后，苏轼开启了九死一生的南荒流放生涯。

王朝云：每逢暮雨倍思卿

王闰之死后，陪伴在苏轼身边的女人只有王朝云了。

王朝云是苏轼的侍妾，小王闰之十五岁，进入苏家时只有十二岁，还是一个小丫头。关于朝云的出身，有不同的说法，即使林语堂的《苏东坡传》也前后不一致。他先是说朝云是歌伎，后又说朝云是苏太太买的丫鬟，进而否定了"歌伎"说："有人甚至说，苏东坡带她回家时，她已是杭州出色的名妓。仔细研究，便知道与事实不符。"

朝云是杭州人，按她的年龄来看，苏轼是在杭州通判任上与她相识的。而相识的机缘，朝云当时就是一名歌伎。苏轼《朝云诗并引》印证了她的出身：

世谓乐天有鬻骆马放杨柳枝词，嘉其主老病，不忍去也。然梦得有诗云："春尽絮飞留不住，随风好去落谁家。"乐天亦云："病与乐天相伴住，春随樊子一时归。"则是樊素竟去也。予家有数妾，四五年相继辞去，独朝云者，随予南迁。因读乐天集，戏作此诗。

这里说的樊素，是白居易的家伎，她和另一个家伎小蛮皆能歌善舞，故有"樱桃樊素口，杨柳小蛮腰"的名句。唐宋时，士大夫宴饮之风盛行，宴席之上有美女侑酒方尽雅兴，所谓"醇酒妇人"是也。于是，一边厢觥筹交错，一边厢翩翩起舞，众声喧哗，举座皆欢。这些女子即为歌伎，为公共官员服务的叫官伎，家里蓄养的叫家伎。苏轼这段话是说，白居易年迈困顿，卖掉骆马放走樊素，樊素不忍离开，但最终还是离去了。转而说到朝云，家里数妾四五年间相继离去，只有朝云随他南迁。由樊素说到朝云，显然二者是同类人。而且诗中有

"经卷药炉新活计，舞衫歌扇旧因缘"的句子，更为确凿无疑。应当是这样的，苏轼参加宴会时与朝云相识，为其"敏而好义"品格，当然还有美貌所吸引，就把小姑娘领回了家。朝云先当侍女，后为侍妾。从苏轼的诗句中可知，朝云天生丽质，浓妆淡抹皆相宜。在黄州的时候，朝云为苏轼生了个儿子，名遁，小名干儿，满月时苏轼写了一首有名的《洗儿戏作》诗："人皆养子望聪明，我被聪明误一生。惟愿孩儿愚且鲁，无灾无难到公卿。"可惜这孩子不到一岁就夭折了。

朝云起初不识字，但很聪明，悟性高，跟着苏轼学书法，也像模像样，跟着比丘尼学佛，亦略知大义。一次，朝云看到衣服上爬有一只虱子，立马就掐死了它。苏轼责怪她杀生，说："这也是一条命啊。"朝云委屈地说："它咬我怎么办？"苏轼说："它是你的气体感召而生，不能怪罪于它。"朝云大悟，从此，断了荤腥。

朝云小苏轼二十五岁，陪伴其二十二年，她以蓬勃的生命活力和柔情似水的爱恋抚慰了苏轼日趋苍老的灵魂。她的名分虽说是"侍妾"，却堪称与苏轼心灵相通的红颜知己。有一个"段子"一直为人津津乐道：苏轼刚当了学士，饭后常捧着肚子散步。一次，苏轼顽皮劲儿发作，戏问家中众女，他肚子里是何物？一个说"满腹书诗"，一个说"满腹智巧"，问到朝云，朝云答曰"学士一肚皮不合时宜"，苏轼大笑，认为朝云最懂他。

苏轼曾写诗自嘲："问汝平生功业，黄州惠州儋州。"他一生在多地任职，只有这三处皆为被贬黜或流放之地，给他的生命感受最为深刻。而其中的惠州，是其初涉的岭南蛮荒瘴疠之地，朝云更是死在了这里。王闰之殁后，苏轼没再续娶，朝云成了事实上的妻子，照顾着苏轼的饮食起居。一天，秋风萧萧，落叶纷纷，苏轼闲来发闷，便让朝云唱一段"花褪残红"。朝云站起来亮亮嗓子，唱罢泪如雨下。苏轼忙问为何如此，朝云说："奴所不能歌，是'枝上柳绵吹又少，天涯何处无芳草'二句。"苏轼大笑，逗她说："我正悲秋，你怎么却伤起春来？"其实，朝云很喜欢这两句，"日诵'枝上柳绵'二句，为之流泪。病极，犹不释口。"朝云死后，苏轼终生不再听此词。此时，朝云虽然已三十余岁，却风韵不减。朝云过生日，苏轼兴高采烈写下《王氏生日致语口号》，其中有这样的句子："人中五日，知织女之暂来；海上三年，喜花枝之未老。……天容水色聊同夜，发泽肤光自鉴人。万户春风为子寿，坐看沧海起扬尘。"

在惠州，年近花甲的苏轼特别注重养生，"养生亦别无他术，安寝无念，神气自复"。他开始禁欲，独自一人睡觉。一次在给弟子张耒的信中说"某清净独居，一年有半尔"（《答张潜文四首之一》）。朝云在儿子夭亡后也郁郁寡欢，一心向佛，勤习书法。白发红颜，相安无事，二人更多的是生活的依靠和灵魂的陪伴。在惠州第二年端午前夕，苏轼写了一首词《殢人娇·或赠朝云》："白发苍颜，正是维摩境界。空方丈、散花何碍。朱唇箸点，更髻鬟生彩。这些个，千生万生只在。好事心肠，著人情态。闲窗下、敛云凝黛。明朝端午，待学纫兰为佩。寻一首好诗，要书裙带。"自己年老容衰，已到了维摩清净无欲的境界，但依然欣赏朝云的美，千辈子万辈子的情爱还在，明天就是端午了，编织好吉祥的兰草佩戴上吧。

灾难在猝不及防中降临，绍圣三年（1096 年）七月，来惠州第三年，一场时疫夺去了朝云年轻的生命，年三十四岁。临终，口诵《金刚经》四句偈而绝。四句偈语即："一切有为法，如梦幻泡影，如露亦如电，应作如是观。"亦称"六如"。苏轼将她葬于丰湖旁栖禅山寺东南，并为其撰写了墓志铭。栖禅寺僧人在朝云墓上面建了一个亭子，名曰"六如亭"。苏轼写了亭联："不合时宜，唯有朝云能识我；独弹古调，每逢暮雨倍思卿。"这里有一片松林，翁郁清幽，不远处有一座大圣塔，高耸入云。葬后第三天，风雨交加，传寺东南出现了五个巨人脚印，苏轼带小儿子苏过前往察看，相信是佛菩萨接引朝云而去。随后写了一道《惠州荐朝云疏》，超度朝云亡灵，愿其早生净土，永脱三界苦厄。

朝云死后，苏轼写诗《悼朝云》，表达了他"伤心一念偿前债，弹指三生断后缘"的心情。另有一首词《西江月·梅花》，明写梅花，暗喻朝云，宋人惠洪《冷斋夜话》谓朝云新亡，"其寓意为朝云作也"。这首词可与那首《江城子》媲美，只不过六句翁"心似已灰之木"，世事看穿，生死了然，早已没有了那种椎心泣血的哀痛，而变得波澜不惊。词曰：

玉骨那愁瘴雾，冰姿自有仙风。

海仙时遣探芳丛，倒挂绿毛幺凤。

素面常嫌粉涴，洗妆不褪唇红。

高情已逐晓云空，不与梨花同梦。

　　知堂曾提出一个考量作家的个人化的标准："我曾武断的评定，只要看他关于女人或佛教的意见，如通顺无疵，才可以算作甄别及格。"如果拿这把尺子衡量苏轼，他是及格的，倘若再加上时代的因素，更可以给他打高分。苏轼一生崇佛，这个就不用说了，他对女人的态度，可谓平等、尊重、爱惜。苏轼门生李之仪妻子胡文柔是个才女，蒙获苏轼赏识，她感慨说："我一女子，得是等人知我，复何憾？"这在那个"男尊女卑"的男权社会殊为不易，闪耀着超越时代的人性之光。这不禁让我联想起唐代诗人元稹，此人也是一个情种，风流放诞，四处遗情，但他视女性为可赏可玩的"尤物"，"始乱终弃"是他的显著标签。"曾经沧海难为水，除却巫山不是云"，虽流传千古，却只能证明他虚伪透顶。苏轼与其不同，儒家"仁者爱人"与佛教平等、慈悲的观念深入骨髓，对美好事物包括女人，唯有欣赏之意而无狎亵之念。古代女人大多没有名字，苏轼的三位妻妾皆有大名，而且王闰之字季璋，王朝云字子霞，这显然是苏轼所取。苏轼在诗文中充满了对她们的赞赏与怀念，勾勒出三张生动美丽的面容。苏轼是一个多情、深情、有趣的天才男人，他的感情世界，丰富而宏阔，博大而深邃，如春风温煦，如秋月澄澈，故能圈粉无数，历经千载不衰。

杜甫的爱情

如果身边有人不时将老婆挂在嘴边，那说此人爱妻大抵不会错吧；如果一个诗人将妻的字眼屡屡镶嵌于他的诗行呢？而且还是一位古代诗人，那么由此断定诗人对妻子爱深情永恐怕也是妥妥的了。

这位诗人就是唐代杜甫。

读杜甫诗，"妻"的字眼频频刷目，如珠玉般闪烁出温柔旖旎的光芒，令人心有戚戚焉，一根爱情的琴弦被悄然拨动，铮然作响。这"妻"字多为"老妻"，老妻不就是老婆嘛。在唐诗中，如此高频率以妻入诗，除了老杜，还找不出第二个。

杜甫被称为诗圣，圣人嘛，给人的感觉就是严肃端正、不苟言笑。对于杜甫具体的形象，浮现在我脑海中的是画家蒋兆和先生画的那幅画像，清癯瘦弱，沉郁儒雅，心事浩茫，视通广宇，忧国忧民。至于爱情，钱锺书称之为闲人之忙事，更应该像是"眸子炯然""风流蕴藉"、浪漫又潇洒的李太白这类诗人的事。事实上也是，唐代诗人中，白居易有和湘灵的故事，写过爱情诗《长恨歌》，留下了"在天愿作比翼鸟，在地愿为连理枝"等爱情名句；元稹堪称多情种子，有和莺莺、薛涛、刘采春等多名女子的故事，其"曾经沧海难为水，除却巫山不是云"脍炙人口；李商隐更是似乎为爱情而生，他的爱情诗名句太多了，诸如"春蚕到死丝方尽，蜡炬成灰泪始干""身无彩凤双飞翼，心有灵犀一点通"等为历代传诵。一脸苦大仇深的杜甫，也有爱情？当然！虽然我们在他的诗里很难找出爱情金句，他也没有可上娱乐版头条的爱情故事，但那些散落在诗行里的"妻"字，如寒夜里的点点灯火，寻常、平淡，却照亮了生活，温暖了心灵。

杜甫妻子叫什么名字，史无记载，因其父为司农少卿杨怡，故称她为杨氏。杜甫娶杨氏那年大约是29岁，杨氏19岁。两家皆为官宦人家，算是门当户对。杜甫祖父杜审言是初唐著名诗人，与苏东坡的老祖宗苏味道等合称"文章四友"，是近体诗奠基人之一，所以，杜甫给儿子生日赠诗时傲称"诗是吾家事"。杜甫结婚前后那些年，家境还是可以的，故有条件达成诗与远方，"放荡齐赵间，裘马颇清狂。春歌丛台上，冬猎青丘旁"（《壮游》）。先后两次跟着偶像大哥李白徜徉自然山水间，优哉游哉。然而，好景不长，随着父亲去世，应试不第，仕途坎坷，杜甫生活陷入了困顿。尤其是安史之乱爆发之后，往昔的"壮游"也变成"漂游"了，像无根的浮萍一样，颠沛流离，漂泊不定。在这种离乱动荡的日子里，患难夫妻相依为命、不离不弃，感情愈发深厚笃实。杨氏长什么样？

我们连杜甫的相貌都无从得知，只是从他晚年的诗中几次见其自述"老丑"，"白头搔更短，浑欲不胜簪"，发白且稀，李白曾诗言之"太瘦"，那杨氏的样貌更得从诗中猜度了。《月夜》里有一个名句："香雾云鬟湿，清辉玉臂寒。"这是直接写妻子的。安史之乱后，杜甫被叛军俘获，困居长安，妻子和孩子寄居鄜州。这首诗写杜甫怀念妻儿，却反向写妻儿怀念自己。这时候我们看到了一个女人的形象：月夜闺中，女人一个人呆呆地举头望月，思念远在长安的丈夫，时间长了，带着脂粉香味的雾气打湿了头发，月亮的清辉映照下玉一样洁白温润的胳臂有了凉意。有人说，哈，老杜这诗很香艳啊。的确，很美！这里虽然没有写妻子的眉眼，但从这个满含喜爱、欣赏意味的画面中，可以断定，杨氏是个美丽的女子，即使说情人眼里出西施，也不会差到哪里去。这首诗写于 756 年，杨氏三十出头，正是女人灼灼其华时。老杜另一首诗《一百五日夜对月》可谓《月夜》姊妹篇，"一百五日"指寒食节，杜甫不说节日，而是用时日代替，足见思念妻子至深，一日一日是掰着手指头过来的。诗中有一句"仳离放红蕊，想像颦青蛾"，"想像"，即想念，颦，即颦，皱眉的样子。红蕊和青蛾，两个意象间接描绘了妻子之美。由此，可以说，杨氏出身富贵，相貌映丽，是一位知书达理的淑女。老杜说，有妻如斯，叫我如何不爱她？

然而，杜甫一生蹭蹬，时乖运蹇，几乎就没有顺心风光的时候，杨氏跟着丈夫只有受累吃苦的份儿了。"经年至茅屋，妻子衣百结"，常年住着茅屋草舍，穿着补丁摞补丁的衣裳，一个千金小姐沦落为一贫如洗的妇人，浆洗缝补，忍饥挨饿，为杜甫默默操持守护着风雨飘摇的家。甚至，在兵荒马乱的动荡年代，连维持一个安稳的家都是奢望，"妻子寄他食""老妻寄异县"，投亲靠友，寄人篱下，更悲惨的是"幼子饥已卒"，小儿子活活饿死了。虽然杜甫"所愧为人父""飘飘愧老妻"，没能让妻儿过上好日子，但依然是这个家庭的依靠，是妻子心中最大的牵挂。"去年潼关破，妻子隔绝久"（《述怀》），时隔一年的分别，杜甫千里迢迢回到妻子寄居的鄜州羌村，"妻孥怪我在，惊定还拭泪"（《羌村三首》），天啊，你还活着！看到丈夫从天而降，一声惊呼，泪水止不住流淌，擦个不停。"世乱遭飘荡，生还偶然遂"，遭逢兵连祸结的乱世，能活着回来真是侥幸啊。"夜阑更秉烛，相对如梦寐"，夜已经很深了，在摇曳的烛光下，夫妻二人相对而坐，为久别重逢而兴奋着，毫无睡意，你看看我，我看看你，恍如在梦中。王尊岩对此评价云："一字一句，镂出肺肠。"杜甫是深爱他的妻子的，尽管经常"囊空恐羞涩，留得一钱看"（《空囊》），但从外面回来仍不忘给妻子带一些女人喜欢的礼物，"粉黛亦解苞，衾裯稍罗列。瘦妻面复光，痴女头自栉"（《北征》）。女人毕竟是女人，看到丈夫带回的粉黛啊、衾绸啊，脸上还是露出了欣悦的光彩。这种画面温馨中又满含心酸，真是叫人别有一番滋味在心头。固然贫贱夫妻百事哀，但能于苦难中相濡以沫、生死相依，又何尝没有幸福温暖？何尝不是伟大的爱情！

有一年我去成都出差，自然要去杜甫草堂游览。草堂尽管是后人所建，但终还是杜甫留在世上的可视可触的物质存在，与完全从诗中感受是不一样的。那天我是午后去的，阳光透过浓密的树枝斑斑驳驳落在地上，游人寥寥，一片宁静。茅屋伫立在浓荫之中，没风，不用担心茅草被吹翻。因为一首《茅屋为秋风所破歌》以及"安得广厦千万间，大庇天下寒士俱欢颜，风雨不动安如山。呜呼！何时眼前突兀见此屋，吾庐独破受冻死亦足"的名句，杜甫草堂成为千古圣地。而实际上，杜甫在草堂生活的不足四年的时间，虽然是依靠亲友接济帮助过活，却是他和妻子二十年间少有的闲适、惬意的时光。草堂建在浣花溪畔，林青竹翠，鸥翔燕飞，环境清幽怡人，一派田园风光。"老妻画纸为棋局，稚子敲针作钓钩"（《江村》），"昼引老妻乘小艇，晴看稚子浴清江"（《进艇》），老杜一口一个"老妻"，简直甜腻死个人。这种岁月静好的家居生活，夫妻终日厮守相伴，没有棋盘，在纸上画个棋盘对弈，白天两人一起泛舟江上，形影相随，如蛱蝶相逐，芙蓉并蒂。不慕大富大贵，只求现世安稳，人世之乐，又夫复何求啊。这个草堂，可以说，既是杜甫精神的圣殿，又是他爱情的港湾。

有唐一代，社会风气开放，才子风流，官员蓄伎，男人纳妾，是再正常不过的事情，大家"不以其事为非"（陈寅恪语）。但也有帅哥王维这样丧妻不再娶、独居三十年的素心人。尽管《旧唐书》称杜甫"褊躁""傲诞"，他也自称"放诞""性豪"，是个有脾气的人，但对爱情却是忠贞不二，一生唯有杨氏一个妻子。在他的诗里也看不到佻达狎邪的"不正经"的字眼，也找不到他出入秦楼楚馆的蛛丝马迹。或有人将这归结为贫穷，连肚子都填不饱，哪还有别的绮念？问题的根本不在这里。后人之所以尊杜甫为"诗圣"，盖因杜甫是一个有大抱负、大胸怀、大悲悯之人，"致君尧舜上，再使风俗淳"，"男儿生世间，及壮当封侯"，即使他的人生理想被残酷的现实击打得粉碎，但他心中的家国情怀却依然坚如磐石。"国破山河在，城春草木深"，"烽火连三月，家书抵万金"，身在江湖，心存魏阙，家国一体，念兹在兹。在命若蝼蚁的乱世，杜甫最深沉的惦念，有妻子儿女，有弟妹友朋，更有江山社稷、黎民百姓。老杜是一个深情、纯情的诗人，故梁启超奉之以"情圣"的桂冠，这样的男人怎能不深爱他的妻子呢？

世上的爱情，大凡轰轰烈烈、感天动地者，多如夏天的闪电倏忽而逝，璀璨耀眼但短暂，且结局大多不妙。那些柴米油盐、寻常凡俗的夫妻之爱，反而能如山间的小溪细水长流，长久且美好。杜甫和杨氏的爱情，历三十年始终如一，虽有离乱中的生离死别，却点点滴滴都是些琐屑家常，平淡无奇，"随风潜入夜，润物细无声"。听吧，那一声一声的"老妻"，是眷恋，是疼爱，是甜蜜，带着温热的气息，冲破时空的阻隔，直抵人的灵府，如一夜春风，催醒世间无数的心花，怒放。

除却巫山还是云

——诗人元稹的情爱风流

一

曾经沧海难为水，除却巫山不是云。

取次花丛懒回顾，半缘修道半缘君。

这是唐代诗人元稹写给亡妻韦丛《离思》五首中的一首，可谓千古名篇。那种对爱情的忠贞不二、矢志不渝感动了历代无数痴情男女。据此加封元稹一个情痴、情圣的桂冠，大抵也不为过吧。你看他多么深情款款：经历过辽阔的大海，一切水都难称其为水了，除去巫山神女的云哪里还叫云？再从花丛走过，都懒得回头，一半是因为修道，一半是因为你呀，韦丛！

我一点儿都不怀疑元稹对妻子韦丛的真情。韦丛是元稹的发妻、原配夫人，20岁即"下嫁"元稹。之所以说"下嫁"，是因为韦丛是京兆尹韦夏卿的小女儿，可谓掌上明珠，而元稹幼年丧父，跟着寡母过生活，日子拮据，他自己也是刚有了份差事，在秘书省做了九品的校书郎。韦丛自嫁给元稹以后，告别了锦衣玉食，过上"贫贱夫妻"的生活。元稹在另一组悼亡诗《遣悲怀三首》中描述了他们的贫困和艰辛。元稹没有多余的衣服可换，韦丛倾箱倒箧地找；没钱买酒了，韦丛拔下头上的金钗当了给丈夫买；家里没有粮食了，韦丛去地里采来豆叶一类的野菜充饥，吃得还很香甜；没有柴火了，韦丛把老槐树飘落的叶子搜罗起来做炊薪……元稹为此写出一个名句："诚知此恨人人有，贫贱夫妻百事哀。"正是由于这样凄惨贫穷的日子侵蚀了韦丛的健康，使她27岁就丢下一个女儿撒手人寰了。失去如此贤淑的妻子，元稹陷入深深哀痛之中，"惟将终夜长开眼，报答平生未展眉"。学者陈寅恪在《元白诗笺证稿》评价道："夫微之悼亡诗中其最为世所传诵者，莫若三《遣悲怀》之七律三首。……所以特为佳作者，直以韦氏之不好虚荣，微之之尚未富贵，贫贱夫妻，关系纯洁，因能措意遣词，悉为真实之故。夫唯真实，遂造诣独绝欤！"

真实，真情，好诗，佳句，这都没错。元稹这个鲜卑族拓跋氏后裔的诗人，在唐代素有"元才子"之名，是新乐府诗的倡导者之一，与白居易齐名，且友情甚笃，被人合称"元白"，还曾官至宰相，绝对是个成功人士。然而，历史不能细看，金玉其外败絮其中的事比比皆是，元稹的锦衣华袍里边也藏着诸多不堪，散发出扑鼻的异味。仔细审视他的情感世界，冰做的情圣雕像一经太阳的照射，便委地成泥，节操碎了一地。那些真情动人的诗句，保鲜期竟是如此短暂，泪未干，转脸就是笑逐颜开。却原来，一时情圣，竟是一生情渣。不错，"情渣"，这是我基于元稹情史赋予他的桂冠，只有这个词和其相配。如此看来，他那些关于爱情的"金句"，就像随意抛撒的残渣余屑，只配湫隘潮湿的阴沟老鼠果腹，而给那些痴心如水的女子们逐食，岂不是一种轻慢和亵渎？

二

韦丛之前，元稹有过一段刻骨铭心的恋情，他后来据此写了一部传奇《莺莺传》。元代大戏剧家王实甫又据此写了一出名剧《西厢记》。张生和崔莺莺的故事，与元稹的个人经历太相似了，故陈寅恪说："《莺莺传》为微之自叙之作，其所谓张生即微之之化名，此固无可疑。"鲁迅在《中国小说史略》中也说："《莺莺传》者，即叙张、崔故事，元稹以张生自寓，述其亲历之境。"两位大学者的意见高度一致，所以我们对此也应"固无可疑"。

元稹十五岁明经及第，但唐代文人更看重的是进士科，有"三十老明经，五十少进士"之说，进士每次只有二三十个名额，非常难考。799 年，二十岁的元稹经朋友杨巨源推荐，到山西蒲州做了一名文吏小官。一天，闲来无事，到城东十余里的普救寺游玩，并盘桓数日。有崔氏寡妇一家欲回归长安，路过蒲州，也暂寓普救寺。这崔氏寡妇姓郑，元稹母亲也姓郑，说起来还是远房亲戚，是元稹的姨母。此时，蒲州一带发生兵乱，大肆劫掠，崔家所携财产甚厚，还带着许多仆人，郑姨母十分惊慌，不知该怎么办？元稹跟有关的将领有些关系，托人保护崔家。过了些时日，兵乱结束，安定下来了，郑姨母非常感激元稹，设宴答谢，还请其女儿莺莺出来拜谢表哥。这年，莺莺十七岁，虽然穿着平常的衣服，不加妆饰，却依然"颜色艳异，光辉动人"，元稹乍见惊为天人，一见钟情，进而神魂都为之颠倒了。这莺莺，真名叫双文，元稹有一首《赠双文》，写尽其对双文美貌的倾慕："艳极翻含怨，怜多转自娇。有时还暂笑，闲坐爱无憀。晓月行看堕，春酥见欲消。何因肯垂手，不敢望回腰。"可与《莺莺传》对看。

此时元稹青春年少，相貌俊朗，且尚未婚配，爱上美少女也是正常的事情。经过丫鬟红娘的穿针引线，莺莺待月西厢，元稹爬树攀墙，几番曲折，二人终成好事。莺莺夜晚偷偷进来，清早悄悄出去，二人如此这般柔情蜜意、密约欢会达一个月之久。欢愉嫌时短，寂寞恨更长。这样的好日子终究有尽时，元稹要去长安了。尽管元稹数月后忍不住又跑来蒲州，与莺莺再度缱绻缠绵了几个月，但最终还是分开了。没有婚约的云情雨意，即一时苟且，怎能长久？《莺莺传》的结局和《西厢记》不同，不是"有情人终成眷属"的大团圆，而是"始乱之，终弃之"的悲剧。"始乱终弃"这个成语即拜元稹大才子所赐。

这事还不算完。第二年，元稹没有考中，滞留京城，给莺莺写信抒情。痴情女子莺莺给元稹复了一封长信，情意绵绵，字里行间缀满了"忧思""绸缪""泪零""呜咽"等字眼，并赠给元稹一枚玉环、一缕发丝、一个文竹茶碾子。这封信元稹拿给朋友们看了，二人的私情很快弄得尽人皆知。把自己女朋友的私信、情书给别人看，无非就是炫耀、显摆自己的魅力，瞧瞧，小哥撩妹的本事怎么样？多么轻浮，简直太可恶了！更可恶的是，元稹还把深爱自己的莺莺称为妖！"大凡天之所命尤物也，不妖其身，必妖于人。……予之德不足以胜妖孽，是用忍情。"这种典型的腐朽发臭的"女人祸水"论调，不过是给自己的始乱终弃找借口罢了。

几年之后，莺莺嫁人，元稹娶妻，两人各自有了家庭。按说该是喝了那杯忘情水，两不相干了，元稹却旧情难忘，意欲鸳梦重温。一次公干，恰巧路过莺莺的居住地，通过其夫传信，以表哥的身份要求见一面。莺莺拒绝了，给元稹留了一首诗："弃置今何道，当时且自亲。还将旧时意，怜取眼前人。"莺莺拒绝见面并留诗敦劝，可谓给了元稹一耳光，别再吃着锅里看着碗里了，好好待你的老婆吧！

如前所述，元稹不是对妻子韦丛忠贞不二吗？怎么还背着她偷偷约见前女友，还想春风一度？元稹不是称莺莺是"妖孽"吗？抛弃了人家姑娘，还自美曰"忍情"，都过去几年了，怎么又忍不住了？

元稹既然爱莺莺，那么为何弃莺莺而娶韦丛？陈寅恪有过精到的分析："微之所以弃双文而娶成之，及乐天、公垂诸人之所以不以其事为非，正当时社会舆论道德之所容许。……但微之因当时社会一部分尚沿袭北朝以来重门第婚姻之旧风，故亦利用之，而乐于去旧就新，名实兼得。然则微之乘此社会不同之道德标准及习俗并存杂用之时，自私自利。其一生行迹，巧宦固不待言，而巧婚尤为可恶也。岂其多情哉？实多诈而已矣。"这里说得很明白了，在爱情面前元稹更看重的是功利，莺莺没了父亲，无法在政治前途上给元稹提供臂助，而做韦府的乘龙快婿显然是一条终南捷径。有人说，韦夏卿不两年就去世了，元稹并未沾上光，那是另外一回事了。

三

元和四年（809 年）七月九日，韦丛病故。三月时，元稹作为监察御史到川蜀办案。在韦丛死之前的几个月里，元稹和女诗人薛涛发生了一段你侬我侬的惊世之恋！呵呵，背着老婆约见前女友也就罢了，还和别的女人做了一对野鸳鸯，曾经沧海难为水，说来只配骗骗鬼！

20 世纪 90 年代，我曾在《散文百家》做过两年特约编辑，有一天，编辑部王玉民老师送我一沓粉红色的纸笺，适合用小楷毛笔写信，雅致精巧，玲珑可爱，他说这叫"薛涛笺"。这是我第一次闻听薛涛的名字。

薛涛是唐代四大女诗人之一，素有才名。八岁时其父手指院内梧桐树，随口吟出一句诗："庭除一古桐，耸干入云中。"薛涛应声续道："枝迎南北鸟，叶送往来风。"才思敏捷，令人惊叹，但也预示了其未来的命运。十四岁父母皆丧后被迫入乐籍，成为歌伎，在仕宦间迎来送往，宴乐酬唱，一生飘零无依。西川节度使韦皋曾对其大为青睐，甚至奏请朝廷任命其为校书，虽然未果，然而"女校书"一名却不胫而走。元和四年三月，在梓州，元稹这名曾经的校书郎和"女校书"萍水相逢，一见如故，火花四溅，立即双双坠入情网。薛涛比元稹大十一岁，时年已四十一，郎情妾意，飞蛾扑火，两人不管不顾疯到了一处。薛涛有一首《池上双鸟》："双栖绿池上，朝暮共飞还。更忆将雏日，同心莲叶间。"写尽了两人的浓情蜜意，真是双栖双飞，朝朝暮暮。可惜这样的鸳鸯交颈只有三个月的光阴，便曲未终而人已散。元稹《寄赠薛涛》有"别后相思隔烟水，菖蒲花发五云高"的句子，薛涛《牡丹》也有"只欲栏边安枕席，夜深闲共说相思"的句子，两人的"相思"之情表露无遗，然终是意犹未尽的余绪，路遥影杳，渐行渐远了。元稹见异思迁、始乱终弃的风流本性决定了这场爱情必为露水姻缘，见光即死。薛涛精心制作的"薛涛笺"使用的频率日渐稀疏，终于尘封于时光的蛛网里。竹篮打水，担雪填井，终是一场空，薛涛在无望中脱下红裙，穿上灰色道袍，在岑寂落寞中挨过余生。

韦丛病逝两年后，元稹被贬江陵，由朋友李景俭作伐，纳安仙嫔为妾。妻亡续弦，倒也没毛病，只不过他著名的悼亡诗《遣悲怀》即写于这一年，一边怀念着亡妻，一边又将别的女人拥入怀中，是否有些违和感与别扭？安仙嫔和元稹生活了四年，生下一子一女，元和九年（814 年）病故。元稹亲笔写了一篇《葬安氏志》，赞其贤淑，"供侍吾宾友，主视吾巾栉，无违命"。然而，此文也透露了一个信息，安仙嫔患病之后，到了秋天日渐沉重，此时元稹依然按照约定赴浙东与朋友聚会，没有辞约留下来照料她，等返回后，已阴阳两隔，终未见最后一面。明知侍妾病重，还到外地与友欢聚，觥筹交错，吟诗唱和，依元稹一贯的做派，说不定还有歌伎佐酒陪侍，倚红偎翠，这岂不是全无心肝？莫非在元稹心里安仙嫔就是生育的机器、持帚的奴婢？

元和十年（815 年）三月，元稹出任四川通州司马，由于郁郁不得志，一病不起，罹患严重的疟疾，缠绵床榻达百日之久。九月北上兴元谒医疗病，得到山南西道节度使郑徐庆的关照，并由郑保媒娶前涪州刺史裴郧之女裴淑为妻。裴淑，字柔之，人如其名，温柔贤淑，且是才女一枚，吟诗抚琴，无一不精。时年，元稹 37 岁，裴淑不足 20 岁。元稹曾写《赠柔之》一诗，有"嫁得浮云婿，相随即是家"的句子，裴淑为元稹生儿育女，陪之到终老。按说有此贤妻，年岁也不小了，元稹该满足消停了吧，然果如此，那还是元稹吗？

长庆三年（823 年），元稹出任浙东观察使兼越州刺史，在此期间，又是一枝红杏出墙来、云破月来花弄影了。这次，是女诗人刘采春。

刘采春和薛涛一样也是唐代四大女诗人之一，《全唐诗》收其六首作品。此时，刘采春 25 岁，和丈夫周季崇及夫兄周季南在一个戏班子，从淮甸来越州演出"参军戏"，也即滑稽戏，类似于今天的小品。刘采春貌美音甜，一首《望夫歌》声震吴越，每次演唱，"闺妇、行人莫不涟泣"，是美女明星一类的人物。一次，元稹看了刘采春的演出，立马眼直了，魂没了，魄散了。回后，辗转反侧，痞寐思服，眼前、心里全是刘采春。一首《赠刘采春》自然一挥而就："新妆巧样画双蛾，谩里常州透额罗。正面偷匀光滑笏，缓行轻踏破纹波。言辞雅措风流足，举止低回秀媚多。更有恼人断肠处，选词能唱望夫歌。"刘采春对风流倜傥、文名卓著又身为朝廷命官的元稹也芳心大动，倾慕不已，干柴偏逢烈火，一发不可收拾。然而，有一个极大的现实问题横亘在面前，即刘采春是有夫之妇，且两人还挺恩爱。元、刘如果想长相厮守，必须要解决这一难题。于是，元稹采取了一个极其下流、龌龊的手段，派属下给了周季崇一大笔钱，令其出让，并将周氏兄弟和戏班子逐出越州，走得越远越好。可以想见周季崇的绝望和痛苦，他本和妻子恩恩爱爱，一起行走江湖，靠演艺糊口度日，虽辛苦却快乐。不料飞来横祸，妻子被当地最高长官看上并强行霸占，身为一介小小伶人，慑于淫威，除了含悲忍愤远走他乡，又能如何呢？刘采春从此成为元稹的家伎，在越州陪伴了元稹七年。大和三年（829年），元稹奉调回京任职，置留刘采春于越州，弃若敝屣。面对这般光景，刘采春万分怀念和周季崇在一起的普通寻常的日子，可是，一切皆成过往，再也回不去了。最终，刘采春在自责、懊悔、痛苦中设法和元稹见了一面，然后投河自尽。

四

在中国古代尤其是开放的唐代，文人才子多风流，狎妓纳妾，秦楼楚馆，走马章台，或许都不是个事，没有人拿正人君子的道德绳墨去衡量他们。他们也毫不隐讳地在自己的作品中展示风流行迹，如白居易"樱桃樊素口，杨柳小蛮腰"，刘禹锡"鬓髻梳头宫样妆，春风一曲杜韦娘"，杜牧"十年一觉扬州梦，赢得青楼薄幸名"，等等。这些文人加官员之所以能够公开暴露隐私，显然是因为这些举动并未违背当时的社会风气、道德水准，"司空见惯浑闲事"而已，不以为非。但即便如此，依然算不得光彩之事。《太平广记》载，杜牧回朝任监察御史，牛僧孺为其设宴饯行，席间直言不讳："以侍御史气概达驭，固当自极夷涂。然常虑风情不节，或至尊体乖和。"杜牧不好意思了，还不认账："某幸常自检守，不至贻尊忧耳。"我们自然不能以今天的道德标准苛求古人，但有一条底线是超越古今的，就是人性和良心。悲悯之心，恻隐之心，仁慈之心，这是人性之光，没了这个，即与禽兽无异。西哲叔本华曾说过："就算是至为伟大的思想头脑，一旦蒙上了严重的道德缺陷的污点，看上去就始终备受责备。正如火炬和火堆在太阳底下会显得苍白和毫不起眼，同样，优秀的智力，甚至思想的天才，还有漂亮的外貌，都会在与善良心灵的比较中黯然失色。"我觉得这句话用来衡量元稹完全对卯合榫。苏东坡对元稹、白居易诗歌有一个剀切的评价，叫"元轻白俗"，意思是元稹诗风轻佻，白居易通俗。元稹在《莺莺传》中以"河南元稹"的名义现身，写了一首《会真诗》，对张生与莺莺西厢幽会的细节予以描绘，语言轻佻，态度猥亵，极尽色情，十分的少儿不宜。他能给我们贡献出一个成语"始乱终弃"，就充分说明，他对女人爱得真，靠的全是下半身。在他眼里，女人是尤物、是玩物，新鲜劲一过，腻了、烦了，便抛诸脑后，哪管你忧思成网，哪管你泪流成河，哪管你要死要活。尤其可恶的是，凭着帅气有才，装作一副多情真情的样子，动辄给女人献诗，除了莺莺、双文、韦丛、薛涛、刘采春、裴淑外，还有管儿、秋娘、杨琼、商玲珑等女人的名字，都出现在他的诗中。人家文天祥是"留取丹心照汗青"，他则是"留取骚心照汗青"。《红楼梦》的一个伟大之处，是对女性的尊重，如果让贾宝玉评价元稹，那肯定会斥之为浊臭逼人的臭男人。

依鲁迅论人要看其整体之论，元稹除了在对待女人方面让人诟病，其他方面是否为人称道呢？我在此胪列三个事例以供参照。

一、长庆二年（822年），唐穆宗拜元稹为相。能成为宰相，可谓是一个文官平生最高理想。然而，宰相这个官职非但没有给元稹增誉，反而成其一生最大的污点。因为，他是靠勾结宦官才爬上高位，故"诏下之日，朝野无不轻笑之"（《旧唐书》）。历史这样评价他："信道不坚，乃丧所守。附宦贵得宰相，居位才三月罢。晚弥沮丧，加廉节不饰云。"（《新唐书》）

"素无检，望轻，不为公议所右。"（《唐才子传》）

二、《唐语林》载，李贺年少成名，特别为韩愈推崇。一次元稹拿着名刺拜访李贺。李贺对元稹有点儿瞧不上，令登门拜访的元稹吃了闭门羹。李贺让门人传话："你都明经及第了，找我何事？"面都不见，因此元稹怀恨在心。后来，元稹做了礼部侍郎，以李贺父亲名晋肃，"晋""进"同音，应避父讳为由，剥夺了李贺的进士资格，狠狠地报复了一把。

三、《唐才子传》载，诗人张祜经令狐楚推荐，将诗文三百首献给朝廷。皇上十分器重元稹，就咨询他，张祜这些作品怎么样。元稹看了以后说："张祜雕虫小巧，壮夫不为，若奖激太过，恐变陛下风教。""上颔之，由是寂寞而归。"元稹一句话，断送了张祜的大好前程。子曰"君子成人之美"，元稹之举显然非君子所为。张祜最脍炙人口的诗是《何满子》："故国三千里，深宫二十年。一声何满子，双泪落君前。"元稹也写过一首《何满子》，差张祜远甚。

当然，这可能依然是元稹的多面，而不是全面。

"白头宫女在，闲坐说玄宗。"（元稹《行宫》）唐诗是中华文化绚烂璀璨的一页，其旖旎绮丽、雄奇壮阔的美照彻古今，独步广宇，那种旧时月色、衣香鬓影让我们陶醉迷恋，吟咏沉湎，恨不得也能穿越时空，回到大唐，做一个诗情风雅的古人。然而，千年时光的千淘万漉，筛出了砂石，洗出了金玉，足以让我们站在时间的堤岸上，看千帆远影，碧空澄澈，也能看见沉舟侧畔和病树在林。如何吸其精华，弃其糟粕，风流才子元稹提供了一个精致的标本。

人性的幽暗

中国历史上有太监做皇帝的吗？

可以肯定地说，没有。不过，有一个太监无限接近了皇位，皇帝人呼"万岁"，此人被呼作"九千岁"，距离那个宝座只差一级丹墀了。

别说是太监，就是权倾朝野的王公大臣也从未有人达到过这个峰值。

这个超级牛人，名叫魏忠贤。

还可以告诉你，这个牛人不识字，是个文盲。有那么几年，中华这部文明之车被这个文盲驾驶，轰隆隆前行。

太监，是人类社会特殊时代造就的一个特异族群，他们被割掉了作为男性的性器，变得不男不女，因此被称作"第三性"。他们有男人的身架，却无男人的根本，面容无须，皮肤如女人一般光洁润泽，嗓音尖细混合着粗粝，人唤作"公鸭嗓"。那一刀下去，切掉的不仅是男人的器物，还切断了人性连接美好的通道，切断了照亮世界的光源，幽暗中鬼影憧憧，煞气弥漫。尽管偶有例外，比如郑和，但这并不足以改变黑暗的主流世界。如《明史》所云："虽间有贤者"，"然利一而害百也"。

那种人性的扭曲、畸变、暴戾、阴狠，无不令人震骇。

如果说中国古代史是一部斑斑血泪史，那么太监可以说是其中许多章节的执笔者和书写者，每一滴墨汁都掺杂着散发出腥味的鲜血。

如果要选一个太监做样本，那这个人，非魏忠贤莫属。

一

"魏忠贤，肃宁人。少无赖，与群恶少博，不胜，为所苦，恚而自宫，变姓名曰李进忠。"《明史》这一段文字简略交代了魏忠贤的出身。哦，不错，肃宁县，魏忠贤隆庆二年（1568年）正月出生的时候隶属河间府，而今隶属河北省沧州市。

但魏忠贤具体是哪个村的皆语焉不详，多部书中都说是梨树村，但今天的肃宁县并无这个村名。我查到与魏忠贤有关的两个村庄，一个叫大张家庄，一个叫卫家庄。

趁着一个节假日，我由妻子陪着开车从石家庄直奔肃宁，一探魏忠贤的故里。作为历史上一个臭名昭著的人物，乡人没人愿意认领他的归属，也是可以理解的事情。如果是光宗耀祖的正面人物争抢还来不及呢。但我还是非常好奇，煊赫一时的大太监究竟是一方什么样的水土诞育的呢？

那天是个阴天，昨日还阳光明媚，忽然就阴云密布了，厚厚的云层有黑云压城之势，难道是老天配合着这个"阴人"给脸色看吗？这种天气给人以压抑窒息之感。而且阴天开车依靠导航来到大张家庄，由于转来转去，我都转向了，不辨东西南北。

大张家庄据说并不是魏忠贤的出生地，是他从小长大的姥姥家。在北方农村有一个习俗，小孩儿的童年往往是在姥姥家度过的。

大张家庄对魏忠贤的重要还不只于此，在他气焰熏天之时，他的生人祠修建在这里！

据史料记载，魏忠贤的生人祠在全国建有七十多座。九千岁的祠堂可不是我们想象中的那样，一座大屋子，里边供奉一尊人像，哪有这么简单！朱长祚《玉镜新谭》记载是这样的："飞甍连云，巍然独峙于胜境；金碧耀日，俨如无上之王宫。"而魏公公的塑像呢？"像加冕服。有沉檀塑者，眼耳口鼻手足宛转一如生人，肠腑则以金玉珠宝充之，髻空一穴，簪以四时花朵。"（朱彝尊《静志居诗话》）每个祠堂专门有人看守保护。据此可以说，在魏忠贤的老家建的生祠只能有过之而无不及。

如今的大张家庄，生祠自然是半点儿痕迹都没有了。我们在街上边走边打听，看到一个小伙子正从家里往门口的汽车上搬东西，就问他可知魏忠贤的生祠在哪一片？小伙子笑了，说，你算找对了，我家这儿就是！他又往大门的两边指了指，说，这半条街都是。他说他小的时候家里盖房还挖出了一尊佛像。哦，对了，魏忠贤倒台后，生祠变成了寺庙，当地人称作"大庙"。如今，寺庙也没了，变成了民居。一位八十来岁的老太太说，她当年嫁过来的时候，大庙就是一片废墟了，还有一些废砖烂瓦，人们捡到家里盖猪圈用。几十年过去，几百年过去，沧海桑田，物亦非，人更非了。

既然大张家庄是魏忠贤的姥姥家，那卫家庄肯定就是魏忠贤真正的老家了。距离大张家庄也不远，有四五里地。卫家庄原本叫魏家庄，魏忠贤垮台后，村民本家怕受牵连，将"魏"改成"卫"，还有一支改姓朱，据传因躲避追捕逃到猪圈里藏身，干脆姓朱了，当然这可能是谬传戏言了。但卫家庄主要是"卫"和"朱"两大姓，他们承认本是一家。

卫家庄是一个小村，我将车停在村公所的空地上，往北穿过一个街道，走了二三十米却是村外的一片坟地。一只乌鸦在树上呀呀叫了两声，吓了我一跳，阴森森的瘆人，立时头皮发麻，我赶紧拉着妻子回到了干净敞亮的街道上。

已近中午，天阴着随时要下雨的样子，街道上行人稀少，偶有小汽车、电动车驶过。我幸运地获取了与两个村民交谈的机会，恰好，一个姓卫，一个姓朱。这两人年岁都在五十上下，一黑一白，一高一矮，但都很健谈，说起魏忠贤的行迹作为，他们也并不避讳，倒是我加了一些小心，毕竟魏忠贤是他们的先人，尽管不是嫡传，但有着相同的血脉。说着聊着，他们对魏忠贤的回护之意渐渐地还是透露出来了。有两个信息是我从史料上没有看到的，说的都是魏忠贤"造福乡梓"的意思。一是，魏忠贤发迹之后，重修了县城，加强了保安，盗贼匪寇没人敢到肃宁捣乱，老百姓安居乐业；二是，魏忠贤在肃宁境内人工挖了一条河，连接了大运河，经常将京城的货物航运到老家。这两条，说是回报桑梓也好，说是炫耀显摆也对。我想，从魏忠贤的心理来说，后者的驱动力更大些，你们当年不是瞧不起我是个小无赖吗？不是嫌弃我穷得叮当响吗？不是耻笑我胯下无卵吗？而今你们好好得得我的济吧！哼哼，你们可否想到我魏忠贤能有今天！古人都有衣锦还乡、光宗耀祖的心理，一个受人歧视的太监这个心理会呈几何倍膨胀。

魏忠贤就生在这个村里啊。天还是这个天，地还是这个地，如果时光可以回溯，魏忠贤这个小无赖从远处嬉笑着跑过来了。他跑到我跟前，睃了睃这个外乡陌生人，突然把鼻子上吊着的两筒鼻涕甩到我身上，吓了我一跳，他哈哈笑着又跑远了。

魏忠贤的父亲叫魏志敏，母亲叫刘菊花，上面还有一个哥哥叫魏钊。家里有几亩薄田，但日子十分拮据。魏志敏长期在外打零工、卖艺，刘菊花在家操持家务。魏忠贤生性顽劣，不喜欢念书，整日追鸡逮狗，打架斗殴，搅得四邻不安。稍大一些，父亲把他送到了县城一家饭馆当学徒，他的一个远房叔叔在此当厨师。叔叔对魏忠贤非常好，厨艺技巧倾囊相授。魏忠贤虽然顽劣，斗大的字不识一箩筐，却天生聪明，脑瓜灵，"多机变，有小才"，这些厨艺诸如刀工、调料、火候、烹煮煎炸，半年下来，样样精通，据说都能独自做一桌上等宴席。

这段学厨经历对于魏忠贤人生的意义非同小可。魏忠贤既然学了一手好厨艺，如果朝着这条路走下去，将来在一家饭馆当大厨也能养家糊口，或者当上掌柜的也未可知。谁能料到，后来他没能在饭馆当厨师，却把一个国家当成了一盘菜！"治大国若烹小鲜"哈。这个魏厨子端的了得！事实上，这个小小的厨艺，在魏忠贤人生的关键时刻发挥了重大的甚至是决定性的作用。他后来进宫能给王才人做"典膳"，依靠的就是这个绝活。俗话说，抓住一个人的心先抓住他的胃，这话说的是男女爱情方面的，在其他方面也适用，尤其在宫里，所谓锦衣玉食，这吃太重要了。王才人是谁呢？天启皇帝朱由校的妈，还有朱由校的乳母客氏也在一个锅里抢马勺，你看，魏忠贤当初这学厨价值太大了。所以，技不压身，绝对是真理，有时候可安身立命，有时候没准能赚取一个世界。

魏忠贤的学徒生涯刚刚上道，却暴露出他拙劣的本性，闲暇之时，经常跑到街头与小混混耍在一起，踢球下棋、吹弹飙歌倒也罢了，少年哪有不爱玩的，他偏偏沾上了赌。这个"赌"字，改变了魏忠贤的一生，也赌掉了他的一生。因为赌，他的叔叔将他打发回了老家；因为赌，他的父亲被气死，母亲被迫改嫁，他结婚没几年老婆也改嫁了，女儿被卖给人家做童养媳，可以说是妻离子散、家破人亡；因为赌，他被迫割掉男根，成为一个不男不女的阉人。最终，他以权柄和国器为赌注，先赢后输，丢掉了性命，丢掉了人格，落得个白茫茫大地真干净……

二

关于魏忠贤，年代太久远了，村民所知有限，聊了一会儿，我抬头看看天，空气中已有了潮润的水汽，便打算告辞离开。村民却又说道，清朝时村里还出了个太监，姓赵，啥职位不知道，反正在宫里地位也挺高的，家里不少人都沾了光。我笑着说，呵，你们村挺厉害啊，出了俩大太监。村民有点儿不好意思，说，这也不是啥光彩的事，都是穷逼的呗。

这倒反映了一个事实，明清时期，许多太监来自于河北。除魏忠贤外，再如明朝的王振（蔚县人）、冯保（深县人）、王承恩（邢台县人），清朝的李莲英（大城县人）、安德海（南皮县人），等等。这些都是赫赫有名的大太监，而寂寂无名的小太监恐不计其数。其中的原因大抵有三：一、河北是"直隶"，京畿之地，离帝都近，交通往来方便；二、围绕京城繁华之地反倒有一个贫困带，盐碱地，荒野滩，村庄凋敝，民不聊生，当太监无奈成为一个生存之道；三、裙带关系，老乡介绍老乡，大太监也借此培植个人势力。魏忠贤进宫当差的引荐人就是河北涿州人司礼监秉笔太监孙暹。

要当太监，必须割掉男根，这对男人来说是一件非常耻辱的事，"身体发肤，受之父母，不敢毁伤"（《孝经》）。毁伤可谓不孝，何况毁掉的是传宗接代的"命根子"。当年司马迁遭受"宫刑"，"每念斯耻，汗未尝不发背沾衣也"（《报任安书》)。不仅如此，实施手术也是极为痛苦的事情，弄不好就将小命搭进去了。晚清太监马德清记述了他的父亲亲自给他实施切割手术的过程：

> 记得我九岁的那一年，大概是光绪三十一年（1905年），有一天，我父亲哄着我，把我按在铺上，亲自下手给我净身。那可真把我疼坏了，也吓坏了，疼得我不知晕过去多少次。请想一想，那年头没有什么麻药，也没有什么注射针、止血药一类的东西，硬把一个活蹦乱跳的孩子按在那儿，把要命的器官从他身上割下来，一根根神经都通着心，疼得心简直要从嘴里跳出来了。从那一天起，我的整个生殖器官便同我分家了。……我后来才听那些懂这种事的人讲，手术之后，不能让伤口很快结疤，要经过一百天，让它喂脓长肉，所以要常常换药。说实在的，哪里是药呢，不过是涂着白蜡、香油、花椒粉……的绵纸儿，每次换药，都把人疼得死去活来。……大约四个月后，我的伤口才好了。

马德清被父亲净身是 9 岁，而魏忠贤"自宫"的时候已是 22 岁并已娶妻生子的成年人了，无论从生理到心理所承受的痛苦无疑更为沉重。而且，他是挥刀自宫，纯粹是赌命搏命了。

男人的阉割，与女人的裹足一样，是古代对天然人体最野蛮、最残酷、最扭曲、最丑陋的戕害。

女人裹足以畸形的美取媚于男人，男人阉割以残缺的躯体服务于帝王与他的后宫。

太监虽然不特为中国所独有，古希腊、古罗马等西方国家也有。但梳理一番中国历史，太监竟是一个极为重要的角色，活跃在历朝历代的政治舞台上。

太监一词，元代以前是没有这个称呼的。最早在西周时期，宫中就有了阉人，他们的主要职责就是看大门，干杂役，伺候起居，后来一些有才的阉人受宠，不只干杂活儿了，还参与政事，就有了宦官。当然，宦官不只是阉人充当，还有正常人，从东汉开始，宦官"悉用阉人，不复杂调它士"（《后汉书·宦者列传》）。到了明朝，宦官的头儿称为太监，太，大也，有尊称的意思。及清，太监成了宦官的统称，就好像我们今天见了女人统称美女，见了商人统称老总一样。从此，太监取代了以前的阉人、宦官的名号。

中国历史上，汉、唐、明三个王朝是太监为祸最烈的时期。汉末有"十常侍之乱"；唐朝中后期，太监兴风作浪，把持朝政，掌握军队，不仅可以随便废立皇帝，还能悄悄送皇帝到阴间做皇帝；明朝的太监与阁臣分庭抗礼，甚至力压一头，因皇帝信任，司礼监有"批红"权，即内阁大臣提出"票拟"建议，太监代皇帝用朱笔批示，等于代行皇权，够牛吧。所以，司礼监掌印太监的权力绝对高于内阁首辅，也即高于宰相，世称"站立的皇帝"。

魏忠贤就是这个"站立的皇帝"。他虽然没有像唐朝的太监那样有废立皇帝甚至弑君的跋扈嚣张，却达到了除皇帝以下所有称呼的极致：九千岁。

可笑的是，魏忠贤是个文盲，无法直接"批红"，所以当不了司礼监掌印太监，也即太监职位的一把手，于是他就找了个傀儡王体乾当名义上的"掌印"。如此，这个不识字的文盲就把掌印太监和天启皇帝两个傀儡玩弄于股掌之上，进而把整个朝廷、整个国家操弄于股掌之上。

三

魏忠贤这么一个文盲太监扶摇直上，靠的是两个女人和一个孩子。

这两个女人，一个是王才人，一个是客氏。

王才人是谁呢？天启皇帝朱由校的妈。客氏是谁呢？朱由校的奶妈。

魏忠贤本是宫中"甲子库"管库的，通过门路到了王才人身边当"典膳"，他年轻时候在叔叔的饭店学到的厨艺这时派上了用场。王才人虽然给万历皇帝生了皇孙，但从她的"才人"身份可以看出地位不高，太子朱常洛也不怎么待见她，甚至经常受到李选侍的侮辱与毒打。按说，魏忠贤在这样一个受气包"才人"身边当差，也沾不了什么光，走不了什么运，其他的侍者绝望地说："陛下（万历）万岁，殿下（朱常洛）亦万岁，吾辈待小官家（朱由校）登极，鸿恩有河清耳！"待黄河水清了，比猴年马月更没盼头。魏忠贤虽然"言辞佞利，目不识丁，性多狡诈"，但"有胆气"（《玉镜新谭》），身上有江湖上的侠义之气。他看王才人母子可怜，伺候得更加精心周到。尤其是哄着小朱由校玩耍，给他讲故事，传授民间的奇技淫巧，天启皇帝后来醉心于木匠活儿，说不定就来源于魏忠贤。时间长了，在冷漠孤寂的皇宫里，小皇孙对魏忠贤这个"大伴"产生了依赖之情，而魏忠贤是曾经有过女儿的，他对女儿的感情也转移在朱由校身上，二人更像一对父子。天启对魏忠贤宠信至极，连"忠贤"这名字都是天启所赐。这就是天启皇帝当朝时代，无论东林党如何攻击魏忠贤，魏都屹立不倒的原因所在。

魏忠贤在王才人身边当差时已近不惑之年，干了十来年也五十来岁了，正常来说，人生也快歇菜了。谁知，世事难料，万历驾崩后，太子朱常洛龙椅只坐了一个月就龙驭宾天了，16岁的朱由校匆忙上位。本来，两年前，王才人被李选侍段打致死，倒霉的魏忠贤只得又回到了甲子库重操旧业，不料，"山重水复疑无路，柳暗花明又一村"，这个不识字的老太监随着小皇帝登基，竟走了狗屎运，一步一步攀向了人生的巅峰。

这其中起到关键作用的是另一个女人，客氏。客氏本名客印月，今河北定兴县人，18岁入宫给朱由校当奶妈，两年后她的丈夫侯二死了，正值青春华年的客氏成了寡妇。《明史》言其"淫而狠"，《稗说》言其"丰于肌体，性淫"，性欲强烈，私生活有点儿乱。客氏在宫里和太监魏朝是"对食"关系，后又看上了魏忠贤"憨而壮"，有一度两魏"共私客氏"。所谓"对食"，是汉代兴起的宫女和宫女或者宫女与太监之间形成的互慰的恋爱关系，明代叫"菜户"，"宫掖之中，怨旷无聊，解馋止渴，出此下策耳"（《万历野获编·卷六》），以满足生理和心理的需求。有一天深夜，魏朝从外面回来，路过乾清宫西阁，听到里面魏忠贤和客氏亲热嬉闹，客氏的浪笑尤其刺耳，小魏才明白自己的帽子染上了绿色，不禁气血上涌，冲进房间抡拳就打，老魏对当年有恩于己的小魏也不含糊，奋勇还击，两人厮打在一起。最后惊动了天启皇帝，那时这种"对食"关系是公开的、合法的，所以，天启也不生气，让客氏自己选跟谁。客氏自然选择了"憨猛"的老魏，从此，魏忠贤和客氏结成"伉俪"，成了两口子。

魏忠贤和客氏的"对食"，可不是一般的两性关系。客氏是谁？皇帝的奶妈啊，而且可谓中国历史上"第一奶妈"，牛大发了。按说，皇子断奶之后，奶妈就算完成使命，可以出宫回家了。客氏没走，继续留在宫中为天启服务。她对天启无微不至，将他的胎发、疮痂、落齿、指甲、头发等悉心收好藏于一个匣子里。天启的亲娘死得早，对客氏有一种母亲般的依恋。天启登基才半个月，就封客氏为"奉圣夫人"，所受荣宠"中宫皇贵妃迥不及也"（《明史纪事本末》）。事情还不止如此，《明季北略》云，客氏"年三十，妖艳，熹宗惑之"，坊间传闻闪闪烁烁，其实说白了，"性淫"的客氏岂肯放过已成大男孩儿的天启，二人的关系形成了似母子又似情人的暧昧关系。一次朝臣上疏，"请出客氏"，天启迫于压力让客氏回老家。结果，当天天启就传谕："客氏朝夕侍朕。今日出宫，（朕）午膳至晚未进，暮思至晚，痛心不止。"（《国榷》）这感情，不是母子胜似母子，不是情人胜似情人，杠杠滴。

这样，天启、客氏和魏忠贤三者之间形成了一种畸形的三角关系，天启从小缺乏良好的读书教育，文化水平近似文盲，只比魏忠贤略强一些，一心想成为天下第一木匠，懒于朝政，"惟客、魏之言是听"。

《明史·五行志》载："万历末年，有道士歌于市曰：'委鬼当头坐，茄花遍地生。'……为魏忠贤、客氏之兆。"委鬼合之为魏，在河北，客发音为"茄"，家中来客了，说成家中来茄了。

一个荡妇，一个太监，居然厮混一处，多么变态。只能说特别的政治诉求令其狼狈为奸、沆瀣一气，从此让中国陷入长达七年的阴冷黑暗。得亏天启皇帝23岁就驾鹤西游了，不然大明的天空就长夜难明了。

四

苏州市姑苏区阊门外有个景点"五人墓"，是省级文物保护单位。明末文学家张溥写过一篇《五人墓碑记》，收入《古文观止》和高中语文课本。

这里埋着五位普通的苏州市民，在震惊朝廷的"开读之变"中慷慨赴死，张溥撰写碑文以志纪念。

这是一文对魏阉的诉状，这是一曲对义士的颂歌。

天启六年，阉党派锦衣卫缇骑到江南抓捕赋闲在家的周顺昌。周是一名嫉恶如仇的耿介之士，因朝廷昏暗，不愿与阉党同流合污而辞官归隐。"六君子"之一魏大中被抓的时候，周顺昌不惧株连，设宴相送，并当着缇骑的面大骂魏忠贤，故而引火烧身。消息在苏州传开，成千上万的市民赶来围堵，并当场打死两名骄横的缇骑，苏松巡抚毛一鹭吓得心惊胆寒，被群众追打，慌乱中逃到一个厕所跳进茅坑，方逃过一劫。事后，魏忠贤大怒，派兵镇压，带头的颜佩韦等五位市民被捕，惨遭杀害。张溥记述："然五人之当刑也，意气扬扬，呼中丞之名而詈之，谈笑以死。"并感慨道，做此碑记，"亦以明死生之大，匹夫之有重于社稷也"。

这五人都是没有读过什么书的老百姓，却"激昂大义，蹈死不顾"，何也？说明魏忠贤即阉党的所作所为已到了人神共愤、天怒人怨的地步了。

明朝初年，朱元璋汲取前代的教训，在宫中只设置了宦者不及百人，并在宫门竖了一个大铁牌，上面镌有大字："内臣不得干预政事，预者斩。"（《明史·宦官》）然而，朱棣即位后逐渐坏了这个规矩，宦官开始被委以出使、专征、监军、分镇、刺探等各种差事和大权。永乐年间最著名的大事件就是派三保太监郑和率领浩浩荡荡的船队下西洋。明朝不设宰相，皇帝大权独揽，然而泱泱大国仅靠一人之力哪里管得过来呀，光那一摞一摞的奏折就会让皇帝晕菜，信赖、依赖身边的太监就成了皇帝的首选，这些胯下无卵、面部无须的家伙再怎么折腾也不会篡了皇位。所以，有明一朝，出了王振、刘瑾、魏忠贤等气焰熏天的太监。

且看《明史》对魏忠贤出行的一段描写，一个太监作威作福到了何等程度。

岁数出，辄坐文轩，羽幢青盖，四马若飞，铙鼓鸣镝之声，轰隐黄埃中。锦衣玉带靴裤握刀者，夹左右驰，厨传、优伶、百戏、舆隶相随属以万数。百司章奏，置急足驰白乃下。所过，士大夫遮道拜伏，至呼九千岁，忠贤顾盼未尝及也。

好家伙，这派头，这排场，皇帝也不过如此吧。

"当此之时，内外大权，一归忠贤。""今忠贤已尽窃陛下权，致内廷外朝止知有忠贤，不知有陛下。"（《明史》）魏忠贤的职务是司礼监秉笔太监，提督东厂。略有历史知识的人都知道，明代的东厂是怎么回事。

本来，天启朝初年，外廷有东林党执政，号称"众正盈朝"，内廷有正直的太监王安掌事，朝廷的风气还是不错的。然魏忠贤勾结客氏，利用天启的宠信，一步一步培植党羽亲信，形成"阉党"，有"五虎""五彪""十狗""十孩儿""四十孙"等铁杆拥趸，内阁、六部、四方总督、巡抚，遍植死党。不少没有骨气的官员卖身投靠，充当魏阉的走狗和奴仆。

礼部尚书顾秉谦，史书评价"庸劣无耻"，他巴结谄谀魏忠贤到了寡廉鲜耻、令人不齿的程度。他长魏忠贤18岁，拜魏为干爹是不可能的了，于是觍着脸对魏忠贤说，本欲为儿，惜须已白，就让我儿子给您当孙子吧。魏忠贤闻言大笑，当场赐给顾秉谦二百两银子。后来，顾秉谦入阁，甚至当了首辅，"曲奉忠贤，若奴役然"。

为魏忠贤建"生人祠"的始作俑者，是浙江巡抚潘汝祯，曾是科考的榜眼。而国子监生员陆万龄将"造神"运动登峰造极，上疏建议在国子监建"生人祠"，将魏忠贤与孔子并尊。

据研究者统计，魏忠贤倒台后，在清算"逆案"时所涉200余人中，有194名文官，其中有159人为进士出身，占总人数的82%。这真是文明的耻辱，熟读圣贤书的文人士子，竟然趋炎附势，畏惧权奸，丧尽天良，甘当奴仆，为一个不识字的文盲充当走狗，斯文扫地竟至于此！

当然，黑云笼罩的天空仍然有闪电和滚滚雷声震击寰宇，污泥浊水遍布仍有一股清流在人间流淌。东林党就是此时的一道闪电，一声惊雷，一股清流。

说起东林党，大家所熟悉的那句名联"风声雨声读书声，声声入耳；家事国事天下事，事事关心"，即为东林大儒顾宪成所撰，至今仍镌刻在东林书院之内。万历年间，顾宪成被削职返乡，重修东林书院，聚众讲学，召开东林大会，一时风附影从，人文荟萃，培养和影响了无数江南士子，逐渐形成了一个官僚政治集团，被对手称为"东林党"。在天启朝初始，尚能"众正盈朝"，然而，正不压邪，工于心计、阴狠毒辣的魏阉一步一步将正义的力量逐步蚕食。

天启四年（1624 年），东林党与阉党进行了生死决战。左副都御史杨链上疏弹劾魏忠贤，列举了其二十四大罪状，包括排挤打击先帝旧臣、干预朝政、逼死后宫贤妃、操纵东厂滥施淫威等。魏忠贤闻之，如头顶响起一声焦雷，惊恐万状，赶紧跑到天启皇帝跟前哭诉，客氏在一旁为之开脱，众阉党一起唱和，结果，小皇帝"温谕留忠贤"，下谕旨对杨链"寻端沽直"（没事找事，博取直臣名声）一番训斥。如此下来，魏忠贤出不了这口恶气，又矫诏将杨链削籍为民，赶回老家。

东林党一声巨炮，打了个"闷罐"，悄无声息。阉党大获全胜，气焰愈发嚣张，张开大网，"欲尽杀异己者"了。

阉党以莫须有的受贿罪名，制造了震惊朝野的"六君子之狱"，将杨链、左光斗、魏大中、袁化中、周朝瑞、顾大章逮捕，酷刑折磨之后处死。据说，杨链被捕后，镇抚司监狱忽现祥瑞，在暗无天日、阴暗潮湿的地上竟生出一朵黄芝，灿然辉映，待六君子一一人狱，黄芝也正好开出了六个花瓣，人人莫不奇之。顾大章看到后，苦笑一声，顿感这哪里是什么祥瑞，这是他们六人终将不存的征兆啊。

值得一说的是，阉党对"六君子"在狱中实施了惨无人道的严刑拷打，令人发指。比如对杨链，打得肉绽骨裂，鲜血迸溅，还专门打他的头脸，牙齿尽脱，提审的时候无法站立，只能躺在地上受审。最后以土壤压身、铁钉贯耳处死，其惨烈不可名状。

杀了六个人，魏忠贤还不罢休，天启六年（1626 年）又制造了"七君子之狱"，这次是高攀龙、周起元、周宗建、周顺昌、缪昌期、李应升、黄尊素七人。其中，周顺昌就是前面所述激起苏州民变的那位。值得一说的是，其中的黄尊素，他的儿子很有名，即明末清初的三大思想家之一——黄宗羲。魏阉垮台后，廷审刽子手许显纯、崔应元，黄宗羲与其对簿公堂，袖子里藏着锥子，突然朝许显纯猛刺，当场将许显纯扎得浑身是血，又对崔应元拳打脚踢，拔下他的胡须回家祭在父亲牌位前。此时，黄宗羲二十多岁，正是血气方刚的青年，面对残杀父亲的凶手，一腔怒火如岩浆迸发。崇祯皇帝闻之，毫不见责，而是长长叹了一口气："忠臣孤子，甚恻朕怀。"

五

绝对让人想不到的是，权倾天下、气焰熏天的魏忠贤，在换了新帝后，17 岁的青年朱由检轻轻地用一根小指头就把他打倒了。我们看不出崇祯皇帝采取了多少高超的手段，只不过不像他哥哥天启那样昏昧胡闹，而是心中有正气且懂得谨慎、忍耐，沉得住气而已。历史学家蔡东藩说得透彻："（魏忠贤）伪恭不及王莽，善诈不及曹操，无拳无勇，职为乱阶，故以年少之崇祯帝，骤登大位，不假手于他人，即行诛殛，可见当日明臣，除杨、左诸人外，大都贪鄙龌龊，毫无廉耻，魏阉得势，即附魏阉，魏阉失势，即劾魏阉。"一个大字不识的文盲无赖，能有多少文韬武略？只不过恃宠而骄而已，皇帝给你权，你就有权有势，众人依附，皇帝不待见你，立即就变成了一条狗，众人猛踩狠打。

崇祯即位仅一个多月，看着时机成熟了，一道旨意令魏忠贤到凤阳看守皇陵。魏忠贤凄凄惨惨从京出发，走到阜城，皇帝新的旨意又到，要将魏忠贤逮捕"扭解"。魏忠贤自知罪恶滔天，难逃一死，在阜城一家旅舍解下腰带，悬梁自尽。据《明季北略》记载，当夜，有一个从京师来的书生在旅舍外一直唱着一支小曲《桂枝儿》，最后一段这样唱道："闹攘攘，人催起，五更天气。正寒冬，风凛冽，霜拂征衣。更何人，效殷勤，寒温彼此。随行的是寒月影，吆喝的是马声嘶。似这般荒凉也，真个不如死。"这好似一支催命曲，魏忠贤听罢，长叹一声，"这般荒凉也，真个不如死"，也无路可走了，那就死吧。

阜城，与肃宁同属河间府，相距不远。魏忠贤也算死的是个地方，魂归故里了。

魏阉的"贤伉俪"客氏，在洗衣房被太监们一顿竹板活活打死。随即，猖獗一时的阉党全军覆灭。

不禁令人想起《桃花扇》中那个有名的唱段："俺曾见，金陵玉殿莺啼晓，秦淮水榭花开早，谁知道容易冰消。眼看他起朱楼，眼看他宴宾客，眼看他楼塌了。"

崇祯皇帝对魏忠贤罪案曾发出多道谕旨，有一写道："今赖祖宗在天之灵，海内苍赤有幸，天厌巨恶，神夺其魄，二犯罪状，次第毕露。朕又思忠贤等不止窥攘名器，紊乱刑章，将我祖宗蓄积库贮、传国奇珍、异宝金银等物，朋比盗窃，几至一空。何物神奸，大胆乃尔！"（《玉镜新谭》）这道谕旨充满冲天火气，用语也够狠，"巨恶""神奸"这两顶帽子扣在魏忠贤头上，大抵严丝合缝。

一个本为奴才的太监，何以犯下如此滔天大罪？一只小虾米，何以泛起如此滔天巨浪？

鲁迅看得明白："中国历代的宦官，那冷酷险狠，都超出常人许多倍。"

何以如此？

古人云："饮食男女，人之大欲存焉。"饮食是自身生存的需要，而男女是种族繁衍的需要。被阉割的太监，就只剩下饮食而无男女了，也就是说被剥夺了人的一半的权利。长着一副男人的身躯，却无男人的能力，如钱锺书所言"成日价在女人堆里厮混的偏偏是个太监，虽有机会，却无能力"。这种身体的残缺与任何残缺都不同，它对人的尊严的褫夺是毁灭性的。由于雄性激素分泌的缺失，他们在生理上也变得嗓音尖细、肌肤细腻，出现类女性化的特征，在世人眼中就是一群不男不女的怪物。他们的角色无非是皇帝和嫔妃身边的奴才，整日低眉顺眼，点头哈腰，走路一溜小跑。这种生理上的残缺和行为的低贱，使他们的心理必然产生扭曲和畸变。极度的自卑和压抑，像被石头压着的树苗，挣扎着努力着拐着弯地也要长出来。一旦遇着机会，心中积郁的伤痛及恶与毒便会"超出常人许多倍"地加以发泄或报复，甚至达到丧心病狂的程度。

阉割，不仅是割掉了男人的性器，更是割掉了正常的人性。

古代的阉割是专制时代一枚畸形的怪胎，是促生奸恶幽暗的温床。所幸，这样的时代一去不复返了。

世间再无魏忠贤。

给文字以温煦的照拂

多年来，每当读彭程新书前有一种奇妙的感受，即需要静一静神，抚平心灵的皱褶，排除扰攘烦忧，然后进入阅读状态。彭程的写作态度是异常认真的，每一篇、每一个字都不肯敷衍凑合。通常来讲，作家写作状态是有起伏的，质量也会有参差，但在彭程的书中好像找不到这种起伏和参差，他的每一篇都经得起考究，一篇是一篇。所以，对彭程的作品也必须认真阅读，至少对我来说，任何浏览、翻阅、粗读都是对他的轻慢和不敬。

此次拿到他的新著《纸页上的足印》，依然是这种感觉。我找了一个大块的时间，仔细阅读，周遭突然安静下来，沉浸在彭程营造的书香世界，有一种微醺的享受。据我所知，这本书应该是彭程除《镜子与容貌》之后第二本关于书的书。关于书的文字，可称之读书随笔，也可谓之"书话"，从古代"诗话""词话"而来。现代书话以唐弢的《晦庵书话》为代表，主要是以藏书家或作家谈掌故、版本、逸事、序跋等为内容。

20世纪90年代以来，中国文坛斜刺里杀出一种"新书话"文体，以彭程为领衔。他对"新书话"专门有过一个学理上的界定："作为一种文体，读书随笔（新书话）也有自身独特的魅力和优势。相对一般的随笔文字，它更多是围绕一本书或一类书展开话题，较之某些泛泛的抒情和议论，因为有所依傍而减少了空疏，显得更切实可触。同时，一本书在茫茫书海里被选中，被阅读，并且读后意犹未尽，必须诉诸文字而稍安，一定是因为书里的内容拨动了阅读者感受的心弦，引发了他的共鸣。那么，这样的文字，就不会是仅仅局限于复述、阐释原书，而是处处结合了作者自己的所感所思，浸润了他的心性魂魄，读后分明感到作者的脉搏。乍看谈论的是别人的书，其实表达的完全是自家心意。再者，和一般的书评不同，它并不担负对书籍作系统评论的任务，而完全从作者的心性出发，这就使得在写法上大可随意，既可天马行空洋洋洒洒，亦可择其一点不及其余，舒卷自如，有流水行云之妙。另外，它的清醒的文体意识，对语言的强调，也使其避免了'言之无文，行之不远'的弊病。总之，散文的诸要素，情感、智性、文笔、趣味，在这一文体中都能得到良好的发育，其中的优秀之作，跻身最杰出的散文之列亦毫不逊色。"（《绿阶读书文丛总序》）彭程有着清醒的文体意识，也是成功的践行者。

《纸页上的足印》近30万字，作者将内容大略分为四辑，我将其归纳为三个方面：一是如何读书，二是如何品书，三是如何写书。如果从哲学层面观之，则为本体论、认识论、方法论。这样说有点儿吓人，其实按照董桥的话说"文字是肉做的"，即文字有生命，有温度，有弹性。

彭程喜欢读书，也喜欢藏书。《书痴悔悟记》记述了他对藏书的痴迷已到了不可救药的程度，幽默了一把，让爱书人会心一笑。他的藏书有半万之数，家中六个书柜倚墙而立，顶天立地，而且，床头、沙发扶手、卫生间等，满坑满谷全是书。古人说："丈夫拥书万卷，何假南面百城？"藏书多固然让人歆羡，读书多才是根本。彭程的阅读量很大是出了名的，他自己说："会比不少写作者大，这点我有把握，因此就不谦虚了。"彭程素来是个矜持低调的人，能这么说，可见在阅读上他是多么自信。而且，如果在读书与写作之间做选择，他宁愿选择读书，当个"纯粹的读者"，这是他的"乐园"。彭程读书多，而且会读书，这才是他高迈的地方。《书读无须多》《让眼睛歇一口气　给大脑开足马力》《规避与选择》《读"无用"之书》《为什么不读经典》等文章，都彰显了他的读书观。总括起来大略有以下几点：第一，要读经典。"因为经典总是关注那些具有根本和普遍意义的生存状态，它们构成了生活的基本框架，展现了生活背景上最广阔最朴素的底色。"第二，读书务求精。郑板桥说："读书何必读五车，充塞胸中乱如麻。"要有选择，对好书不妨反复阅读。第三，思考很重要。"阅读而不思考，常常会造成思维空间的壅塞，阻断了思想气流穿行的通道，侵占了情感化育升腾的空间，当然也就难以点燃知识的柴薪，迸射出明亮的智慧火花。"第四，中外书籍兼读。鲁迅曾告诫青年不要读中国书，某位作家称从来不看外国书，都不足为训，应该在人类的文化遗产中广泛汲取营养，才能拥有宽广的视域、博大的胸怀、深刻的思想。彭程此书的二三辑就是对中外两方面书籍的品评。世有"藏书家"之名，却无"读书家"之称，以我来看，藏书家主要是版本家，属意的是孤本、善本、刻印、影印、线装、毛边等，而读书家属意的是书的内容，对人格的滋养和灵魂的抚慰。从这点上说彭程是读书家或许是可以的吧。

彭程对书的评骘、欣赏是他这部书最华彩的乐章，也是最能彰显"新书话"迷人的地方。无疑，彭程对他所读的书的思想和艺术都有一个基本的价值判断，海量读书给他提供了许多参照与背景，使得他在读书、评书时像庖丁解牛，切中肯綮，像老吏断狱，明察秋毫，不妄言，不夸饰，不溢美，如胡博士所倡"有一分证据说一分话"，准确公道，让人信服，这也是彭程多次被邀请当鲁奖、茅奖评委的原因。从他所读的书目中可以看出，彭程的阅读大凡小说、诗歌、散文、报告文学、传记、哲学、史学、杂记、文字学等皆在视野之内，这使他突破了某种拘囿和局限，触角无限敞开，获得了一种大格局、大眼界。但彭程不是职业评论家，他的品书不是完全的评论，而是借帆出海，借一点儿颜料开自己的染坊，掺入了自己的生命体验，延展了自己的思考。所以，他的品书，是诗性的、感性的，或者说是理性的思考再加上感性的表达。如《散文织锦：用诗韵的丝线绣成——读〈鸟群〉》，有这样的文字："读她的散文，你能够感觉到，即便在最为纵情沉湎、兴奋迷醉的瞬间，理性仍然大睁着警觉的双眼，监视着可能出现的忘形之举，并准备着随时予以制止。纷纭飞扬的感受，被理性整合驾驭，如同水流被纳入沟渠，其流动便有了方向，有了节制。"尝一脔而知全镬，窥一斑而见全豹，像这样才气逼人的诗性文字，在彭程的品书中可谓比比皆是。本是审美的文章自身也成了审美的对象，让人想起卞之琳那个著名的诗句："你站在桥上看风景，看风景的人在楼上看你。"当然，才情依然是外在的，彭程书话作品最有价值的还是他的思考，一个作品的分量归根结底是思想的分量。关于诸如文化、历史、自然、道德、人性、生态、死亡等话题，彭程都会做一番深入的探究。在一般人视为畏途的逻辑与辩证，他却长袖善舞，滔滔汩汩，充分享受"思维的乐趣"。由于他的思考是建立在读某一本书的基础上，有所附丽，有所依傍，因此并无蹈空凌虚、艰深晦涩之感。

彭程在谈到自己如何写书时说："自我评价的话，对写作还称得上认真。每一篇都下过不少功夫，题旨的提炼运思再三，在结构的布设、字句的把握、节奏的控制上，也都反复挑选、斟酌、比较，不肯敷衍。"（《追求"有难度的写作"》）彭程是中国文坛最早提出"有难度的写作"的作家。给自己设置障碍，增加难度，犹如雄鹰搏击长空，越是风暴雨骤，就越来劲，生命感就越大气磅礴，酣畅淋漓。他的极度认真，使得在他的文章中，我们很难找到硬伤、瑕疵、语病，每一个字词使用都合榫合卯，妥帖安稳，且如同受到阳光温煦的照拂，呈现出一片丰饶葳蕤的原野。

值得特别指出的是，纵观彭程 20 多年的写作，如果说有一个"中心思想"的话，窃以为应该是一直竭力对大自然进行吟唱。这种大自然情结，在他大多作品中都烙下了深刻的印痕，在这本书中仍然可以鲜明地看到这一点。如《灵魂在田园》《那一片土地上的神性》《带着驴子去天堂》《"探知人类与自然的和谐关系是诗人的领域"》《荒野与大学有着同等的重要性》等，那种对自然的深情，对生命的敬畏，对美的吟诵，一览无余。在生态文明成为五大文明之一的当今社会，这一"中心思想"日益凸显它的重大现实意义。彭程多次在文中提及海德格尔的名言："人诗意地栖居于大地之上"，或许这是人类生存的终极目标。

彭程说："阅读是一生的志业。"在他看来，读书是生命中最幸福的一件事情。

在后花园读古诗

读潘向黎的《梅边消息》，眼前浮现出一帧美丽的剪影：一个端庄清雅的淑女，坐在后花园的亭子里，品香茗，读古诗，花香袭人，风雅至极。也不禁让我想起知堂在《喝茶》中说的一句话："得半日之闲，可抵十年的尘梦。"

《梅边消息》可谓是潘向黎读古诗的心灵感受记录，她用散文化的笔触让现实的阳光照进古代的诗行，千余年的时空霎时拉近，原来我们和古人的心竟也是相通的，也可心心相印。家学渊源，文学博士，"私淑"顾随先生，这些都使得她在阅读古诗时喷溅出的那些珠玉一般璀璨的观点，有着深厚的学养垫着底儿。有趣、深情、精致、有力，这是《梅边消息》读后留给我的四点突出印象。

这是一本有趣的书。读之有一种兴会淋漓、沉醉其中之感，绝无一般"学术"著作的枯燥乏味。《杜甫埋伏在中年等我》可以视为一篇散文佳作，写学者父亲如何喜欢杜甫，而上大学时年轻的"我"却相反。甚至当夜深之时，父亲在客厅还在吟诵杜诗时，"我"会打断，说："妈妈睡了，你和杜甫都轻一点儿。"读到这儿，我不禁莞尔一笑，真是有趣、俏皮，如果只说"妈妈睡了，你轻一点儿"，就很平常，加上"杜甫"，一下就"文学"了，就有味道了。直到三十多岁，有一天潘向黎无意重读了杜甫的《赠卫八处士》，流下了眼泪，"奇怪，我从未为无数次击节的李白、王维流过眼泪，却在那一天，独自为杜甫流下了眼泪。却原来，杜甫的诗不动声色地埋伏在中年里等我，等我风尘仆仆地进入中年，等我懂得人世的冷和暖，来到那一天"。这种心灵的感知和遇合，深刻地揭示了读书与境遇、年龄、遭际、阅历等潜在的对应关系，令人心有戚戚焉。《做韩愈的朋友》选取了一个有趣的话题，在李白和韩愈之间选一个做朋友，选谁呢？作者"毫不犹豫"选韩愈。为什么呢？因为李白不太重视情义，朋友入诗者寥寥，而在韩愈诗中，写进了大量的朋友。《有趣如何不丈夫》写韩愈的怕热（体肥）、掉牙，《看唐人如何度夏》《"木樨蒸"引出"芙蓉煎"》《寒露啜茗时》等文都活色生香，情趣盎然，十分接地气。

　　这是一本深情的书。作者非专业学者，所以不需要客观、理性，喜欢谁就是谁，潘向黎在这方面充分显示出了她的个性，不仅深情，甚至痴绝。比如她喜欢李商隐，年轻时喜欢，进入中年依旧，她对曹雪芹不喜欢李商隐甚至让他笔下的林黛玉也不喜欢李商隐颇不能释怀；而对顾随"若令举一首诗为中国诗之代表，可举义山《锦瑟》。若不了解此诗，即不了解中国诗"的评价，她表示"让我心满意足，几乎想浮一大白"（《读顾随札记》）。因为李商隐，还因为顾随先生的诗论，潘向黎隆重向我们推出了一个陌生的诗人韩偓。他是李商隐的外甥，曾被姨夫以"雏凤清于老凤声"予以称赏期许。顾随一语惊人："假如说晚唐还有两个大诗人，还得首推李、韩。"韩偓凭什么挤掉杜牧的座席呢？只是因为四句诗："菊露凄罗幕，梨霜侧锦衾。此生终独宿，到死誓相寻。"（《别绪》）后两句简直就是咬牙切齿写出来的，一种对爱的痴绝追求。在潘向黎看来，中国爱情诗多写过去时，重思念、忆往，而这首诗罕见地写出对未来的追求。所以，潘向黎热烈地赞叹："这样的人，那稀世之璧，已经在他怀中。这样的人，一生最光荣的战役，已经赢了。"

这是一本精致的书。说"精致"，不只是说装帧精致、文字精致，更主要是说生活态度的精致。出入于经典之中，流连于雅致之间，往往容易有"出尘"之想，导入不食人间烟火一途。其实这是读书的误区。读经典，能进得去，出得来，才是高手。在北京举办的《梅边消息》新书发布会，主题就是"读古诗，做现代生活家"。潘向黎特别喜欢韦应物，书中有五篇是写他的，"他是一个在现实生活里把自己安顿得比较好的人，我喜欢他首先是这一点"。真正的大作家都是热爱生活、富有人间烟火气的人，比如苏东坡就发明制作了至今流传的"东坡肉""东坡羹"，张岱精于茶道，袁枚写出《随园食单》成为为厨者的经典，等等。潘向黎简介中有一项是

"资深茶友"，书中多篇文章自然离不开谈茶，"爱茶又爱诗，读了无数茶诗"。她从苏东坡的诗句"乳瓯十分满，人世真局促"中感悟到饮茶的意义："不是因为百般功用，不是因为千般风雅，而是这种在短暂的人生、局促的人世中找到片刻自在的感觉。"（《人世真局促》）这句话和前述知堂的喝茶高论有异曲同工之妙。说到底，读古诗，和现实生活发生关联才有意思，才是读通了，读透了。正是在这一点上，《梅边消息》才让人觉得可亲、可爱，潘向黎精致、雅致的生活才令人神往。

这是一本有力的书。需要指出的是，潘向黎的精致，却不是一般女性作者的纤巧、婉约、柔弱，她的文字是有力的。或许是读唐诗久了，浸淫了其博大、雄伟的气象，她的精致里边含蕴着大的格局、大的眼光，有一股磅礴有力的真气。所以，她喜欢高适的英雄气魄，喜欢岑参的盛唐气象，喜欢韩愈的"掀雷决电，戛戛独造"，喜欢"诗豪"刘禹锡的旷达和英迈。从她赞叹韩偓诗句"此生终独宿，到死誓相寻"为"真美""真有力"，可以看出，她的审美态度是既喜欢美，又喜欢有力。潘向黎在《龙共虎应声裂》里充满了对爱国英雄辛弃疾、陈亮的热情赞美，文章最后这样写道："他们是我们民族骨中的钙，水里的盐。他们活得闪闪发光，那种光芒照彻史书、灼人魂魄。时代彻底辜负了他们，但他们却照亮了苟且晦暗的时代。遂令八百年之后，我们还惊叹于那种光芒。"这样的文字有十足的硬度。

《梅边消息》书名源自宋人杨守《八声甘州》："问梅边消息有还无，似微笑应人。"此词对一般人较为陌生，潘向黎却信手拈来，可见她对古诗词的熟稔程度。在此，问梅边传来何种消息？答曰：是馨香和雅韵，是诗意和美好。

香盈红楼

　　读过《红楼梦》的人，都知道"千红一窟（哭）""万艳同杯（悲）"乃全书主旨，蕴意了众多女性人物的悲剧命运。然而，却往往容易忽略另一个与此紧密相连的关键词——群芳髓（碎）。

　　"群芳髓"是一种香的名字，出现在第五回：贾宝玉梦入太虚幻境，"（警幻仙姑）携了宝玉入室，但闻一缕幽香。'竟不知其所焚何物？'宝玉遂不禁相问。警幻冷笑道：'此香尘世中无，尔何能知？'此香乃系诸名山胜境内初生异卉之精，合各种宝林珠树之油所制，名'群芳髓。'"贾宝玉随警幻进入室内，先闻此香，之后方有"千红一窟""万艳同杯"这一茶一酒。群芳、千红、万艳三者，莫不喻指众女子，因群芳碎而致千红哭、万艳悲，组成密切的链条关系。特别要注意的是，太虚幻境在何处？书中交代：离恨天之上，灌愁海之中，放春山遣香洞。预示红楼女子命运的"金陵十二钗"那些册子以及十二支《红楼梦》曲都在这个"遣香洞"。

由此可知，在这亦真亦幻的红楼大观，香作为一个符号与隐喻，非同小可。

走进《红楼梦》，只觉香气盈盈，香风习习，香烟缭绕，香雾氤氲，香无处不在，沁骨入髓。香中可识女人，香中可鉴红楼，香中可映世相。

贾宝玉有句名言："女儿是水作的骨肉，男人是泥作的骨肉。我见了女儿，我便清爽；见了男子，便觉浊臭逼人。"男人臭，女儿香，且香得殊异，大有深意存焉。

红楼第一缕香风来自秦可卿。第五回写贾宝玉随贾母、王夫人等去宁府赏梅，饭后欲睡中觉，被秦可卿引到她的房间，"刚至房门，便有一股细细的甜香袭人而来。宝玉觉得眼饧骨软，连说'好香！'"。从宝玉奇怪的表现来看，这香气颇有些春意，令宝玉心醉神迷，恍恍惚惚进入太虚幻境中的孽海情天，遂于香闺绣阁里与警幻之妹可卿有了儿女之事。

第八回写宝玉到梨香院去看望宝钗。"宝玉此时与宝钗就近，只闻一阵阵凉森森、甜丝丝的幽香，竟不知系何香气。遂问：'姐姐熏的是什么香？我竟从未闻见过这味儿。'宝钗笑道：'我最怕熏香——好好的衣服，熏得烟燎火气的。宝玉道：'既如此，这是什么香？'宝钗想了一想，笑道：'是了，是我早起吃了丸药的香气。'"第七回宝钗已经向周瑞家的详细介绍了"冷香丸"，是一个秃头和尚开的方子，"异香异气的"，且制作过程异常烦琐，非常人可为：四季之牡丹、荷花、芙蓉、梅花四种花蕊，且须都是白色的，皆为十二两，次年春分这天晒干，研好；还要雨水、白露、霜降、小雪这四个节气当天降的水，须各是十二钱……"冷香"，白色花蕊，皆给人以冷感凉意，与宝钗"任是无情也动人"绝然匹配，正所谓"香可冷得，天下一切无可不冷"。她大观园的居所蘅芜苑也是"只觉异香扑鼻。那些奇草仙藤愈冷愈苍翠……及进了房屋，雪洞一般"（第四十回）。宝钗身上的香、屋里的香都是冷的，且皆系人为，她看起来安分随时，人缘极佳，实则心思绵密，外温内冷，让人难以真正走近。

再看林黛玉之香。第十九回写道："（宝玉）只闻得一股幽香，却是从黛玉袖中发出，闻之令人醉魂酥骨。……宝玉摇头道：'这香的气味奇怪，不是那些香饼子、香球子、香袋子的香。'"这奇香从何而来？宝玉纳闷，读者也纳闷，脂批曰："此则黛玉不知自骨肉中之香同。"是了，这原本是黛玉天然的人体芳香。黛玉天性本真，一切出诸自然，小性儿也罢，多疑也罢，俏嚎也罢，都是发自内心的。所以，黛玉的香是天香，毫无人力穿凿扭捏之痕。黛玉还对"冷香"予以戏谑打趣，她问宝玉："我有奇香，你有'暖香'没有？"宝玉一时不解，问："什么'暖香'？"黛玉点头叹笑道："蠢才，蠢才！你有玉，人家就有金来配你；人家有'冷香'，你就没有'暖香'去配？"

史湘云之香则另有一番趣味。第六十二回，写大观园为几人办生日欢宴，一时找不到湘云了。"……都走来看时，果见湘云卧于山石僻处一个石凳子上，业经香梦沉酣。四面芍药花飞了一身，满头脸衣襟上皆是红香散乱，手中的扇子在地上，也半被落花埋了。"原来是湘云喝醉了，卧于石凳上睡得正酣，梦是香的，芍药花落了一身也是香的，湘云成了"香云"。湘云醉卧石上花丛，这般举动黛玉宝钗断然做不出，也只有这个可爱的"憨"姑娘才能如此"香梦沉酣"。第六十三回，为贾宝玉过生日群芳开夜宴，湘云掣出一签。"一面画着一枝海棠，题着'香梦沉酣'四字，那面诗道是：'只恐夜深花睡去。'"与前回既是呼应，更是浓笔的一重皴染。

第六十五回，借小厮兴儿之口说探春之香。他对尤二姐说，三姑娘诨名"玫瑰花"，"玫瑰花又红又香，无人不爱的，只是刺戳手"。把探春貌美果决的特点比喻得既生动又形象。

《红楼梦》中有一个以"香"为名的人物就是香菱。她原本也是贵小姐，却遭人拐卖，又被薛蟠强夺为妾。她善良单纯，惹人怜惜。香菱之香，不是灼目浓烈的花香，而是清纯质朴的草香。薛蟠正妻夏金桂要给香菱改名，理由是，若菱角香，那正经香花放在哪里？"香菱道：'不独菱角花，就连荷叶莲蓬都有一股清香的——但他那原不是花香可比，若静日静夜，或清早半夜，细领略了去，那一股香，比是花儿都好闻呢。就连菱角、鸡头、苇叶、芦根，得了风露，那一股清香就令人心神爽快的。'"（第八十回）中国自古有"香草美人"的传统，草香不输花香。正如香菱判词所谓"根并荷花一茎香"，不管是小姐还是丫鬟都是平等的。

除女人之香，《红楼梦》还充斥着茶香、书香、酒香、花香、草香、脂粉香、肉香、饭香、药香、泉香、梦香、香风、香雾、口舌香、骨髓香……连黛玉葬花的花冢都叫香丘。

许多建筑乃至国度也都以"香"为名。

梨香院：原是"荣公暮年养静之所"（第四回），薛宝钗初来贾府，住在这里。待大观园建成以后，"薛姨妈另迁于东北上一所幽静房舍居住，将梨香院早已腾挪出来，另行修理了，就令教习在此教演女戏"，（第十八回）芳官等十二女伶住在此，倒成了"梨园"。戏班子解散后，尤二姐在此停过灵。

稻香村：大观园李纨的住所。李纨诗号稻香老农。

天香楼：宁府一座建筑，贾敬生辰，两府的女人在这里看戏。

暖香坞：惜春卧房。"从里边游廊过去，便是惜春卧房，门斗上有'暖香坞'三个字。早有几个人打起猩红毡帘，已觉温香拂脸。"（第五十回）

藕香榭：在大观园中，"原来这藕香榭盖在池中，四面有窗，左右有曲廊可通，亦是跨水接岸，后面又有曲折竹桥暗接"。（第三十八回）

红香圃：大观园一处景观，芍药栏中三间小敞厅，宝玉、宝琴、平儿、岫烟在此庆生。

茜香国：作者虚拟的国名。第二十八回，写蒋玉菡赠予宝玉一条北静王刚给他的茜香罗。"（蒋玉菡）说毕撩衣，将系小衣儿一条大红汗巾子解了下来，递与宝玉，道：'这汗巾子是茜香国女国王所贡之物，夏天系着，肌肤生香，不生汗渍。'"

《红楼梦》还写了大量的香品香料，充分反映了明清时期人们用香的世俗生活和礼仪习惯。

中国自古就是香的国度，北宋丁谓《天香传》云："香之为用，从上古矣。"古人以焚烧香木祭天敬祖，袅袅香烟升入渺渺上空，连天接地。世间花香草香木香及一切香味十分好闻，令人心神愉悦，故有了佩香、制香、焚香、熏香等日常习俗，香具有祭祀和生活两大功能，形成了独特的中国香文化。至宋造船业发达，海上贸易繁荣，有大量的香料进出口，香文化已臻鼎盛。苏轼、曾巩、朱熹等人都有写香的诗词，黄庭坚自称"香癖"，其外甥洪刍撰有专著《香谱》。到了明清时期香文化更是民间普及，《红楼梦》作为一部百科全书式的作品，对此多有真实的描写。第二十四回，贾芸为在贾府找份事做，欲给凤姐送礼，送什么呢？两种香料——冰片（龙脑香）和麝香。他的舅舅卜世仁开着香料铺，贾芸缺钱想先赊着，却遭到这寡情薄义舅舅的拒绝。正好倪二借给了他十五两银子，他便去另一个香铺买了冰片和麝香送给了凤姐。他为何要送香料呢？他这样对凤姐说："往年间我还见婶婶大包的银子买这些东西呢。别说今年贵妃宫中，就是这个端阳节下，不用说这些香料自然是比往常加上十倍去的。"第五十六回，李纨也说过一句话："如今香料铺并大市大庙卖的各处香料香草儿，都不是这些东西？算起来比别的利息更大。"这里透露出来的信息：一、那时市井有专卖香料的店铺。二、香料是宫中、富贵人家必备。三、很贵。所以，贾芸送凤姐香料可谓重礼。

贾府每有重要的活动，如元妃省亲、祭祀、节庆等，香是必不可少的用品。比如元春省亲来到大观园，"只见园中香烟缭绕，花彩缤纷，处处灯光相映，时时细乐声喧，说不尽这太平气象，富贵风流"。（第十七至十八回）再如，贾府过中秋，在园子上香赏月，"嘉荫堂前月台上，焚着斗香，秉着风烛，陈献着瓜饼及各色果品。……真是月明灯彩，人气香烟，晶艳氤氲，不可名状。地下铺着拜毯锦褥，贾母盥手上香拜毕，于是众人皆拜过"。（第七十五回）上香是礼仪，香烟缭绕是繁华热闹的象征。我们往往把后继有人、人丁兴旺喻作香火不绝、香烟鼎盛，否则断了香火就意味着绝嗣了。在贾府，焚香还是一种雅事，室内弥散着淡淡的香气，令人安神静心，而且这香气还有祛邪、除秽、驱虫、防疫等作用。如第五十八回写道："宝玉道：'……你瞧瞧我那案上，只设一炉，不论日期，时常焚香，他们皆不知原故，我心里却各有所因。'"他的小荷包里也时常放着散香。至于香袋（囊）、香球、香串等更是女子常用的物品，连宝玉屋里柜子的一槅也放着香饼，和笔墨、扇子、汗巾放在一起。

小说之妙在于细节，《红楼梦》不会只笼统说焚香完事，他要将香品具体写出来，除了太虚幻境中那个"群芳髓"应当是虚拟的天上仙品，其余的当为人间日常所用。

百合香："鼎焚百合之香，瓶插长春之蕊"，是百合花做的香，为御赐的宫香。

麝香、龙脑香："鼎飘麝脑之香，屏列雉尾之扇"，这是元春进入大观园行宫后焚的香，自然名贵。麝香和龙脑香名列

"四大名香"。

檀香、芸香、降真香、沉香、黄速香：第四十三回，贾宝玉到野外祭奠金钏儿，"一口气跑了七八里路出来，人烟渐渐稀少……宝玉道：'别的香不好，须得檀、芸、降三样。'茗烟道：'我见二爷时常小荷包有散香，何不找一找。'宝玉……摸了一摸，竟有两星沉速"。这段话一下子说到了五种香（一说四种香品），都是高级香品，足证宝玉对金钏儿的一片诚意。

斗香：特制的佛香。清潘宗鼎《金陵岁时记》云："中秋祀月陈列果实，如菱藕栗柿之属，扎香如宝塔形，上加纸斗，名曰'斗香'。"这与《红楼梦》中所写完全吻合。

更香：第二十二回，贾府众人制灯谜，宝钗的灯谜是："朝罢谁携两袖烟，琴边衾里总无缘。晓筹不用鸡人报，午夜无需侍女添。焦首朝朝还暮暮，煎心日日复年年。光阴荏苒须当惜，风雨阴晴任变迁。"谜底为更香。古时为夜间打更制造的一种线香，每燃完一支恰是一更，故称更香。

梦甜香：第三十七回，大观园海棠诗社赛诗，限定时间的办法是点燃一支"梦甜香"。"原来这'梦甜香'只有三寸来长，有灯草粗细，以其易烬故，以烬为限，如香烬未成，便要罚。"

另外还有安息香、福寿香、藏香、篆香、闷香等。

《红楼梦》几乎穷尽了世间所有的无形之香与有形之香，香盈红楼，一如烈火烹油，鲜花着锦。然火有烬时，香终成灰，香消红断群芳碎，香魂一缕随风散，落了个白茫茫大地真干净，由此上演一出"怀金悼玉"的旷世悲剧。